Дмитрий Вересов

Dmitrii Veresov

У ТЕРЕКА
ДВА БЕРЕГА...

РОМАН

U Tereka dva berega

Санкт-Петербург
Издательский Дом «Нева»

ББК 84 (2Рос-Рус)6
В31

Вересов Д.

В31   У Терека два берега...: Роман. — СПб.: Издательский Дом «Нева», 2004. — 320 с.

ISBN 5-7654-3645-5

Любовь не знает преград и сомнений, даже война не может разорвать связь между любящими. 1942 год. Любви юной Айшат добиваются два джигита. Один пишет ей с фронта страстные письма. Другой здесь, в ауле, обещает ей горы золотые, когда войну выиграют немцы. Но аул захватывают не немцы, а НКВДешники, получившие приказ о депортации чеченцев. След Айшат затерялся на дорогах Азии. Чем окончится дуэль между вечными соперниками за ее любовь?..

Современная Москва. Дочь богатого бизнесмена чеченка Айсет воспитана за границей. По окончании Лондонского университета отец приказывает Айсет приехать в Москву. Она в ужасе от диких нравов и жестокости, с которыми ей приходится столкнуться. Воспитанная на европейских понятиях о свободе личности, Айсет пытается вырваться из тех рамок, в которые ее пытаются поставить родственники, пусть даже ценой жизни...

ББК 84 (2Рос-Рус)6

ISBN 5-7654-3645-5

Пролог

Европе показывали катастрофы.

Казалось, все события последнего времени так или иначе сводились к катаклизмам, природным и рукотворным. Сейчас, на исходе тысячелетия, само словосочетание «последнее время» приобретало для многих звучание апокалиптическое.

Вот затопило Чехию и Германию... И солдаты бундесвера, плавая на надувных лодках, снимают с крыш терпящих бедствие... Вот в Италии поезд врезался в грузовик, и из двух лежащих на боку вагонов санитары вытаскивают на насыпь мертвых...

Вот опять трупы, прикрытые одеялами, но теперь среди груд камня и развороченной щебенки. Это землетрясение в Турции.

А вот взрыв в Иерусалиме. Вздыбленная крыша автобуса. Кровь на асфальте, кровь на россыпях битого стекла...

В перерывах показывали отмороженных экстремалов — мотоциклистов, прыгающих через десяток поставленных в ряд автомобилей, или сноубордистов, мчащихся вниз с самой высокой и самой крутой горы...

И снова катастрофы.

Сытую, истосковавшуюся по ужасам публику пугали катастрофами. Нагромождение страхов действовало, как правило, успокаивающе: лениво пережевывая чипсы с ароматом бекона, европейский обыватель смотрел в экран, все более и более эмоционально защищаясь — «хорошо, что не в нас, хорошо, что не нас, хорошо, что не мы»... Хорошо, что не мы горим, хорошо, что не мы тонем... Хорошо, что не мы разбиваемся в самолетах.

Астрид поставила репортаж в эфир. Его перегнали по спутнику в европейскую редакцию, и уже через час сюжет попал в блок новостей.

Подмосковный Подольск. Взрыв в пригородной электричке.

Вот полунаклонившийся, уткнувшийся в придорожные кусты зеленый вагон с выбитыми стеклами. Вот военные, оцепившие поляну. Вот человеческие останки на белых простынях... Вертолет с министром чрезвычайных ситуаций... Белые микроавтобусы с мигалками и надписями «AMBULANCE» в зеркальном отражении...

Московский корреспондент Си-би-эн-Ньюс пытается взять интервью у родителей юноши, погибшего в пригородном поезде... Сын жителей Москвы Василия и Антонины Мухиных Алексей ехал в этой электричке...

Корреспондент сует микрофон отцу. Тот что-то бормочет. Что-то злое и несвязное... Мать плачет, закрывая лицо руками. Корреспондент подносит микрофон милиционеру с большими звездами на погонах. Толстое лицо милиционера устало-озабочено и говорит он, придавая голосу интонации уверенной беспощадности к виновникам...

Увы, почти всегда Айсет приходилось заниматься не тем, чем бы она хотела. Так в школе Сен-Мари дю Пре ей нравилось рисовать и раскрашивать узоры на отлитых из застывшего гипса фигурках покемонов, но метресса тащила ее в ненавистный бассейн на урок физического развития или — чего еще хуже! — на уроки этой мерзкой латыни... А когда, после окончания частной *эколь* в Фонтенбло она решила изучать историю искусств в Италии, отец жестко скомандовал, чтоб она поступила в Лондонскую экономическую школу на отделение медиа-бизнеса.

Вот и теперь ей так хотелось провести уик-энд в Портсмуте. Побродить по узким каменистым пляжам под белыми меловыми стенами, держа Джона за руку. Помолчать, прислушиваясь к шуму волн и крикам чаек. Снять недорогой номер в отеле...И весь длинный уик-энд ни с кем не делить его, своего Джона... Но Джон хотел смотреть игру своего любимого «Арсенала» с «Манчестер-Юнайтед».

Ах, Айсет не понимала и не желала понимать, почему нельзя было бы набрать того же самого пива в номер портсмутской гостиницы и болеть за «Арсенал», лежа в номере, лежа рядом с Айсет? Или, на худой конец, почему нельзя было бы пойти в паб с таким же телевизором, но не в тот паб, что в Лондоне на Доул-стрит, а в Портсмуте? Разве в Портсмуте нет пабов?

Нет! Джону надо было непременно провести субботний вечер в его любимом пабе на Доул-стрит. Потому что туда придут его друзья — Мик, Тэш, Доззи и Дэйв. Потому что там, в пабе на Доул-стрит, он всегда смотрит все матчи своего «Арсенала». И потому что в их пабе все болеют только за «Арсенал»... И если — не приведи Господь! — туда ввалятся болельщики «Челси» или «Манчестер-Юнайтед», то будет хорошенькая драчка... И потому, что если в первом тайме «Арсенал» забьет, бармен Дикки обязательно угостит всех кружечкой лагера за счет заведения, а если забьет и во втором, то всем завсегдатаям будет по пинте черного ирландского гиннеса...

Это его традиция. И ради Айсет он не намерен ломать своих привычек. Ее Джон. Ее английский мужчина.

Поэтому Айсет пришлось подчинить свои желания и мечты желаниям Джона. Портсмут останется в Портсмуте, а она — девочка Айсет — пойдет в этот субботний вечер в паб на Доул-стрит.

Может для того, чтобы позлить Джона, она специально вырядилась с показной ортодоксальностью. Поверх блю-джинсов напялила какую-то бесформенную юбку. Специально за этой юбкой она ездила на Портобелло-роуд и рылась на развалах секонд-хэнда, где делают покупки не только жаждущие экзотики туристы, но и бедные пакистанские мусульманочки... Айсет подобрала еще соответствующий головной платок и подыскала темный крем, имитирующий загар. Нарядившись и накрасившись, она поглядела на себя в зеркало и обмерла. Зеркало отражало не европейскую девушку Айсет, что, закончив дорогой частный лицей в Фонтенбло, теперь второй год училась в не менее дорогой Лондонской экономической школе, но какую-то индо-пакистанскую беженку, готовую здесь, в Лондоне, на любую работу ради еды и крова над головой...

Айсет посмеялась, предвкушая, какое сильное впечатление она произведет на Джона и на его друзей — на Мика, Тэша, Доззи и Дэйва...

А Джон даже и не обратил на нее никакого внимания.

Первый тайм начался, и «Манчестер» уже вел в счете один-ноль. «Арсенал» проигрывал. Джон сидел как всегда, за стойкой, под самым телевизором. В руке он держал полпинты лагера.

И весь паб пялился на экран.

И бармен Дикки, и официантка Роз, что стояла тут же за стойкой, машинально протирая стаканы.

— Этот лысый лягушатник Бартез совсем обнаглел! — кричал Джон, перекрикивая рев трибун, доносившийся из телевизора. — За такие штуки ему желтую карту, и пендель под зад, чтоб катился в свою Лягушатию...

Джон даже не обернулся и не расслышал, как Айсет сказала ему свое «bonjour»...

Она подошла сзади и обняла его за шею, прижавшись к его спине своей упругой грудью, стыдиться которой у нее не было никаких оснований.

А он и не обратил внимания, продолжая кричать:

— Да бей же, фак твою, да бей же, кретин недоделанный!

Ее приход заметили, только когда пошла реклама.

— Ты что, из мечети, что ли? — спросил Мик, кивнув на ее юбку и на зеленый платок.

— Мы, женщины Востока, полагаем, что ваш футбол от сатаны. Проводя вечера за пивом, англичане выродятся, не заметив, что в Англии уже живут не они — англичане, а люди, носящие сари и хиджабы, — ответила Айсет, прихлебывая поданного Дикки лагера.

— А рыло чего намазала? — спросил Джон, краем глаза поглядывая на экран, чтобы не пропустить момент, когда кончится реклама «найка» и снова начнут показывать футбольное поле.

— В знак траура по уик-энду и краха мечты о поездке в Портсмут, — ответила Айсет.

Джон не ответил, реклама кончилась, и все снова принялись орать.

Айсет ничего не оставалось, как молиться, чтобы «Арсенал» хотя бы свел вничью. Вот оно, женское сочувствие, в чем заключается! Желать выигрыша любимой команды своего мужчины не потому, что любишь футбол, а потому, что у мужчины тогда, быть может, будет хорошее настроение.

Айсет ничего не понимала, игроки в белом, на первый взгляд, ничуть не отличались от игроков в красном, но, тем не менее, голы залетали только в ворота белых... И к концу первого тайма их залетело аж три штуки. А лысый француз, что стоял в воротах красных, только нагло жевал свой чуингам.

Настроение в пабе было плохое.

— Вы все будете мне должны по три кружки лагера, джентльмены, — мрачно пошутил бармен Дикки.

А официантка Роз, махнув рукой, попросту удалилась на кухню, так и не досмотрев первый тайм до конца.

В перерыве показывали новости.

Фермеры графства Норфолк требовали от правительства повышения компенсаций за уничтоженный в компании против коровьего бешенства крупнорогатый скот...

— Опять коровье бешенство! Роз! Уничтожь на кухне все стейки! — дуэтом заорали записные остряки Мик и Доззи.

— Треску нам вместо говядины! — подхватили Тэш и Дэйв.

— Она вам сейчас зажарит бешеную треску, — мрачно пошутил Дикки.

— Ты занимаешься антирекламой собственного заведения, — сказала Айсет с упреком.

— Это не запрещено в Англии, — возразил Дикки, — тем более, что ребята сейчас готовы хоть котлетки из мышьяка с цианистой подливкой слопать, чтобы помереть и не видеть этого позорища.

— Ты о футболе или об этом? — Тэш ткнул пальцем в направлении экрана.

Новости сменили сюжет. Актриса Ванесса Бед-грейв приютила у себя в доме чеченского министра в изгнании Мусаева, которого русское правительство затребовало выдать Москве по процедуре экстрадиции...

— На хрена ей сдался этот дикарь в бараньей шапке? — спросил Мик.

— Ей надо делать паблисити. Помнишь, Бриджит Бардо защищала пушных зверей? А эта выступает в защиту зверей бородатых, в бараньих шапках, — ответил Дикки.

— Джентльмены, поосторожней, с нами чеченская женщина, — вдруг вспомнил Доззи.

И Айсет стало слегка обидно, что об этом напомнил Доззи, а не Джон... И она отстранилась от Джона, разомкнув кольцо своих объятий и больше не прижималась грудью к его спине.

— А кто вспомнит хоть один фильм, в котором эта старая калоша снималась? — спросил Тэш.

— Во-во! Зато все теперь будут знать, что она защитница всякой падали, — подтвердил Дикки.

— Вы поглядите на морду этого министра в изгнании, это вылитый бандит с большой дороги, и если мы судим Милошевича с Шешелем, то этот-то чем нам милей, что мы его не отдаем? — воскликнул Мик, хлопнув ладонью по полированной стойке.

— Чтоб Москве дерьма на грудь навалить, — с улыбкой знающего человека пояснил Дикки, — наши в Вестминстере последнее отдадут, но не откажут себе в удовольствии еще раз русского медведя граблями по морде...

— И этой Ванессе, помимо секса с дикарем, еще и удовольствие — к властям подмазаться, — заметила вышедшая из кухни Роз.

— Теперь с Виндзоров станется, они ей за это баронессу дадут, — пробурчал Тэш.

— Это теперь модно, — закивал Дикки, — при короле Артуре и рыцарях Круглого Стола давали за воинские подвиги, а теперь Элтону Джону, Полу Маккартни и Мику Джаггеру за тиражи пластинок...

— Педикам, — вставил Тэш.

— Маккартни не педик, — обиделась Роз за любимого битла, — и Джаггер тоже.

— Джаггер бисексуал, — хмыкнул Дикки.

— Педикам, бисексуалам и приверженкам саважефилии, — подытожил Доззи.

— Что это ты загнул насчет саважефилии? — спросил Дикки.

— Это когда не с овечками, как валлийцы, а с дикарями, как эта Ванесса, — ответил Доззи, отхлебывая лагера.

— Так тогда и наш Джон тоже баронета получит, он же тоже чеченочку пригрел, — хохотнул Тэш.

— И я что, этот... саважефил? — спросил Джон.

— А то! — почти хором пропели все.

Айсет и не знала — обижаться или нет? Юмор у них такой...

Жесткий.

Они тут со всеми так.

И по правилам их английской игры просто надо было быстро реагировать и, отбивая, перебрасывать мяч на сторону партнера.

— Вы забываете, что в обоюдном процессе не вы имеете дикарей, а дикари имеют вас, — сказала Айсет.

— Ай да Ай-сет! — воскликнул Дикки, — настоящая Ай-сет-даун![1]

— Скорее, Ай-сет-ап,[2] — гордо сказала Айсет.

---

[1] I set down (*англ.*) — «я даю отпор».

[2] I set up (*англ.*) — «я заношусь, я возвышаюсь, я задираю нос».

Новости и реклама кончились.

Футболисты в белом снова бросились в свои бесполезные атаки.

Лысый француз с наглым высокомерием легко брал мяч и длинными, гибкими, словно плети, руками, выбрасывал его аж на центр поля прямо в ноги своим полузащитникам.

Стадион ревел.

Через пять минут манкуриане забили еще один гол.

— Дикки, выключай телевизор, это позор смотреть такую игру, это соучастие в кровавой бойне, это избиение младенцев, я не хочу этого видеть, — заорал Джон.

— Джентльмены, по случаю надвигающегося траура по одной выпивке за счет заведения, — сказал Дикки, беря с полки бутылку «Джонни Уокера».

— Хитрый Дикки, — ехидно заметил Тэш, — бармен понимает, что надвигается пьянка, и провоцирует ее начало крепким алкоголем.

— А я и не скрываю, — простодушно согласился Дикки, двигая стаканчики по полированной поверхности стойки.

Тэш был прав.

Все напились.

И когда в одиннадцать Дикки по древнему закону королевства объявил, что именем Ее Величества паб закрывается, Джон и иные его приятели уже успели по два-три раза сходить в туалет поблевать.

Пиво с виски... Какая дрянь!

А еще говорят о дикарях. Кто из них большие дикари? Это она, Айсет, саважефилией страдает, а не Джон. Это она английского дикаря полюбила, а не он — чеченскую дикарку. Мусаев, хоть и бандит с большой дороги, в этом она согласна с ребятами, но он до тошноты не напивается...

Айсет усмехнулась своим невеселым мыслям и потащила... Буквально потащила Джона домой.

Кэбмэн сочувственно цокнул языком:

— Что, «канониры» опять продули, мисс?

До угла Оулд Кент-роуд и Пэйдж-уок, где у Джона квартира, доехали за десять минут. Час поздний, пробок уже нет — рассосались, да их наверняка и не было — все футбол смотрели по пабам и по домам.

Джон заснул. Вот свинья!

Кэбмэн сочувственно хмыкнул. Айсет дала ему десять фунтов вместо пяти по счетчику.

Водитель вылез со своего переднего сиденья и помог вытащить Джона.

— Веселых выходных, мэм, — сказал он на прощанье, прикладывая ладонь к козырьку.

— Да и ты сам так же нажрешься завтра вечером, когда тебе не надо будет крутить баранку, — прошипела Айсет, когда такси уже отъехало.

Надо было тащить Джона мимо консьержа на третий этаж.

Лифта в трехэтажном доме не было. Да и лестницы у англичан крутые и узкие, две худые селедки встретятся — не разойдутся. Вот несчастье!

Кончилось тем, что Джон упал.

Упал и проехался спиной по всем ступенькам.

И хоть бы хны! Даже глаз не открыл, только хрюкал и пускал пузыри. Вот она, раса господ! Англосаксы...

Так кто же из нас дикарь?..

Дотащила Джона до кровати. Бросила его ничком — мордой вниз. Чтоб от асфиксии не помер. У этой расы господ все их рок- и поп-звезды, через одного, блевотиной во сне захлебываются. И Хендрикс, и Кит Мун, и Бон Скотт, и Бонза...

Они же не дикари! Они нация культурная!

Айсет стянула с Джона ботинки, выпростала его безвольные руки из рукавов пиджака, после, перекатив на спину, расстегнула брючный ремень, и опять перевернула на брюхо... Пусть подрыхнет, пьяница!

Пошла на кухню, включила радио, достала из холодильника молоко и яйца, вбила три штуки в миксер...

Есть хочется! И еще чего-то хочется!

Girls they wanna have fun...[1]

Так! Где-то здесь у Джона было спрятано... В прошлом году вместе с Джоном ездили в Амстердам, там и покупали...

Айсет пошарила рукой на самом верху за жестянками с рисом...

Ага... Есть! Вот он, заветный свёрточек!

Потом достала из ящика голландскую бумагу для самокруток.

Скрутила тонкую сигаретку.

Марихуана — это не грех. По крайней мере, в Коране про нее ничего конкретного не написано...

Включила погромче свою любимую музыку — второй диск «Ниагары».

Все-таки все школьное детство во Франции... Джон смеется — лягушатники... Дурак он! Чтоб он понимал! Лягушатники так не напиваются. Хотя...

Голова слегка поплыла. Что еще остается бедным девочкам в субботний вечер? Портсмут накрылся медным тазом. Субботний секс, по всей видимости, тоже отменяется... А я живая? Я молодая и живая девушка... Девочка, желающая праздника. Что ей, бедняжке, еще остается?

Айсет затянулась, медленно выпустила дым...

---

[1] Девочки хотят позабавиться (*англ.*)

Глава 1

...Европа, Америка, Азия, вы
Исчезнете! Вырвалась наша орда,
Деревни займет она и города.
Вулканы молчат! Океаны мертвы!

Стучи, мое сердце! Ты встретило братьев.
Черны незнакомцы, и все же — вперед!
Но горе! — я чувствую, залихорадив,
Земля-старушенция всех заберет...

Жан Артюр Рембо

За лето недолговечное разнотравье преображает степь десятки раз. Чужеземному солдату равнина кажется унылой и однообразной, когда как на самом деле она изменяется прямо на его глазах. В июле вызревают злаки, и степь раскидывается под палящим солнцем желтая и ленивая, как сытая львица.

Словно подчиняясь усыпляющим ритмам природы, огромные упорядоченные толпы людей, которые с одной стороны назывались фронтами, а с другой — группами армий, вдруг переставали истреблять друг друга десятками тысяч, ленились, переходя на сотни и даже десятки убитых и раненых. Сражающиеся исполины теперь отдыхали, шумно восстанавливали дыханье, оправляли одежду, оглядывались по сторонам: куда занесла их бешеная, самозабвенная схватка и куда гнать теперь свою ярость и ненависть?

Но когда угасал на время костер войны, пока устало переводили дух «царицы полей» и «короли воздуха», наступало время серых ночных разбойников. Дерзко шмыгали они, обходя ловушки и приманки, унося в свои норы лакомые куски и крошки данных со штабных столов противника. С каждым следующим тихим днем разведка все больше наглела, все нахальнее становились ее рейды, все больше росли ее информационные аппетиты.

С наступлением утра разведвозня утихала, на ничейной территории солнце рассеивало островки предрассветного тумана, наблюдатели смотрели на позиции противника через дрожащую воздушную завесу, пока голова не начинала кружиться от закипавшего знойного варева. Вечер не приносил избавления от духоты, открывая другое поддувало, и доставал солдат снизу жарким дыханьем земли.

В один из таких неблагодарных вечеров несколько немецких солдат из 79-го горно-вьючного артполка Первой горно-пехотной дивизии расположились на берегу мелкой речушки, на редкость неживописной и мутной. Камыш не шумел, а потрескивал, будто горел в костре. Казалось, что кто-то идет к ним берегом, но все никак не может дойти.

Немцы время от времени окунались в речку и обливались водой из старого помятого ведра. Двое же из них просто сидели в воде, время от времени соскальзывали по глинистому берегу и тогда подтягивались, выдавливая локтями в грунте серые, чавкающие ямки. Форма была сложена на земле с некоторым шиком — так, чтобы виден был желтый эдельвейс на черном бархате нарукавной эмблемы и еще один, такой же, с левой стороны кепи.

Движения солдат были неторопливы и скупы, то ли потому, что вечер был так нестерпимо душен, то ли потому, что жители альпийских гор вообще не склонны к спешке. Впрочем, далеко не все здесь были родом из Альп: унтер-офицер Эрнст Рюккерт, с обмотанной влажным полотенцем головой сидевший на камне возле сложенных пирамидой винтовок, был спортсменом-альпинистом из Бремена, а ефрейтор Клаус Штайнер — вообще берлинским кровельщиком.

— Черт побери! Когда же кончатся эти русские просторы? — ворчал самый пожилой солдат во взводе Густав Нестрой. — Наш взвод скоро превратится в связку вяленной на солнце рыбешки, дурно воняющей.

В советской армии Густав непременно стал бы объектом насмешек за свою фамилию. Здесь же никто не догадывался о ее нестроевом значении. Густав, хотя и любил поворчать, пользовался уважением среди молодых однополчан за основательность и деловитость.

— Не ворчи, Густав, — отозвался унтер Рюккерт, — говорят, что с передовой уже видны Кавказские горы. Правда, не каждый день, а только в ясную погоду.

— Это русские нас дурят, — ответил Нестрой. — То подтаскивают нарисованные на фанере горы, то утаскивают назад. Хотят, чтобы мы тут все спятили от жары и этих бесконечных степей.

— Брось, старина, — усмехнулся унтер. — Чем тебе не нравятся степи? Русские катятся по ним, как эта их травка, которая сворачивается колесом на ветру. Не за что им зацепиться. Так и докатятся до Кавказских и Уральских гор. А там уж и наш час придет, Первой горно-пехотной. Пока же, Густав, отдыхай, грей свои старые кости, дыши степными травами. Ты чувствуешь, как пахнет русская степь?

— Пересушенным сеном и больше ничем...

— А знаете, чем пахнет Берлин летним утром? — подключился к разговору Клаус Штайнер, один из солдат, сидевших в воде.

— Бензином и тушеной капустой...

— Густав, залезай в воду, тебе сразу станет легче! По крайней мере, перестанешь ворчать! — крикнул Клаус. — Нет, Берлин по утрам пахнет водой и камнем...

— Вот, господин унтер-офицер, один уже спятил. Послушайте его! Камни у него пахнут, хорошо еще, что не разговаривают, — сказал, видимо, очень обрадовавшись факту сумасшествия сослуживца, Нестрой.

Унтер Рюккерт только улыбнулся и лениво отмахнулся от них рукой.

— Приедешь после войны ко мне в гости, Густав, — мечтательно проговорил Клаус Штайнер, — я разбужу тебя пораньше. Жена накормит нас легким, но сытным завтраком. Мы пройдем утром по берлинским улицам, например, по Фридрихштрассе. Соседка Марта из дома напротив, забравшись на подоконник в белом накрахмаленном переднике, пошлет нам воздушный поцелуй и станет выкладывать на солнышко перины и подушки. А живет она на самом последнем этаже! Вот кого надо было брать в Первую горно-пехотную, господин унтер-офицер, так это мою соседку Марту. Ходит по самому карнизу и только хохочет на всю улицу, глазками стреляет в проходящих внизу мужчин и подолом метет, плутовка!..

— А дочка у нашей хозяйки ничего, хорошенькая! — перебил Клауса сидевший с ним рядом в речке солдат. — Сначала пугалась, а сегодня утром уже улыбнулась, как твоя соседка Марта. Что мне нравится у этих степных красавиц, так это грудь! Не пора ли горной пехоте взять эти русские горки приступом?..

Речь зашла о женщинах, разговор покатился легко, как то самое перекати-поле, и никто из них так и не выяснил, правда ли, что берлинское утро пахнет камнями и водой. Клаус Штайнер, в очередной раз скользнув по глинистому берегу, не стал выныривать, а толкнул вязкое дно ногами и поплыл вдоль камышовых зарослей, прочь от соленой солдатской болтовни.

Больше всего ему недоставало этих берлинских утр, когда наверху без стеснения вывешивают постели, а внизу, взбивая щетками мыльную пену, моют мостовую перед своими лавками, пивными, кофейнями. Обильно льется вода, до тех пор, пока чистый камень не начинает дышать и пахнуть. Только камень может быть по-настоящему чистым, только от него может исходить тонкий аромат чистоты. Здесь же, в этом проклятом краю, даже речка, сама вода, грязна и пахнет гнилью, то есть смертью трав и водяных существ.

Вспомнилось ему, как он, еще до женитьбы, жил с матерью и братом на Рудерштрассе, дом пять. В небольшой квартирке было всего четыре комнаты: его, спальня матери и крошечного Вилли, столовая в три окна, а четвертая, самая маленькая, сдавалась постояльцам по пятьдесят пфеннигов за ночь.

Однажды, когда Клаус пришел домой обедать, он увидел в открытую дверь сдаваемой комнаты пыльный, забрызганный водой чемодан возле умывальника. Вошла мать и, протирая чемодан тряпочкой, сказала:

— У нас русский постоялец. С усами. А на щеке такой страшный шрам! Он говорит с таким лифляндским акцентом, что я его не очень понимаю. Боюсь, что и он меня не совсем понимает. Клаус, ты скажи ему, что в плату входят свежая постель, утренний кофе с булочкой и маслом. И еще покажи ему уборную, а то он меня, кажется, стесняется спросить.

Русский сказал Клаусу, что приехал поступать в Берлинский университет, хотя выглядел он уже вполне зрелым мужчиной. К тому же бросалась в глаза его ярко выраженная военная выправка, причем офицерская. Звали его Борис Рудых.

Просыпался он еще раньше Клауса, делал у раскрытого окна гимнастику, потом умывался и при этом громко фыркал, разбрызгивая воду по всей комнате. Выходили они из дома вместе и шли пешком. Немец — потому что стройка располагалась всего в двух кварталах от Рудерштрассе, русский — видимо, оттого, что был стеснен в средствах.

Как-то апрельским вечером Борис Рудых позвал фрау Штайнер и ее сына в столовую комнату, поставил на стол бутылку русской водки. Постоялец много говорил в тот вечер о каком-то «ледяном походе», о штурме города, названного в честь русской императрицы Екатерины, которая была, оказывается, немкой, о гибели в этот самый день, девятого апреля, ровно двадцать лет назад знаменитого русского генерала, о разрубленной красной шашкой щеке.

Клаус видел, как русский резко запрокидывает голову, будто закидывая содержимое рюмки внутрь себя. Может, это привычка, сохранившаяся с того времени, когда щека его еще не заросла и была дырявой? Клаус попробовал просто глотать, и горькая жидкость растеклась по губам, обжигая уголки рта. Рудых показал, как надо пить, вернее, заглатывать это пойло. Клаус попробовал повторить его выдох и движение головой. Оказывается, нельзя было позволять русской водке медленно течь во рту. Ее надо закладывать в глотку так же, как кинжал, как это делал герр Штарк — шпагоглотатель из Берлинского цирка. С первого раза получилось не очень здорово, водка зацепилась за язык, обожгла небо, но сделать еще одну попытку мать не разрешила.

Так впервые Клаус Штайнер познакомился с русскими и их знаменитым напитком. Водка в этот вечер еще долго не отпускала Клауса, даже в постели шептала ему какие-то русские слова и фамилии. Кубань, Терек, казаки, генерал Корнилов, красная сволочь... Но внутри себя Клаус чувствовал приятное тепло и неожиданно понял, почему Борис Рудых не замерз в этом «ледяном походе», за что он так любит русскую водку и почему теперь каждый девятый день апреля справляет праздник водки.

Неделю спустя русский постоялец съехал с их квартиры. Подметая комнату, фрау Штайнер обнаружила за прикроватной тумбочкой обрывки какого-то заявления, которое, видимо, писал и переписывал по-немецки Рудых.

— Truppenamt, — прочитал Клаус уцелевшее слово.

Старый рабочий Йозеф Мюллер, или просто дядя Йозеф, его учитель в кровельном деле, а также убежденный социал-демократ, сказал Клаусу, что Труппенамт — это Академия Генштаба Рейхсвера, которая действует в Германии в нарушение Версальского договора. Скорее всего, их русский постоялец поступил на курсы при этой самой Академии. И ничего тут нет удивительного, говорил дядя Йозеф, немцы учатся военному делу в Красной России, белые русские — в Германии, и плевали все на Версальский мир. Надо сказать, что разговор шел на крыше дома, и старый социал-демократ время от времени плевал вниз на будущую столицу Третьего Рейха.

Те самые чужие слова, которые произносил тогда за столом Борис Рудых, были теперь рядом. Кавказ, Кубань, Терек... Уже не только штабные, но и солдаты на передовой повторяли их в разговорах. Туда теперь лежал их путь, ради этих слов и была сформирована в Мюнхене Первая горнопехотная дивизия.

Клаус нырнул и проплыл немного под водой, не открывая глаз. Какая-то речная трава царапнула лоб, и он вынырнул на поверхность. Взглянув на мир промытым, обновленным взглядом, Клаус заметил, что на степные курганы уже спустились сумерки. Вдруг подул откуда-то ветер, и холодок пробежал по спине немецкого солдата. Степь, холмы, камыши, мутная вода из скучно посторонних сделались сразу зловеще чужими. Захотелось мгновенно, каким-нибудь немыслимым прыжком, наплевав на насмешки товарищей, оказаться возле них.

Он выдернул ногу из вязкого дна и в этот момент услышал за камышами леденящий душу вой, не волчий, а визгливо-насмешливый, в котором слышалось и торжество хищника, и обреченность его жертвы. Крик шакала! Тот самый крик, о котором рассказывали местные тыловики. Крик, который время от времени раздавался в ночи, а на утро неподалеку находили часовых, связных, патрульных с перерезанными глотками. Тыловики называли неуловимого убийцу Красный Шакал, уверяли, что его не берет ни пуля, ни граната, и радовались появлению такого количества новых боевых частей, концентрировавшихся перед летним наступлением на Кавказ. Может, это отпугнет Шакала?

Клаус не верил в неуязвимых шакалов, но сейчас ему больше всего на свете захотелось увидеть своих товарищей из Первого горно-пехотного и ощутить в руке привычную тяжесть винтовки системы «Маузер». Он рванул напрямик через камыши, на ходу осознавая, что крик шакала доносился как раз с той стороны, куда он сейчас так торопился.

Шум камышей, казалось ему, просто заглушает немецкую речь и деловую суету. Еще несколько шагов, и он увидит ребят, зашнуровывающих альпинистские ботинки, унтера Рюккерта, который, конечно, уже стоит, заложив руки за спину, готовый сделать ефрейтору Штайнеру выволочку за недисциплинированность.

Унтера Рюккерта он и увидел первым, вернее, его обмотанную полотенцем голову. Она лежала на земле, хотя и рядом с туловищем, но свободно, как у марионетки. У основания шеи унтера словно сгустились сумерки, и темное пятно расползалось на глазах. Пирамида винтовок была свалена на землю бросившимся к оружию стариной Нестроем. Он тоже лежал здесь, подвернув одну ногу под себя, а другую вытянул в сторону, словно делал какое-то сложное гимнастическое упражнение.

Ефрейтор Штайнер, не оглядываясь по сторонам, точно это могло его выдать, сделал два неуверенных шага по направлению к оружию. Уже наклоняясь за винтовкой, он подумал, что надо крикнуть, подать сигнал тревоги. Или лучше выстрелить в воздух? Но только он коснулся теплого цевья, как над ним хлопнуло широкое полотнище. Клаус попытался стряхнуть с головы темную материю, но почувствовал сильный удар в затылок.

Ему показалось, что он только что работал на крыше высокого берлинского дома и вот, сделав шаг за очередным листом жести, совершил непростительную ошибку и теперь летит в пустоту. Соседка Марта стояла на подоконнике в белом переднике. Она послала ему воздушный поцелуй...

* * *

Отец позвал домой, в Москву.

Уточнение требуется, потому как у отца еще есть дом в Гудермесе. А если уж совсем точно — дома и в Турции, и на Кипре, и в Испании... Но это отдельная история. А в Москве у отца несколько домов. У него бизнес такой — он домовладелец. И теперь, на паях с американским гостиничным магнатом Беном Хобардом, отец собирается открывать в Москве три отеля королевско-президентского класса. Айсет читала об этом в «Файнэншл Таймс».

Статья была не из самых приятных. Имя ее отца связывалось с национально ориентированным криминалитетом, с так называемой «чеченской мафией». Журналисту удалось ухватить суть. И он писал довольно-таки убедительно. Мол, получить у московской мэрии участок под строительство гостиницы не так-то просто, а тем более три участка и все в самом центре. И здесь дело не может ограничиться одними только взятками, необходимы дополнительные рычаги политического давления на правительство столицы. И в ход идут и шантаж, и похищение людей, и убийства государственных чиновников. Поэтому одному Бену Хобарду, даже с его миллиардами долларов, такой проект в Москве был бы не под силу. И американский бизнес сделал-таки прецедент, взяв в компаньоны людей с далеко не безупречной репутацией. Журналист писал, что на совести клана Бароевых не одно убийство и похищение. Что весь бизнес ее отца и ее дяди Магомеда — это сплошная цепь преступлений даже перед далеко не идеальным законом Российской федерации. Но именно в таком альянсе Бена Хобарда и клана Бароевых видится теперь некий прогресс и выход из тупика. В этом симбиозе американцы смогут одолеть непроходимые коридоры московского правительства, а криминальный бизнес Бароевых сможет приобрести некий легитимный лоск, который придаст ему союз с мировым авторитетом в области гостиничного предпринимательства...

Три часа лету от Гэтвика до Шереметьева Айсет лениво перечитывала эту статью. Она вдруг полюбила этот полупакистанский маскарад — зеленую юбку поверх джинсов и платок, который накрутила на голову и вокруг шеи... Теперь ее повсюду принимали за англичанку... Вот парадокс!

— Желаете что-нибудь... другое? — неуверенно спросила стюардесса, окинув взглядом мусульманский наряд Айсет.

— Нет, все нормально, — успокоила ее Айсет, — шампанского...

Не подав вида, вышколенная стюардесса салона бизнес-класса подала положенный бесплатный «Дом-Периньон».

Как давно Айсет не была в Москве! Как давно!

— А есть московские журналы или газеты? — спросила она...

— Сорри, мисс, «Бритиш Эйр» — газеты только американские и европейские...

— Ага... Значит Москва — не Европа, — отметила про себя Айсет. — Так-так, будем знать!

Впрочем, в Шереметьево Айсет не нашла каких-либо видимых отличий от европейского уклада жизни. Разве что побольше бестолковой суеты и неулыбчивых лиц.

Встречали ее двоюродные братья, сыновья тети Фатимы Руслан и Теймураз, с бандой своих телохранителей. Дежурные поцелуи — щечка о щечку... Думала, что и не узнает их... Виделись-то, когда им по двенадцать еще было!

— Ты прямо как звезда индийского кино, — сказал Теймураз, отдавая нукерам номерки от ее багажа.

— А вы как худая гарлемская мафия, — отпарировала Айсет, — никак вас столица не обтешет!

— Тише на поворотах, сестричка, — охладил ее Руслан, — здесь не Лондон, здесь Москва...

— А вас и в Лондон запусти, вы и там будете изображать гарлемских злодеев, потому как менталитет...

Лимузин братья подогнали неправдоподобно длинный и девственно-белый, будто только что съехавший с глянцевой страницы автомобильного каталога...

— Ноблес оближ... — прошептала Айсет, садясь в «кадиллак».

— Да уж, пальчики оближешь, — понял ее по-своему Теймураз, усевшись напротив. Руслан ничего не сказал, только оскалил в улыбке зубы. Получилось хищно.

Охрана ехала сзади в двух «мерседесах»...

— Дяде Магомеду понравится, — примирительно заметил Теймураз, еще раз кивнув на ее головной платок.

А Айсет во все глаза смотрела на Москву...

— Слушайте, а нельзя проехать через Ленинские горы? — спросила она.

— Время, — ответил Теймураз, — мы на секунды здесь время считаем, так что Ленинские горы в следующий раз, и отец для тебя на Москве специально салют устроит.

Отца, конечно, она узнала сразу, правда, душа еще какое-то мгновение противилось узнаванию: как постарел, как высох за те несколько лет, что они не виделись! Ей даже показалось, что он стал ниже ростом...

Айсет окатила теплая волна нежности, и на этой волне она невесомо пробежала по блестящему черному мрамору громадного холла, притормозив в нескольких шагах от группы людей, окружившей отца, и едва удержалась, чтобы при всех не броситься к нему на шею отцу. Этот щуплый лысеющий человек был для нее сказочным богатырем, самым сильным, самым умным, самым великодушным... Отец понял ее порыв, улыбнулся понимающе, и глаза его, холодные и недобрые для других, на мгновение потеплели.

Остановившись, Айсет оглядела окружающую публику. Мужчины в смокингах и дорогих блейзерах, дамы — в платьях с глубоким декольте и при бриллиантах. Айсет стало стыдно за свой маскарад. Она вдруг подумала, что бараньи шапки и платки годятся для политических новостей на Эн-би-си, а здесь, когда в отеле «Россика-Сплендид» заключается сделка века в мировом гостиничном бизнесе, ее наряд — джинсы, кроссовки, этот идиотский пенджаб — выглядит несколько неуместным...

Сдержанные объятия, родственные поцелуи. Рядом с отцом, на голову возвышаясь над ним, —

рослый, красивый дядя Магомед, которого она с детства побаивалась.

— Это моя дочь Айсет, она закончила школу во Франции и теперь обучается в Лондоне...

Бен Хобард, сверкнув идеальными дугами дентального перламутра, пожал ей руку.

— Очень приятно, я рад, что с вами можно говорить без переводчика...

Айсет, еще более устыдившись своего вида, отпросилась переодеться с дороги.

Отель принадлежал отцу. Где переодеваться — не составляло проблем. Можно было даже не дожидаться прибытия нукеров с чемоданами. На первом этаже отцовской гостиницы расположились бутики прет-а-порте самых модных парижских модельеров. И отчего бы не купить пети-роб на ее стандартную точеную фигурку?..

Айсет выбрала темно-бордовое, без рукавов, но с закрытыми спиной и грудью. Ее черные волосы и белая кожа очень хорошо сочетаются с темными, теплыми тонами одежды. Чуточку помады, чуточку теней...

Айсет не надо ходить к визажисту. Она сама делает себе лицо.

В холле опять встретила Руслана с Теймуразом.

— А знаете, я все не могу взять в толк, где вы на самом деле? — спросила она.

— В смысле? — переспросил Теймураз.

— «Таймс» пишет, что племянники Доку Бароева, Руслан и Теймураз, являются известными полевыми командирами...

— Читай больше этой ерунды! — рассмеялся Руслан. — Журналисты все врут.

— Да мы туда, — Теймураз сделал ударение на слове «туда», — мы туда как на сафари ездим, федералов постреляем, лечиться ездим в Турцию, а живем на Москве...

— Основной бизнес все-таки здесь, — подтвердил Руслан.

Их подозвали к отцу. Он стоял с дядей Магомедом, с Беном Хобардом и еще какой-то женщиной — явно европеянкой. Та им и переводила.

— Познакомься, Айсет, это Астрид Грановски, твой новый босс, — весело сказал Бен Хобард. — Для тебя новость, что отец запродал тебя в Си-би-эн-ньюс?

Эти слова ошеломили Айсет... А как же учеба? А как же Джон?

Но она не произнесла этих мыслей вслух. Ее уже научили скрывать эмоции.

— Ты теперь будешь работать, девочка, — сказал отец. — Разве ты не мечтала иметь собственную программу новостей на всемирно известном телеканале? Но для этого сначала нужна небольшая... — Он щелкнул пальцами, припоминая правильное слово, — небольшая стажировка...

Вот так сюрприз... А как же Джон?.. До чего же она все-таки баба! Ей дают работу на Си-би-эн-ньюс, в ее московской редакции, а она еще сомневается.

Но в семье Бароевых решения принимают мужчины. И отец уже все решил. А она, Айсет, всего лишь маленькая фишка в его игре. Он ее ставит на поле Си-би-эн-ньюс и при этом выигрывает какое-то пространство или качество...

— Я очень рада, — сказала Айсет, пожимая руку Астрид.

Холодная баба. Вся изо льда. В двадцать восемь лет стала руководителем восточно-европейского отдела Си-би-эн... Айсет читала о ней, когда писала реферат по телевизионному менеджменту.

— Она не любит нас, но главное, за что ее сюда и поставили, — она не любит русских, — сказал отец, — так что пользуйся этим и играй на поле нашей общей нелюбви...

— Это часть твоего бизнеса, отец? — спросила Айсет.

— Да, дочка, все бизнес, и как видишь, даже дети становятся его неотъемлемой частью.

— Что я должна делать? — спросила Айсет.

— Тебе скажут, — ответил отец, — будешь выполнять просьбы — мои и дяди Магомеда...

Подавали шампанское.

— Куда здесь ходят? — спросила Айсет.

— Москва большой город, — ответила Астрид, — больше Парижа.

— В Париже я была маленькой девочкой и ходила только на обязательные школьные экскурсии — и еще в Диснейленд.

— Тогда тебе понравится Москва, — уверенно сказала Астрид.

— А ты... а тебе уже нравится? — спросила Айсет, слегка запнувшись на быстром «ты»...

— Нормально, — ответила Астрид, — везде все то же самое, что в Нью-Йорке, что в Лондоне, что здесь. Тусовка амбициозных полупрофессионалов, мнящих себя гениями в интерьере модных клубов... везде все одно и тоже.

Астрид секунду помолчала, а потом спросила, поглядев прямо в глаза:

— А у тебя есть друг?

— Есть, — ответила Айсет, — он программист, у него своя фирма...

— Он русский или чеченец?

— Ни то и ни другое, он белый англичанин...

— А-а-а, — как-то неопределенно протянула Астрид.

«А у самой-то у тебя друг есть?» — чуть не вырвалось у Айсет.

О работе они говорили уже на работе.

Офис московского отделения Си-би-эн находился на Тверской, почти возле кафе «Московское», на последнем нырке бывшей улицы Горького к Манежной и к Кремлю.

Астрид была в ярко-зеленом свитере и кожаных джинсах. «Хорошая фигурка, — отметила про себя Айсет. — Ей бы не медийным бизнесом, ей бы школой шейпинга руководить! И миллионом любовников!»

А вообще, интересный разговор у них получился. И неожиданно — достаточно откровенный.

Вопросов было два.

Что показывать? И почему это должна делать именно она, именно Айсет?

На первый вопрос поначалу стала отвечать сама соискательница. Работодательница же молча сидела в своем стандартном офисном кресле, слегка раскачивалась и слушала, соединив под подбородком пальцы обеих рук.

— Что показывают о России на Западе? — говорила Айсет. — По всем программам идут три сюжета: нищие солдатики в Москве попрошайничают, выпрашивают сигаретку — это как бы столица России, потом убогие бабы на фоне фиолетового дыма из заводских труб стирают в реке заскорузлые кальсоны — это русская провинция, и еще, естественно, — боевые действия в Чечне, вертолеты, пушки, танки, спецназовцы... И так изо дня в день. Других сюжетов нет. Почему? — Айсет задала вопрос и, видя, что ее новая босс-вумэн не спешит с ответом, стала развивать тему самостоятельно: — Потому что телевидение, если это настоящее коммерческое телевидение, должно предугадывать желание зрителя и показывать ему то, что он хочет видеть. Если мы хотим показать правду о

России — а правда будет разная и противоречивая, потому что Россия большая и в ней происходит много всякого, — то эта разносторонняя информация не особо нужна западному зрителю, поскольку является для него лишней, избыточной, не имеющей непосредственного касательства к его жизни. В этом смысле, новости из России мало чем отличаются от новостей из какой-нибудь Буркина-Фасо или Восточного Тимора. Однако у целевой аудитории новостных программ, то есть у старшего и среднего поколения, за долгие годы выработался более или менее соответствующий действительности образ врага, страшной угрозы, исходящей с Востока, из Москвы, из Кремля. Теперь этот образ, в целом, не соответствует действительности, и зритель умом это понимает, но подсознательно все равно сохраняет и страх, и недоверие, и неприязнь к России. Нашей аудитории психологически комфортно видеть бывшего врага убогим, слабым, нищим, бестолковым, — словом, таким, которого можно жалеть или презирать, но уже не надо бояться. Материал иной направленности не проходит в первую очередь потому, что Европа и Америка не любят вспоминать свой страх... Это так?

— Не я определяю эфирную политику канала, я всего лишь администратор, — после долгой паузы проговорила наконец Астрид, кнопкой, расположенной внизу кресла, фиксируя его неподвижность, — но судя по тому, что из наших сюжетов идет в эфир... Ты сама ответила на свой вопрос, Айсет, — будешь показывать три сюжета, о которых ты говорила, плюс, возможно, проституток на Тверской и налет бандитов на обменный пункт валюты, плюс, разумеется, катастрофы и катаклизмы, которых в этой стране навалом... Но соблюдая при этом правила дорогого респектабельного ти-ви.

— Варьировать, создавая иллюзию новизны ракурса и кадра? — усмехнувшись, спросила Айсет.

— Это и есть уровень профессионализма, — ответила Астрид.

— Бабки в реке в первом репортаже будут стирать розовые кальсоны, во втором — голубые, а третьем — светло-зеленые...

— Ты несколько утрируешь, но в целом — ты молодец, мы должны сработаться, — удовлетворенно подытожила Астрид. — Ты понимаешь главное, поэтому с тобой проще, чем с другими.

— Диссидентов здесь не потерпят?

— Их нигде не любят, а особенно на телевидении...

Потом они перешли в кафетерий. И этот переход из кабинета на люди как бы подвел черту. Они договорились о главном.

Теперь можно было обсудить детали.

В офисе Си-би-эн, как и во многих иных иностранных компаниях, работающих в Москве, держали русскую экономку-повариху, которая готовила на всех сотрудников общие семейные корпоративные обеды. Это как бы сплачивало иностранцев, находящихся в чужой стране. А потом, западные люди никогда не доверялись русскому общепиту и даже с приходом своего же западного фаст-фуда продолжали упорствовать в своих заблуждениях...

Экономка, приятная русская женщина по имени Ирина, приготовила им два кофе.

— Так почему именно я, а не люди с западными именами и фамилиями, вроде репортера Джона Смита или репортерши Мэри Блейк?

— Стереотип достоверности восприятия, — ответила Астрид. — Репортаж о Чечне, подготовленный чеченской девушкой Айсет Бароевой, покажется более убедительным.

— И при этом, коэффициент доверия должен повышаться за счет информации о том, что эта чеченская девушка училась на Западе, то есть, она как бы своя? Так вы все рассчитали со мной?

— Да... Да, ты абсолютно права, — кивала Астрид, прихлебывая кофе маленькими глотками. — Ты на сто процентов запрограммирована и прописана...

— И мне предстоит делать репортажи о Чечне?

— Не только...

— Когда приступать? — спросила Айсет.

— Сегодня, — ответила Астрид и улыбнулась своей улыбкой, из арктического льда.

Перед самой поездкой на Кавказ Астрид пригласила Айсет в ресторан.

— С тобой хочет познакомиться один мой знакомый, — сказала она.

— Какой знакомый? — поинтересовалась Айсет.

— Он из Лондона, тебе будет интересно, — ответила Астрид уклончиво.

Человека из Лондона звали Тимоти Аткинсон.

— Можно — Тим, — сказал он, с приятной улыбкой пожимая руку Айсет.

За аперитивом говорили о Москве и о русской погоде. Перейдя к закускам, сменили тему и заговорили о Чечне.

Тим много язвил по поводу русских, увязших в проблеме. Его остроты явно импонировали Астрид. Она смеялась, порой даже очень громко.

— Русские говорят, мол, Чечня — это черная дыра... Это как посмотреть. Черная дыра — это место в космическом пространстве, где такая сильная гравитация, что туда все засасывает, и даже свет! Именно поэтому оттуда никакого изображения не поступает. И в силу такого внутреннего притяжения достать оттуда, из черной дыры, ничего уже нельзя. А вот Чечня — это, скорее, тумбочка из русского еврейского анекдота, который мне тут вчера рассказали в вашей синагоге. Когда Абрама Исааковича на допросе в налоговой инспекции спрашивали, откуда деньги брал, он все время отвечал: — «Из тумбочки...»

Вот теперь Путину настало время с этой тумбочкой разобраться. Раньше за нее ответственным был этот, как его... Бислан Гантемиров — нынешний мэр Грозного, начальник чеченской милиции и зам главы администрации. Он, Бислан, за эту тумбочку даже посидел немножко в Будырках, я правильно название вашей тюрьмы сказал?.. А как вышел — из-за нее, из-за тумбочки, все ссорился с нынешним гудермесским вождем Ахмадом Кадыровым. Вся суть конфликта между ними, как вы понимаете, — не в том, кому назначать грозненских и нажай-юртовских полицейских, а... а в том, кому брать из тумбочки. Вот и Ахмад Кадыров недавно сказал: — «Все хорошо, много у меня ответственности, а вот полномочий — никаких!» Ведь главное полномочие — это открывать тумбочку и брать с полки купюры... А теперь вот Кремль назначил в Грозный специального министра по делам строительства. Из Москвы. Он-то и будет из тумбочки доставать. Вопрос только в том — останутся ли при таком положении дел лояльными и доблестный Бислан, и благочестивый Ахмад? Не убегут ли в горы?

— Значит, вы убеждены, что все дело в этой, как вы выражаетесь, тумбочке? — спросила Айсет. — Я вас правильно поняла?

Тим и Астрид переглянулись.

— Разумеется. — Тим усмехнулся, перехватив строгий взгляд Айсет. — Чем еще, по-вашему, может Москва привлечь на свою сторону влиятельных чеченцев? Увы, приходится признать, что по части подкупа Кремль повел себя столь же глупо, самонадеянно и непрофессионально, как и в том случае, когда дело касалось применения силы. Помните, как в девяносто четвертом тогдашний министр обороны Грачев публично заявлял, что наведет в Чечне порядок в течение пятнадцати минут силами одного десантного батальона? Хотя нет, вы тогда были еще малы...

— Я помню, — тихо проговорила Айсет.

— Ни генерал Ермолов, покоритель Кавказа, ни князь Барятинский, победитель имама Шамиля, подобного бахвальства себе не позволяли...

— Вы историк? — спросила Айсет. Вопрос прозвучал резче, чем она хотела.

— Тим работает на правительство Великобритании, — ответила за Аткинсона Астрид.

— Тогда понятно, — сказала Айсет, вытирая губы и бросая салфетку, — только в вопросе Чечни ваша позиция мне не совсем понятна...

— Наша позиция неоднократно формулировалась на всех уровнях. Британия, как и Евросоюз в целом, считают чеченский конфликт внутренним делом России, но выражают свою озабоченность систематическими нарушениями прав человека...

— Иными словами, предпочитаете грозить пальчиком из-за угла. Помнится, с Милошевичем вы вели себя побойчее.

— Бомбардировка Москвы авиацией НАТО? — Тим усмехнулся. — Милая Айсет, а последствия такой меры, вы о них подумали?

— О бомбардировках никто не говорит. Но дипломатический бойкот, экономические санкции?.. Почему-то, когда русские вошли в Афганистан, у вас на это хватило смелости, а ведь тогда они были намного сильнее.

— Ну, сейчас мир стал совсем другим... К тому же, вы не можете не признать, Айсет, что действия вашей стороны, мягко говоря, не вызывают сочувствия мирового сообщества. Когда вы с оружием вторгаетесь на сопредельные территории, взрываете мирных жителей в жилых домах, в поездах...

— «Вы»? Тим, у вас все в порядке с английскими местоимениями? Вы всех чеченцев отождествляете с террористами или меня лично?

— Простите, милая Айсет, я не хотел вас обидеть, — сказал Тим, глядя ей прямо в глаза, — но разве ваши отец и братья?..

— Если у вас есть доказательства их причастности к терактам, обращайтесь в прокуратуру!

Айсет резко встала и, не попрощавшись, направилась к выходу.

Астрид хотела было догнать ее и вернуть, но Тим тронул ее за локоть.

— Все идет как надо. А ты — ты сделала хороший и правильный выбор.

Глава 2

У одиноких тополей
Бродил я дотемна
Меня в округе знали все,
Не знала ты одна.
Ведь я любил тебя в тоске
Языческой душой,
Что от отцов досталась мне
Из древности глухой.
Сегодня, после долгих лет
Я больше не тужу,
И ты печально смотришь вслед,
Когда я прохожу...

Михай Эминеску

Сто лет назад русский генерал Турчин решил, что чеченское селение Дойзал-юрт будет для него легкой добычей. И вправду, путь к нему лежал через плодородную долину, потом проходил ущельем по руслу реки. А там каменными ступеньками в гору поднимались уже и сакли горцев. Не надо было русским солдатам карабкаться через горные перевалы, растягиваться цепочкой по горной тропе. Аул этот считался ставкой самого Давлет-Гирея, злее которого в тот год среди абреков и не было.

Шел русский отряд колонной, маршировал, как по Европе. Понятно, что абреки испугались, такой войны они не знали и не любили. Вошел отряд в пустой аул. Но пока жгли и раскатывали по камешкам нехитрые чеченские постройки, мышеловка захлопнулась. Сунулись назад — завал, за ним чеченцев видимо-невидимо. Попробовали дальше по ущелью, там и вовсе абреки сидят за каменным бруствером. А сверху по склону сбегают уже самые отчаянные горцы, почти на штыки прыгают. Как вырвались из окружения, сколько потеряли русских мужиков, о том победный рапорт генерала Турчина о взятии неприступного аула Дойзал-юрта умалчивал. Но старики-горцы говорили, что все ущелье было усеяно костьми незахороненных урусов, а по берегу реки и сейчас можно встретить солдатские косточки.

Советской власти тоже понравилась плодородная долина, роскошные выпасы, чистая речка. В тридцатые годы здесь построили конезавод. Жителей окрестных аулов, в том числе Дойзал-юрта, самого большого в округе, привлекали к работе, справедливо полагая, что для настоящего горца конь — роднее собственной жены. Первый директор конезавода, бывший питерский рабочий, объездил все аулы, долго говорил перед молчащими мохнатыми шапками об общинных традициях горцев, о любви джигитов к лошадям. Чеченцы ему поверили, даже полюбили по-своему. Но в тридцать седьмом он уехал на какой-то слет конезаводчиков в Ростов и назад уже не вернулся.

Новый директор резко перестроил всю работу. Конезавод отказался от местных горских пород лошадей, за которые так ратовал прежний директор, а стал разводить политически правильную буденновскую. Местные жители стали уходить с завода. Директор сигнализировал, и сверху дали указание усилить агитацию среди горцев, особенно среди чеченской молодежи. Так в ауле Дойзал-юрт появилась Мария Хуторная, освобожденный секретарь комсомольской организации конезавода имени Семена Михайловича Буденного.

Трудно сказать, насколько эффективной была ее работа, потому что началась война, и молодые рабочие конезавода были мобилизованы. Но свой личный кадровый вопрос она решила очень успешно — вышла замуж за Азиза Саадаева, передовика производства на конезаводе, молодого зажиточного чеченца из старинного рода.

Родня Саадаева сначала была категорически против этой свадьбы, но потом выяснилось, под большим секретом, что прабабка Марии была чеченкой из еще более старинного рода, чем Саадаевы, а ее прапрадед даже совершил паломничество в Мекку. Говорят, что Мария Хуторная даже ездила на ту сторону Терека в свою родную станицу, чтобы привести какие-то записки русского офицера, который довольно точно записал всю эту историю. Хотя вряд ли в этом была необходимость, так как кровная память у чеченцев точнее всяких литературных записок.

Была богатая чеченская свадьба, за что Маша получила выговор по комсомольской линии, правда, без занесения, потому что райком комсомола в последний момент решил, что такие формы агитации среди чеченцев тоже «имеют место быть». Но через два месяца Азиз Саадаев с первой партией дойзал-юртовцев ушел на фронт. Секретарю же комсомольской организации Марии Саадаевой предстояло решать кадровую политику уже в условиях военного времени.

Потому в этот летний день она сидела во дворе дома Мидаевых и разговаривала с молодой чеченской девушкой Айшат.

— Айшат, поверь мне, я тоже уважаю традиции и обычаи чеченского народа, — говорила статная белокурая красавица Мария, похожая на сказочную богатырку Синеглазку. — Но сейчас, когда на нашу Родину напал сильный и коварный враг, мы должны забыть... на время эти красивые древние законы. Сейчас у нас один закон, одна цель — победить фашистскую гадину, а потом уж мы разберемся...

Мария смотрела на Айшат, а та сидела, опустив глаза, чуть скосив их в сторону, будто ожидала окрика сзади.

— Ты пойми, подруга моя, — продолжала комсомольская богиня, — сейчас каждая пара рабочих рук на счету. Скоро на конезаводе не останется ни одного мужчины, даже старого конюха Саида заберут на фронт. Ведь враг уже подходит к Кавказу. Это ты должна понимать! А фронту нужны наши кони. Вчера вот на заводе зачитывали письмо бойца из красной казачьей дивизии. Он пишет, что конь буденновской породы спас его от смерти и вынес из-под огня, когда их контратаковали немецкие танки. Даже само имя Семена Михайловича, которое носит лошадиная порода, вдохновляет красных джигитов на подвиги... Что ты молчишь, Айшат? Ты слушаешь меня?

— Слушаю, — послышался певучий голосок.

Саадаева тяжело вздохнула. Надо было захватить с собой письмо красного казака. Может быть, подействовало бы сильнее? Хорошо бы еще написал с фронта чеченец-земляк с благодарностью за хорошего скакуна. Своему бы они поверили. Надо попросить мужа Азиза, хотя он пулеметчик. Но тут же Мария поймала себя на мысли, что не смогла бы просить мужа о такой... Она чуть не подумала: «...глупости».

— Айшат, а тебе пишет Салман с фронта?

В глазах Айшат впервые с начала разговора вспыхнул радостный огонек.

— Да. Он пишет, что каждый свой ночной набег на врага он посвящает мне. А в последнем письме он прислал мне в письме зезаг...

— Цветок? Засушенный?

— Нет. Сейчас я тебе его покажу.

Айшат порывисто вскочила и юркнула проворно в дверь сакли. Оттуда раздалось ворчание ее матери и чеченские ругательства.

Маша улыбнулась. И вправду, шайтан-девка. Такая шустрая деваха была бы очень полезна на заводе. Да она бы давно ее уговорила, если бы чеченские девушки что-нибудь могли бы сами решать. А так их разговор был совершенно пустым, вроде галочки о проведенном формально мероприятии.

Девушка также быстро вынырнула из сакли, что-то держа в руках.

— Вот, посмотри...

Саадаева взяла небольшой кусок черной бархатистой материи с вышитым на нем желтым цветком.

— Что это?

— Салман написал, что срезал с шапки убитого им немца. Такие цветы носят на одежде специальные солдаты, которые умеют воевать в горах.

Девушки склонились над цветком, словно пытались разглядеть что-то на его черном фоне. Что там происходит? Близко ли враг? Что будет с родными им людьми?

— Ты понимаешь, Айшат, что это значит? — прервала молчание Маша. — А это значит, что немцы собираются наступать на Кавказ. У них есть такие специальные войска, которые обучены воевать в горах. Они хотят прийти сюда. Теперь ты понимаешь, почему я пришла к тебе? Понимаешь, какое наступает время?.. Ладно, что еще пишет Салман?

— А еще он мне пишет очень красиво о том...

Девушка внезапно замолчала, увидав что-то или кого-то за невысоким каменным забором. Саадаева проследила за ее взглядом и узнала ковылявшего мимо Дуту Эдиева.

Дута был ровесником Салмана Бейбулатова, но на фронт его не брали из-за увечья ноги. Когда-то местные чеченские мальчишки, лазая по горам, забрались на одинокий утес. Он возвышался над деревьями, росшими на берегу речки Актай, только одна высокая ива была вровень с ним. Вот тогда-то, стоя на утесе, кто-то и сказал, что здорово было бы допрыгнуть до макушки ивы и опуститься на ней до самой земли. Сказал просто так и приумолк. Слишком высоко, а до дерева метра три, если не больше.

Но Салман и Дута посмотрели друг другу в глаза, совсем по-взрослому окинули серьезными взглядами не сошедшие со дня последней драки синяки. Под глазом у Дуты и на скуле у Салмана. Мальчишки поняли, что сейчас произойдет очередная потасовка между ними, только не за старый патрон или деревянную шашку, а за первый прыжок. Тогда Азиз, тот самый будущий муж Марии, предложил бросить жребий. Жребий выпал Салману.

Мальчик подошел к самому краю скалы, примерился, потом немного отступил. Но, взглянув на Дуту, скрестившего на груди руки, на его прищуренные глаза, Салман вдруг взвизгнул, подражая шакальему крику — боевому кличу абреков, и, оттолкнувшись от утеса, прыгнул вперед. Мальчики услышали хлопок, когда Салман ударился грудью о гибкие ветки, и почувствовали его боль. Как обезьяна, их товарищ с ловкостью обреченного вцепился в верхушку. Ива не выдержала и стала крениться набок, но постепенно выправилась, видимо, поняв, что ноша не так тяжела, и стала разгибаться. Казалось, что она хочет стряхнуть с себя дерзкого мальчишку. Но Салман вцепился в дерево, как клещ. Удержался, но ему пришлось спускаться по веткам вниз самому.

Тогда Дута понял, что пришел его час, и сейчас он сможет обойти наконец своего извечного соперника и уже до конца своих дней не даст ему вырваться вперед. Надо только разбежаться и прыгнуть не так, как Салман, а сильно, отчаянно. Тогда ива согнется до земли. Даже не до земли, пускай. Он спрыгнет сам, а не будет трусливо сползать по веткам, как Салман.

Он тоже закричал по-шакальему, и в крике этом слышались уже торжество победителя. Мальчик словно пробежал по воздуху до верхушки ивы, послышался хлопок, хруст веток, и Дута вдруг полетел дальше совершенно свободно, сжимая в руке пучок веток. Мальчики ахнули, им показалось, что прошло очень много времени, когда они услышали стук упавшего на землю тела и отчаянный крик Дуты, немного успокоивший ребят: раз кричит, значит — живой!..

Так Дута Эдиев стал не просто вторым после Салмана Бейбулатова, но вообще последним среди мальчишек аула Дойзал-юрт. На изувеченной, кривой ноге он следовал за мальчишеской ватагой, как тень, издалека наблюдая за их шумными играми. Только верхом на коне он ни в чем им не уступал —

ни им, ни самому Салману. Не уступал? Да они Дуте и его коню не годились даже на подстилку под седло. В седле Дута торжествовал, вся запрятанная до времени удаль вырывалась наружу. Нет, такого джигита давно не видели окрестные горы! Разве вспомнить Давлет-Гирея? Но когда это было!

Айшат он рассмотрел среди других девчонок аула первым. Гораздо раньше, чем Салман. Теперь он следил не за мальчишеской возней сверстников, а за гибкой фигуркой, перебегавшей с хворостом или кувшином по камням. Однажды, поскользнувшись на росистой траве и едва не уронив кувшин на землю, Айшат даже улыбнулась Дуте. Надежда заскочила юрким зверьком в его душу. Дута сжег в очаге деревянный костыль и решил, что будет с этого дня ходить без него. Ведь когда идешь по горам, ровной походки все равно не получится, а раз так — разве не все ли равно, хромой ты или нет. Это если ходить по горам...

Но так прыгать, как Салман Бейбулатов, он не мог. А Салман уже прыгнул... Дута видел, как Айшат с Салманом уже шли рядом от реки. Он нес ее кувшин, и смех ее был подобен журчанию чистой струи. Дута видел, как соприкасается их одежда, и юркий зверек надежды выскочил из его души, наверное, навсегда.

И вот война... О! Он благодарен этой войне, которая поменяла все сразу, волшебным образом. Его соперник, молодой и красивый, первый жених в окрестных аулах, был отправлен на фронт. Теперь у Салмана только одна невеста — смерть, которая, может, уже приметила себе джигита в супружеское ложе. Теперь Дута — первый жених в родных горах, не только на коне, но и на своей кривой ноге. Как же тут не благодарить Аллаха за войну, за германскую армию, которая стоит уже на пороге Кавказа? К тому же была у Дуты еще тайна. Только — не его одного тайна...

— Что с тобой, Айшат? — спросила Маша Саадаева. — Что ты замолчала? А! Дута Эдиев. Так и что такого? Несчастный парень. Инвалид. Даже не может пойти на фронт, защищать свою Родину от врага. Звала его к нам на конезавод. Говорю, никто так не знает лошадей, как ты, а он только улыбается, щурится так недобро и ничего не отвечает. Ты, кажется, ему нравишься? Может, поговоришь с ним? Пусть идет к нам работать. Хотя вряд ли. Странный он. То на коне умчится в долину, скачет, как дикий, и орет во все горло, то уйдет в горы с мешком и не видно его неделями. Куда это он все уходит? Ты не знаешь?..

* * *

В бригаде помимо нее были оператор и администратор. Айсет — босс. Потому как в бригаде — журналист за главного. Однако с оператором могли быть проблемы. В прежней своей бригаде он был неформальным лидером. Его звали Тенгиз. Он был наполовину грузин, но по-грузински знал только «гамарджоба» да «диди дзудзуэби».

Тенгиз был коренным москвичом и являл собой ходячий пример нереализовавшейся грузинской амбициозности. Отец, которому Тенгиз был обязан своими именем и внешностью, растворился где-то в самых ранних детских воспоминаниях. Мама рассказывала, что он торговал в Москве американскими джинсами подпольного абхазского производства. Из университета, с журфака МГУ, Тенгиз вылетел с первого курса. Но от армии помогла отмазаться грузинская родня, едва признававшая его:

мать Тенгиза не была расписана с Шалвой Гиевичем. Прибился к телевидению. Кое-как выучился на оператора. И везде, в любой бригаде, пытался руководить, генетически, по-грузински полагая, что женщина, пусть и дипломированный журналист, управлять процессом делания репортажа не может...

Живя в снятой дешевой однокомнатной квартирке, не имея машины и других атрибутов роскошной жизни, он ненавидел и презирал все человечество. У него не было и тени сомнения, в том, что на небесах была по отношению к нему совершена какая-то досадная канцелярская ошибка, в результате которой ему здесь, на земле, не досталось положенных по факту рождения машин, квартир и загородных домов...

Администратором — толстой, но очень проворной девахой Ленкой Пьянцух — Тенгиз пытался помыкать, постоянно ее попрекая полнотой и общей корявостью фигуры, дескать, на ее месте должна была бы быть стройная фотомодель, призванная не только радовать эстетически, но и порою бесплатно, по служебной необходимости, расслаблять его напряженные чресла.

Ленка не обращала на него никакого внимания. Она добросовестно всюду бегала и повсюду поспевала — доставала билеты, заказывала гостиницы, дозванивалась до секретарей, договаривалась об интервью, ловила такси...

Тенгиза, разумеется, предупредили, кто такая Айсет и откуда она взялась. Поэтому он избавил ее от глупых сексуальных намеков, зато сразу сделал несколько предложений профессионального свойства.

— Они хотят репортажей по чеченской теме? — с ходу начал Тенгиз, едва их представили друг другу. — Я знаю, какой классный репортаж можно сделать, никуда не выезжая, здесь, в Москве... Едем в Бутово, там я знаю гаражи, которые чечены держат, снимем репортаж, как власти столицы не дают развернуться малому бизнесу, притесняют предпринимателей по национальному признаку. Не дают ребятам землю под новые гаражи и боксы...

Однако у Айсет хватило ума прежде, чем мчаться в Бутово и встречаться с тамошней авторемонтной мафией чеченского происхождения, поговорить на эту тему с отцом.

— Ни на кого там мэрия не давит, — сказал отец. — Я знаю, там Аслахан и Ахмет Гаджиевы автостоянки и гаражи держат. Но конфликт там у них не с мэрией, а с долгопрудненскими и с солнцевскими. Все хотят новый кусок территории за МКАДом... Солнцевские надумали там гипермаркет построить, долгопрудненские — торговую базу, пиленым лесом и сборными дачными домиками торговать... За теми и за другими силовые ведомства, только разные... Не получится у тебя с репортажем. Только репутацию себе подмочишь...

Тему для первого репортажа подбросила Астрид.

— Поезжайте в Ингушетию, — сказала она, попутно не забыв приклеить улыбку, — снимите серию репортажей о положении беженцев, как их вынуждают вернуться в Чечню, как угрожают лишить пенсий и пособий, как не дают продовольственной помощи, принуждая покидать лагеря, в общем, на месте разберетесь, сообразите, что к чему...

Айсет было разволновалась, справится ли? Позвонила отцу.

— Ты ничего не бойся, дочка, — сказал отец, — тебя встретят наши родственники, и все будет хорошо...

В Назрани Айсет воочию убедилась во всемогуществе понятия «родственники».

Их встретили в аэропорту, подогнав машины к самому трапу самолета. Саму Айсет повезли в головном «мерседесе», а Тенгиза с Ленкой Пьянцух посадили в белую «Волгу». Назранская милиция по всему маршруту движения становилась «смирно» и отдавала им честь.

Тенгиза с Ленкой поселили в лучшей гостинице города, без церемоний, предварительно вытряхнув из номеров «люкс» каких-то не шибко важных иностранцев. Айсет же сразу отвезли в дом к двоюродному дяде Руслану, про существование которого она узнала от отца только перед самым вылетом из Москвы.

Дядя Руслан был здесь каким-то республиканским министром и заведовал всеми деньгами, отпускаемыми на строительство по федеральным программам. Дом у дяди Руслана был трехэтажный. Большой. Окруженный высоким кирпичным забором, с улицы он казался маленьким — только одна крыша виднелась с проезжей части.

Однако это был хорошо продуманный оптический обман, так как архитектор точно рассчитал глубину, на которую он отнес строение в сад, подальше от отгороженной забором дороги. Таким образом, с улицы, из-за крон высоких плодовых деревьев, был виден только кусочек крыши...

— Мне нравится ваш дом, дядя Руслан, — сказала Айсет, когда, переодевшись, спустилась к накрытому на веранде столу.

А дяде понравилась ее подсмотренная в Лондоне манера одеваться — юбка поверх джинсов, зеленый платок хиджаб, накрученный вокруг головы и глухо закрывающий шею.

— Ты молишься, как положено? — спросил дядя.

— Я хожу в мечеть по праздникам, — уклончиво ответила Айсет.

— Молиться надо пять раз в день, — назидательно сказал дядя и, погладив воображаемую бороду, улыбнулся. — Я тебя помню совсем-совсем маленькой, когда ты родилась...

Дядя все и организовал.

На следующий день с утра за Тенгизом и за Ленкой заехала закрепленная за ними министерская «Волга». Айсет с двумя дядиными охранниками ехала в «мерседесе», оснащенном кондиционером.

До лагеря было минут сорок езды.

Дядя обо всем договорился, и в лагере их встретили, как самое высокое начальство из какого-нибудь Европарламента или международной комиссии по правам человека.

В лагере было пыльно, грязно и отвратительно пахло хлоркой, которой из опасения болезней засыпали помойки и общественные туалеты.

Айсет зашла в такой туалет и ужаснулась...

— Тенгиз, мы, пожалуй, начнем снимать с этих помоек и с туалетов, — сказала она, в грустной задумчивости наблюдая за тем, как ее оператор распаковывает видавший виды, со всех боков обшарпанный «Бетакам»...

Она раскрыла на коленках свой ноутбук и принялась писать текст, который только что пришел ей на ум...

— Изображение и звук, которые принимают ваши телевизоры, не в силах передать тех запахов, которыми пропитаны каждый квадратный метр этой территории, территории, где уже четыре года живут люди, вынужденные покинуть свои дома и бежать сюда от войны...

Их группу сразу обступили женщины. На лицах женщин были нарисованы привычно-показные страдания. Айсет видела такие нарисованные страдания каждый раз, когда выходила из метро на Лестер-сквер или на Кромвель-роуд... «Фуд, фуд, мани фор фуд...» — там, в Англии, ныли такие же женщины с нарисованными на лицах страданиями.

Только здесь они ныли не по-английски, а по-русски.

По-русски, потому что Айсет, в общем, чеченского не знала, как не знали по-чеченски ни Тенгиз, ни Ленка Пьянцух.

Женщины ныли хором.

Вперед они выставляли полуголых детишек. Детишки натужно и явно заученно кашляли, изображая запущенный бронхит. В школе они бы явно получили освобождение от занятий по физкультуре...

Айсет дала Тенгизу команду снимать.

Тенгиз дело знал и снимал на всякий случай — все и вся.

Потом из снятого можно будет навырезать и намонтировать то, что надо для эфира. Лишнего материала никогда не бывает — это правило Тенгиз знал хорошо.

Айсет совала микрофон то одной женщине, то другой, и все они заученно, плаксивыми голосами, говорили одно и то же — что продовольственная помощь поступает нерегулярно, что хлеб бывает не каждый день, что дети болеют, и что, самое главное, — их всех гонят отсюда назад, в Чечню, грозя совсем перестать снабжать и хлебом, и лекарствами. А в Чечне война... А руководство федералов лжет, что в Чечне им дадут мирно жить и строить дома... А дети болеют и четвертый год не ходят в школу... Дети кашляли и черными глазами глядели на Айсет, как, наверное, с земли наверх глядят на небо люди, когда им плохо...

И Айсет трижды пожалела о том, что не сообразила взять для этих детей хотя бы несколько килограммов шоколадных конфет.

Дядя договорился с руководством местного телевидения, что им с Тенгизом на пару часов дадут монтажную студию — посмотреть и поколдовать, что получается с репортажем. Тенгиз был доволен.

Их возили с почетом. Их кормили на убой. Их всячески ублажали.

И Айсет даже не была уверена, давал ли себе Тенгиз отчет в том, что ублажали его с Ленкой не потому, что они такие столичные штучки, а потому, что одним из хозяев республики был ее, Айсет, дядя!

Но Айсет помалкивала и занималась делом.

И если Тенгиз был доволен результатами, то Айсет — наоборот. И чем дальше, тем в большее уныние она приходила. Все получалось, как сочинение на заданную тему. Руководство телеканала в лице замороженной Астрид желало антифедеральный репортаж о несчастных и гонимых чеченцах. Местные, в лице дяди, желали того же.

Тенгиз расстарался! И получился — румынский хор, фальшиво завывающий возле метро на Лестер-сквер... «Мани фор фуд, мани фор фуд!» Хористки могли вызывать разве что брезгливую жалость, но никак не искреннее сочувствие. Они не выглядели страдалицами, они выглядели побирушками, поскольку в их горе не было ни на йоту достоинства... Айсет вспомнила старинную чеченскую мудрость, которую любил повторять отец: «Портится мужчина — пропадает семья, портится женщина — гибнет народ»...

«Мой народ обречен...» — подумала Айсет и испугалась своей мысли.

Она просмотрела на монтажном мониторе получившийся материал и чуть не расплакалась. И вдруг затосковала по Джону и по его пабу на Доул-стрит. «Айсет ю ап, Ай пут ю даун», — припомнила она любимый каламбур Джона, когда тот обыгрывал ее имечко, напевая рефрен из своих любимых «Дайр Стрэйтс»: — «I set you up, I put you down» — Я тебя завожу, и я тебя кидаю...

А тут наоборот получается. Ты меня завел. И ты меня кинул... You set me up, you put me down... Джон! Джон, где ты? И с кем ты там?

Глава 3

Мое сердце — дожди и дороги,
Пыль, что овцы подняли в тревоге,
Тень деревьев, столбы межевые,
Виноградников лозы кривые,
Дым над крышами, ласковый воздух,
Лай собак, и зола на бороздах,
И стада, и покосы без края,
И ворон торопливая стая...

Тудор Аргези

Азиз Саадаев, курсант диверсионно-разведывательной школы Абвера АК-201 по кличке Кунак, лежал на траве и смотрел в голубое крымское небо. Он лежал предпоследним в шеренге. Рядом с ним лежали три кабардинца, два осетина, ингуш, земляк-чеченец — слева и еще терский казак — справа. Длинная тень от инструктора школы лейтенанта Рунге легла на животы курсантов, которые даже от этого интуитивно напряглись.

Лейтенант Рунге бегал по животам больнее всех остальных инструкторов школы. Он наступал на курсантов не всей стопой, а острием каблука, отчего на теле оставались кровоподтеки в виде полумесяца. Еще он любил перепрыгивать через одного или внезапно повернуть назад, наступая по второму разу на одних и тех же.

— Я должжент узнайт, курсант, что ты кушальт zum Fruhstuck[1]?! — орал он, исполняя свои странные половецкие пляски на живых людях.

Надо сказать, что в первые дни обучения курсанты плохо скрывали от него содержимое своих желудков и кишечников. Но потом привыкли, угадывали замысловатые танцевальные па лейтенанта и даже умудрялись тихонько переговариваться.

— Кьяйн талу[2], — шепнул земляк слева по кличке Абрек, кивнув на длинноногого фрица.

Но лейтенант Рунге не зря занимался подготовкой диверсантов и разведчиков.

— Говорильт по-русски! — заорал он, балансируя на двух осетинах. — Говорильт все понимайт!

Он заставил группу принять упор лежа и отжиматься на три счета. «Eins» — исходное положение, «Zwei» — полусогнутые руки, «Drei» — опуститься на землю. Потом опять следовал «Zwei» и так далее. Лейтенант Рунге предпочитал цифру два. Выкрикнув ее с особым злорадством, он прохаживался между курсантами, насвистывая веселый мотивчик, пока их мышцы не начинали мелко дрожать. Но, дав им опуститься грудью на теплую траву, он тут же опять вспоминал свой любимый «Zwei» и с усмешкой наблюдал, как курсанты пытаются отлепиться от матушки-земли.

— Поднимайт задница! Свободен Кавказ ждать герой! Задница сидеть дома, любить комиссар! Бей жида-политрука, морда просит кирпича!

Последнюю фразу Рунге больше всего любил выкрикивать, в ней одной он почти избавился от акцента.

---

[1] на завтрак (*нем.*)
[2] чума (*чечен.*)

Хватило семи-восьми затяжных отжиманий, чтобы вся группа ложилась на траву, не обращая внимания на счет. Только один Азиз продолжал четко выполнять команды.

— Кунак — есть герой, джигит!

Странное дело! Азиз, сгибая руки, просто защелкивал какой-то суставный замок и мог оставаться в таком неудобном положении бесконечно долго, в то время как остальные просто тянули жилы. Жаль, что только в этом упражнении он был недосягаем для остальных курсантов.

Для подрывного дела он был даже чересчур хладнокровен. Когда остальные курсанты уже бежали к укрытию, он еще вставлял в детонатор бикфордов шнур и прикусывал металлический патрончик. Но Аллах его хранил, и взрывы раздавались только тогда, когда курсант Кунак падал на дно траншеи.

А для рукопашного боя Азиз был чересчур горяч. Пожилой, сухощавый старичок, очень вежливый и обходительный, преподававший им странную смесь из бокса, джиу-джитсу и еще невесть чего, всегда использовал отчаянные наскоки Азиза в качестве отрицательного примера действий диверсанта в ближнем бою. Когда Азиз с диким криком кидался ему в ноги, старичок спокойно выполнял бросок, который он называл «перекати-поле». Азиз кувыркался и опять бросался на инструктора с низкого старта. Бросив его раз-другой, старичок понял, что дикого горца мягкостью не убедить, и просто врезал ему подъемом ноги в гордый орлиный нос. Вид собственной крови подействовал на чеченца отрезвляюще. Он заткнул хлюпающий нос пилоткой, пошатываясь, сделал несколько шагов и упал ничком на траву.

Старичок же, прохаживаясь вокруг еле живого примера, говорил о том, что в реальном бою надо отдавать предпочтение наиболее простой и эффективной технике. Даже выставленный вовремя палец может решить исход рукопашного боя.

Азиз смотрел на высокое голубое небо и думал о том, что жена посчитала бы его предателем, и друг Салман Бейбулатов тоже. Но кого он предал на самом деле? Мать, отца, могилы предков, обычаи дедов и прадедов, аул Дойзал-юрт, Чечню, Аллаха?

А когда он принимал грамоту от директора конезавода, который назвал его коневодом-стахановцем, он не предавал? Когда на торжественном митинге, посвященном годовщине Октябрьской революции слушал слова о том, как «Чечня в едином строю со всем советским народом...», кивая при этом в такт словам оратора, он не предавал? Где она, точка отсчета? Где начинается и где заканчивается предательство? Почему молчат старейшины, прячут свои мудрые речи за седину бород? Почему они надвигают папахи так глубоко на лбы? Чтобы не видно было их глаз? Почему молчит Аллах? Азиз спрашивает Его и утром, и вечером, благо немцы не запрещают молиться, но Он молчит.

Ведь все было так просто. Его предки не задавали глупых вопросов. Они садились на коней, резали и стреляли гяуров. И не было на них другой силы в течение пятидесяти лет. Но как только они усомнились, их покорили, посадили на цепь, стали кормить из миски, наделяя жалкой пайкой из общего котла. А может, они уже не нохча? Может, Азиз уже не нохча? А кто же он? Советский стахановец?

Когда пехотный батальон Азиза Саадаева попал на передовую, ротный сказал, что раз он на гражданке был бригадиром, то здесь станет командиром отделения. Азиз обрадовался. Первый день на

боевой позиции, а он уже — командир, в его под-
чинении солдаты. Он тут же собрал свое отделение в окопе, сам не зная для чего. Но тут все побежали вперед, крича вяло и вразнобой. Азиз бежал
и кричал вместе со всеми, но не нацепляя на винтовку штыка. Штык — это не кинжал. Вообще плохое оружие, неродное.

Азиз кричал громче всех, потому что думал,
что его отделение бежит за ним, но скоро понял,
что все давно перемешались, и ничего понять в
этой беготне невозможно. Найдя глазами командира роты, он вдруг догадался, что и тот ничего
не понимает. Азиз, по крайней мере, кроме того,
где находятся их позиции, знал, в какой стороне
Мекка.

Но вот сбоку что-то ухнуло, прорезало воздух
между бегущими, сбило Азиза с ног и осыпало
сверху землей. Нет, Азиз не испугался, он все еще
силился понять, где свои и где чужие, чтобы начать наконец воевать. Теперь слева слышался гул
моторов и пулеметные очереди. Значит, там был
противник, но и спереди в них стреляли тоже. Тогда
он решил отходить к своим позициям, потому что
так воевать было нельзя ни русским, ни чеченцам,
ни лезгинам, ни хевсурам.

Когда Азиз увидел спокойно прохаживавшихся
над брустверами наших окопов немецких солдат,
он выпрямился и пошел к ним. Тут же стоял пят-
нистый, как поросший лесным мхом валун, бро-
нетранспортер. Около пулемета сидел скучный
немец и курил. Немец скосил на него глаз, как
петух на червячка, и кивнул то ли носом, то ли
подбородком на винтовку Азиза. Саадаев понял и
кинул оружие на землю. Тогда немец протянул ему
недокуренную папироску. Азиз замотал головой, а
немец пожал плечами...

В лагере для военнопленных, когда вокруг русские и украинцы умирали, исходя кровавым поносом, Азиз держался. Ни с кем не разговаривая, не обращая ни на кого внимания, он через каждый час молился Аллаху почти у самой колючей проволоки. И болезни, косившие советских военнопленных страшнее немецких пулеметов, обходили его стороной. Только на левой ноге вдруг образовались небольшие язвы, которые стали быстро расти. Нога покрывалась темной коркой, которая присыхала к штанине. Но с этим можно было жить.

Однажды, когда он закончил утреннюю молитву и поднялся с колен, отряхиваясь и пытаясь отодрать присохшую к влажной корке штанину, его окликнули. Между внутренним и внешним ограждением колючей проволоки стоял немецкий офицер. Азиз обратил внимание на рваный шрам на его щеке. Глаз горца сразу узнал след от удара шашкой. Когда-то этому офицеру очень повезло.

— Ты мусульманин? — спросил офицер на чистом русском языке.

Азиз кивнул головой. Разве так молится еще кто-нибудь, кроме исповедующих Ислам?

— Кто по национальности?

— Чеченец.

— Нохча?! — обрадовался офицер. — Земляки, значит. У одной реки с тобой жили. А наши предки, может, и убивали друг дружку... Ну да ладно. Теперь скажи мне, нохча, как тебя зовут... Надеюсь, ты не комиссар? А вдруг жид? Шучу, не сверкай на меня глазами. Силы побереги! А то у тебя уже, кроме глаз да носа, ничего не осталось. Ну, Азиз Саадаев, скоро увидимся...

Но увиделись они не так скоро. Сначала в бараке к нему подошел кавказец с перевязанной головой. Сказав, что он аварец из Закатал, стал расспрашивать Азиза: где жил, где работал, как относится к власти большевиков? Когда Саадаев сказал, что работал на конезаводе, аварец понимающе кивнул головой:

— Я знал, что ты наш, рабочий человек. Понимаешь, у нас тут собрались свои, проверенные люди, настоящие мужчины. Понимаешь, будем делать восстание, бежать к своим. Будем бить немецкую гадину. Понимаешь?..

Азиз видел, как аварец прячет глаза, мямлит, жмется, как побитая палкой собака. Ему стало скучно, он выругался по-кумыкски, чтобы аварец понял, плюнул и отвернулся.

Это была его первая проверка, самая примитивная, лобовая. Потом таких проверок было еще несколько и, наверное, они еще не закончились даже теперь, когда он уже был включен в состав группы, формируемой диверсионно-разведывательной абверкомандой АК-201, для заброски в тыл советских войск на Северном Кавказе. Теперь на территории бывшего санатория ВЦСПС в Крыму, где располагалась школа разведчиков и диверсантов под условным названием «Группа здоровья», они проходили ускоренную тактико-техническую и политическую подготовку.

Возглавлял группу майор фон Руддель, тот самый офицер со шрамом на щеке. В группу входили горцы, жители Северного Кавказа, и радист из терских казаков. Рядовые члены отряда пока не знали, в чем заключается их миссия, знали они только название операции — «Хлеб-соль».

Азиз Саадаев мог пожертвовать очень многим, чтобы оказаться в родных горах. Разбитый нос и синяк в виде полумесяца на животе были ничтожной жертвой.

* * *

Репортаж Астрид одобрила.

Как только они прилетели в Москву, Астрид сразу просмотрела материал и тут же дала команду перегнать отснятое и смонтированное в головную штаб-квартиру с рекомендациями поставить в блок новостей по Восточной Европе...

— Завтра увидишь себя в утренних новостях, — сказала она Айсет, ободряющим движением дотронувшись до ее плеча. — С тебя шампанское. С почином!

И вдруг потянулась к ее лицу и, подмигнув, ущипнула Айсет за подбородок...

— Шампанское, не забудь!

Айсет восприняла сказанное буквально. Выходя на Тверскую-Ямскую, спросила у консьержа, где тут рядом хороший... она замешкалась, подыскивая слово, аналогичное французскому «cave»... Где тут рядом вино-плэйс? Выяснилось, что приличное вино-плэйс находится в так называемом «Елисеевском», что по этой же стороне Тверской, всего в трех шагах вверх по улице в сторону Пушки...

В «Елисеевском», большом старомодном, под русское ретро, магазине оказалось, что настоящего французского шампанского нет в ассортименте. В изобилии имелись дешевые сорта претенциозного местного брэнда «Советское»... Брать это Айсет не захотела. Постояла, подумала и взяла огромную бутылку игристого «...a la base de la vin naturelle et de l'eau aromatisee[1]...», из тех, какими гонщики обливаются, стоя на подиуме.

---

[1] На основе натурального вина и ароматизированной воды (*франц.*)

Когда вернулась в офис, Астрид уже как раз собралась уходить.

— Это как ты сказала, — протягивая пакет, смущаясь, пробормотала Айсет, — вроде как с началом моей деятельности, за первый репортаж...

— А-а-а, — рассмеялась Астрид, — так это я пошутила. Но если ты уж так буквально, то давай поедем ко мне, отметим, а заодно и посмотрим твой репортаж уже в эфире.

У Астрид была темно-синяя семьсот семидесятая «Вольво».

— Большая машина в этой дикой стране рекомендуется как залог безопасности, — сказала Астрид, сев за руль и включая зажигание, — это в Париже женщина может расслабиться и комфортно чувствовать себя в малюсеньком «Остин-мини»... А здесь эти бандиты на джипах, что размером с однокомнатную квартиру на колесах, тебя вмиг расплющат, стоит только зазеваться...

Квартира у Астрид была на Малой Бронной. Роскошная парадная с консьержем и видеокамерами. Охраняемая парковка перед домом. На лифте поднялись на третий этаж. На этаже три двери. И ковер на лестничной площадке. И цветы.

— За квартиру Си-би-эн платит четыре тысячи долларов в месяц, — похвасталась Астрид, снимая плащ.

Автоматика встречала хозяйку, приветливо зажигая в комнатах свет и весело включая музыку и телевизоры с ее, хозяйки, любимыми телеканалами.

— Вино неси на кухню, — сказала Астрид, заметив замешательство своей гостьи. — Русские вообще, оказывается, любят на кухнях, как это по-русски? Ту-со-вать-ся...

У Астрид были все западные каналы. И что бы она ни смотрела, в какой бы комнате ни был включен телевизор, в уголке экрана один сектор маленьким квадратиком обязательно показывал картинку канала Си-би-эн...

— Так что твой репортаж мы не пропустим, — бодро сказала Астрид, доставая бокалы.

— Но ведь репортаж в завтрашнем утреннем блоке! — неуверенно пробормотала Айсет.

— А ты что? Уже уходишь? — спросила Астрид, с улыбкой поглядев в глаза своей визави.

Пили, разумеется, не то самое «A la base...», что Айсет купила у «Елисея», а настоящий «Дом-Периньон», что в изобилии водился в личном погребке мадам. И когда выдули вторую бутылку, третью и четвертую взяли в спальную, где, разомлев и раскрасневшись от непринужденной беседы, без туфель уселись прямо на ковер...

Айсет не сразу почувствовала легкие прикосновения. Кончиками пальцев Астрид гладила ее плечо, потом шею, потом коснулась губами ее полуобнаженной груди...

— Ты что-то сказала, Kätzchen[1]? — размягченно промурлыкала Астрид.

— Мне пора... — Айсет потянулась к туфлям.

— Почему? Я тебя чем-то обидела?

— Нет, но... Этим я предпочитаю заниматься с мужчинами. Извини, что не предупредила. Вызови мне такси, пожалуйста...

---

[1] Кисонька (нем.)

Глава 4

Я слишком силен, чтоб тоской изойти,
Если к ночи стал день клониться.
Мне, как мысли, не усидеть взаперти.
Я по горным тропам должен идти
И над пропастью остановиться...

Генрик Ибсен

В горах хромота незаметна. Если одна нога короче другой, здесь это — не беда. Здоровый человек все равно на склоне одну ногу больше подгибает, а другую вытягивает. В горах хромают все.

Но если бы уродство было только внешним! Дуте Эдиеву приходилось часто останавливаться, присаживаться на кочки и коряги, ждать, когда уймется ломота в больных костях. Можно было, конечно, перетерпеть, но тогда предательская нога распухала даже в мягком кожаном сапоге-чулке. Дута разувал ее, рассматривал странно выпирающую берцовую кость, покрытую такими же странными мышцами, вывернутую, нечеловеческую стопу.

В горах не так много тропинок, особенно если ты идешь в определенном направлении, и Дуте часто доводилось проходить мимо того самого утеса и ивы, где судьба его когда-то подстерегла. Он не избегал этого места. Напротив, он часто делал здесь привал. Под этой ивой, которая давно уже переросла утес, воображение Дуты разыгрывалось. Оно, как и это дерево, поднималось над тяжелой, почти каменной обидой, уносило горца в другую жизнь, где он был самым лихим и удачливым джигитом, слава о котором шла по всей Чечне, где его боялись и уважали. Тогда он представлял себе, как Айшат сама приходит к нему и стоит чуть в отдалении, ждет, когда он обратит на нее внимание. Дута медлил, оттягивал момент полного торжества.

Наконец он как бы случайно поворачивался в ее сторону и замечал девушку. Черная рубашка, еще не выгоревшая на солнце, но кажущаяся выгоревшей рядом с ее по-настоящему черной косой. Айшат наклоняется, собирает сухие ветки.

Только тут Дута понял, что перед ним живая Айшат. Он схватил сапог и стал обувать еще немного ноющую ногу. Девушка заметила боковым зрением движение в лесу, повернулась и увидела Дуту Эдиева.

— Ассалам алайкум, Айшат!

— Ва алайкум салам, Дута!

— Я не напугал тебя?

Айшат не ответила, но так посмотрела на Дуту, как издревле смотрели женщины нохча на тех, кто мог позволить себе усомниться в их горском характере. Такие взгляды читают даже иноплеменники. Дута понял, что сказал глупость.

— Прости меня, Айшат, я не то говорю, — смутился Дута. — Не ожидал тебя встретить здесь одну.

— Разве у Айшат есть свои нукеры, чтобы она не была одна, чтобы они охраняли ее, когда она идет за водой или за хворостом?

Глазами она могла бы выжигать слова на дереве. Что на дереве? На металле! Что на металле? На сердцах джигитов...

— Теперь ты не права, — сказал Дута, прикладывая руку к сердцу. — Стоит тебе только шепнуть, и я буду твоим нукером. Буду следовать везде за тобой, понимать каждый твой взгляд и жест...

— Где тебе угнаться за мной по горам? Ни одна из девушек, ни один из парней не умеют бегать так же быстро, как я. Только Салман Бейбулатов мог догнать меня. А тебе... — Айшат осеклась, видимо, пожалев его. — Разве у тебя в кустах спрятан конь?

— Опять ты тревожишь мою рану, Айшат. Разве ты не знаешь, что всех боевых коней забирали из наших домов для Красной армии? Моего Карабуйсу тоже увели русские. Карабуйсу, Черную Ночь, в Красную армию! Сейчас едет на нем какой-нибудь комиссар, колет ему бока шпорами, натирает ему спину по неумению своему ездить верхом. А Карабуйса не движение ноги моей понимал, а мысли мои читал. Вот какого коня у меня забрали!

Дута ударил себя в сердцах по больной ноге. Но, сочтя эту боль недостаточной для такого горя, ударил еще и еще.

— Я был тогда в горах. Мансур мне сказал. Если бы у меня была здоровая нога, я бы добежал, я бы успел. Я бы дрался за своего Карабуйсу, я бы зубами их грыз, но не расстался бы со своим конем. Мать говорит, что он ржал, бился, меня звал, как человек. Все эта проклятая нога, все это подстроили шайтан, джинны. Это они рыщут за мной, смеются над моей хромотой, радуются. Теперь они лишили меня большего, чем ноги. Что мне эта кривая нога! Я отдал бы за Карабуйсу и эту, здоровую...

Он замолчал, кроме своего горя преодолевая еще и ломоту в потревоженной ноге, а на верхушке утеса, словно почувствовав его боль, вскрикнула хищная птица, сорвалась вниз и, описав круг над людьми, полетела в горы. Парень и девушка проводили ястреба взглядами.

— Дута, это ведь тот самый утес и ива, которые покалечили тебя... — заметила Айшат после продолжительного молчания.

— Я не виню ни утес, ни дерево. Это все шайтан и его слуги, созданные из бездымного огня, которые приняли форму утеса и ивы. Это злые джинны, которым был страшен джигит Дута Эдиев, и они покалечили его мальчиком, а теперь, обратившись в русских комиссаров, увели его коня, его Карабуйсу.

— А я не верю в джиннов, — сказала Айшат.

— Ты больше дружи с этой комсомолкой Саадаевой! — Дута позволил себе даже прикрикнуть на девушку. — Не понимаешь, что говоришь. Этой гяуркой самой крутят злые духи, как хотят, а она этого не замечает, служит им. А тебе, мусульманке, стыдно не видеть этого. Что ты можешь понимать? Ты не видела джиннов в горах? О! Молчи, девушка, молчи! Они ходят кругами вокруг нашего аула, и эти круги все сужаются. Я знаю. Дута все видел в горах. Они сделали Дуту калекой, но он научился узнавать их в любом обличии, угадывать их коварные замыслы. Слушай же, Айшат, плохие времена настают для Дойзал-Юрта. Надо уходить отсюда в горы, чтобы переждать. Там есть старые, мудрые люди. Их боятся джинны, их боится шайтан...

— А ты думаешь, я боюсь твоих джиннов?! — закричала Айшат. — Слышал пословицу про пуганую ворону, которая куста боится? Ты, Дута, везде видишь джиннов. Утес и ива, значит, тоже джинны?

— Тоже джинны. Очень злые джинны.

— Что же тогда они не справились с Салманом? Что молчишь?

Айшат вдруг овладел какой-то мальчишеский задор, ей захотелось надерзить Дуте, унизить этого калеку, осрамить его. Так иногда молодая самка не с того ни с сего накидывается на хромого калеку-самца, зло куснет и отбежит, сама удивляясь своей ярости.

— А знаешь, Дута, — закричала девушка, — что это все вранье? Просто есть на свете лихие джигиты, а есть жалкие трусы, которые оправдывают свои неудачи джиннами. Есть Салман Бейбулатов, который совершает подвиги, защищая родную землю. От боевого крика которого трепещут сердца врагов. А есть...

Она не договорила. Дута круто повернулся и, припадая на одну ногу, побежал к утесу.

— Дута! Ты куда?! — крикнула Айшат, поняв, что задумал несчастный калека.

Дута быстро ковылял к утесу. Девушка бросилась за ним.

— Погоди, Дута!.. Не верь моим словам!.. Я не хотела их говорить! — кричала она на бегу, понимая, что на горном склоне Дута не уступает ей в быстроте бега. — Хорошо!.. Это не я говорила... Ты прав — это джинны говорили за меня! Погоди... Я так не думаю! Остановись...

У подножия утеса она настигла Дуту и вцепилась в его кожаный наборный пояс. Но он, как молодой вол, потащил ее за собой по утесу. Айшат упала на колени, чувствуя в этой напрасной борьбе свою легкость и хрупкость. Комья земли и камни вылетали у нее из-под ног, не давая возможности остановить Дуту, стремившегося вверх по склону. Только небольшое ореховое дерево сжалилось над ней, оказавшись на их пути. Айшат обхватила гибкий ствол ногами и стиснула их так крепко, словно боролась за свою честь. Тут их движение и остановилось, потому что Дута упирался в землю больной ногой и не мог найти точку опоры, чтобы разорвать эту живую цепь. Тогда он обернулся, чтобы сильными, ловкими руками отцепить от себя, оторвать кошку-Айшат...

— Что тут такое происходит, товарищи? — послышался спокойный мужской голос в нескольких шагах от борющихся.

На горной тропе, идущей мимо утеса, появилась группа людей, одетых скорее спортивно, с рюкзаками и винтовками за спиной. Впереди всех шел молодой мужчина славянской внешности, высокого роста и атлетического сложения.

— Если это семейная сцена, — сказал он, улыбаясь, — то прошу прощения за вмешательство. А если вам нужна наша помощь, то рады стараться. В любом случае, товарищи, ассалам алайкум, как говорится!

Айшат отпустила сначала ствол орешника, а потом пояс Дуты, оправила рубашку и волосы.

— Здравствуйте, — по-русски сказала она, без опаски оглядывая незнакомцев.

Дута ничего не ответил. Он сел у подножия утеса и стал поправлять сапог на больной ноге, прикрывая на всякий случай висевший на поясе кинжал. Высокий усмехнулся чему-то.

— Прошу прощения, товарищи, я начальник геологической партии Евгений Горелов. Мы производим у вас в горах картографическую съемку местности. А это мои коллеги-геологи. А вы, наверное, местные?

Эдиев продолжал недружелюбно молчать, глядя на незнакомцев, а Айшат улыбнулась им приветливо, хотя и несколько смущенно оттого, что столько мужчин видели ее в таком странном положении.

— Мы из этого аула. Живем здесь, — сказала она.

— А как ваш аул называется? — спросил высокий, все так же улыбаясь.

Айшат впервые видела у мужчины такую ямочку на подбородке. Она подумала, что это может быть след от кинжала или ножа. Хотя ямочка показывалась во время улыбки и была аккуратной, точно посередине.

— Дойзал-юрт, — ответила она, следя, когда опять покажется странная ложбинка на подбородке у мужчины.

Тут к ним подтянулись и остальные геологи. Среди них Айшат заметила девушку с такой же, как у остальных, ношей за плечами. Девушка была курносой, с обгоревшими от костра ресницами и бровями. Ее появление, видимо, немного успокоило Дуту.

Он выпрямился и спросил с подозрением:

— Нефть искать, ходить? Плохое время. Война.

Он говорил по-русски гораздо хуже Айшат, которая много общалась со своей русской подругой.

— Я же сказал, товарищ, — ответил Горелов, — производим картографию местности. А полезные ископаемые нужны нашей стране и на войне, и в мирное время. На войне особенно. Танки на чем ездят? А самолеты?.. То-то! Я вот что хотел у вас спросить. Можно в вашем ауле купить немного муки и молока? Да еще бы меда, а то вот товарищ наш, геолог Лычко, что-то расклеилась. Туманы у вас в горах холодные, вот и наглоталась туманов-то.

Горелов подмигнул курносой, и та улыбнулась ему с какой-то поспешностью.

— Так что, можно, говорю, нам у вас затовариться? И насчет меда вот?

— Конечно, можно, — улыбнулась Айшат. — Мука, молоко — это и у нас можно. Отец, мать будут рады гостям. А мед очень хороший у Саадаевых. Маша Саадаева не откажет...

— Маша? Имя русское, — удивился Горелов.

— Она и есть русская. Маша на конезаводе — секретарь комсомольской организации. Комсомольский вожак.

— Вот как! — удивился геолог. — А тебя-то как зовут?

— Меня Айшат.

— А тебя, джигит? — повернулся Горелов к Дуте.

— А я — не нефть. Для чего со мной геологам знакомиться?

— Вот ты, значит, какой! — Горелов опять усмехнулся. — А я слышал, что горцы — народ гостеприимный.

— Здесь — не дом мой, радоваться гость: Здесь горы. Много чужих людей в горах — это не гости и не кунаки.

— Может, ты считаешь нас врагами?

Дута не ответил, повернулся и пошел мимо утеса по склону вверх, где лес густел и жался к земле. Геологи не видели, как, скрывшись в зарослях кустарника, Дута упал в траву и, извиваясь змеей, подполз к тому месту, откуда видны были геологи и Айшат.

— Не очень приветлив твой земляк, — сказал Горелов, кивнув вслед уходящему Дуте.

— Он инвалид, — сказала Айшат. — Покалечился в детстве. Теперь вот в армию его не берут. Коня его любимого в армию забрали, а его самого нет. Вот он и злится.

— Понятное дело. Так что проводишь меня, Айшат, в Дойзал-юрт?

— Провожу, — согласилась девушка, улыбнулась и тут же смутилась своей улыбки.

Горелов что-то сказал геологам, а потом подошел к Айшат.

— Ну, милая пэри, веди меня в свои чертоги.

Айшат посмотрела на его ямочку и вдруг всплеснула руками.

— Никак нельзя, товарищ геолог! Не могу я вас проводить.

— Это почему же? — удивился Горелов.

— Не могу я выйти из леса вдвоем с мужчиной. Что в ауле подумают? Нет, не пойду.

— Ну, Айшат, ты же комсомолка!

— Я — не комсомолка, я — мусульманка.

— Это ты напрасно. Плохо работает ваша Маша, комсомольский вожак.

— Нет, она хорошо работает. Только здесь, в горах, другие законы.

— Это ты брось. Комсомол — он тебе и в горах, и в лесах, и на море. Хоть в пустыне... Это ваша чеченская темнота, муллы ваши портят народ, мутят против Советской власти. Да ладно... Ксюша, пошли с нами! С женщиной и мужчиной-то тебе из леса выходить можно?

— С женщиной можно...

— Вот и порядочек. Только куплю я меда у вашего комсомольского секретаря и сделаю ей втык.

— Что такое «втык»? — спросила Айшат.

— Ну, секир башка, понимаешь? — засмеялся Горелов.

— Ой, смешно, — засмеялась и чеченка. — Это Маша Саадаева вам сделает секир башка. Она у нас — настоящий джигит. Вы ее побоитесь...

73

* * *

Убийство Бена Хобарда потрясло Айсет даже не тем, что она знала его... Смерть Хобарда оглушила, как оглушает на войне первый снаряд, пролетевший над головой, как оглушает свист первой настоящей пули... Вроде как и готовишь себя к мысли, что ты на войне, что здесь убивают, что из безопасной Европы ты приехала в Россию... Ведь разве не об этом все время читала она в газетах? Россия — это дикая страна, а Москва — криминальная столица мира, некий новый Чикаго, как бы перенесенный во времени из годов Великой депрессии... Убийство Бена потрясло ее не столько своим цинизмом, сколько тем, что он был убит первым — из тех, кого она знала лично. Вид первой крови приводит в шок, сколько ни повторяй себе: я на войне, моя семья на войне, мы воюем...

Местные каналы теленовостей и радиокомментаторы не стеснялись в выражениях, выкатывая свои инсинуации по линии благоприятного ожидания, по линии наименьшего приложения мозговых усилий. Им все было ясно. Раз уж американский бизнесмен имел смелость заниматься бизнесом с чеченскими партнерами, то в смерти его надо было однозначно винить одних лишь чеченцев. Чего мудрствовать? Чай, не бином Ньютона: Бароев с Хобардом делал бизнес — Бароев Хобарда и убил!

И когда Айсет слегка отошла от первого потрясения — все-таки буквально пару недель назад вместе с ним пили шампанское на приеме у отца, — она даже принялась выдумывать контраргументы, передразнивая этих радио- и телемудрецов, что априори записали ее отца в убийцы, и мысленно оппонируя им.

Как там в «Пигмалионе» у Бернарда Шоу? Ясное дело — кто шляпку спер, тот и старуху прикончил!

Первым порывом было броситься к отцу, предложить свои услуги в качестве журналистки, подготовить телерепортаж, встретиться с видными аналитиками, сделать передачу, где трезвые, умные и главное — авторитетные головы не станут рубить сплеча, мол, им все ясно, кто кого убил... Где ж она, провозглашенная русскими диктатура закона? Почему при формальной приверженности презумпции невиновности российские журналисты до суда позволяют себе выводы, обвиняя ее отца в причастности и в подготовке убийства Бена Хобарда?

Она дозвонилась до отца. Высказала свои соображения, но он ее резко оборвал:

— Занимайся своим делом, не лезь в чужие игры. Когда скажут, тогда понадобишься, может быть...

А по телевизору в каждом новом блоке новостей все накручивали и накручивали. Громкое убийство! Жареное-пареное! Для журналиста, специализирующегося на желтом материале, лучше и не придумаешь. Айсет просмотрела и все новостные блоки коллег из московских редакций. Сиби-эн и Эн-би-си дружно показали лужу крови на ступеньках гостиницы... Гостиницы, принадлежащей ее отцу.

На работе, в редакции, коллеги смущенно прятали глаза. Айсет казалось, что все они по-своему тоже уверены в причастности ее отца к смерти Бена... Она попросилась к Астрид, чтоб та приняла ее. Но Астрид, как назло, два дня не появлялась в редакции, управляя текущими делами по телефону, через секретаря. В конце концов Айсет не на шутку разозлилась, все-таки она здесь не самая последняя шавка, не самая маленькая собачонка, чтобы босс не могла принять ее и выслушать...

Еще ее расстроило и насторожило то обстоятельство, что репортаж о смерти Бена делал другой журналист. Генри Сопрано, американец, которому обычно поручали экономические обзоры. Почему он? Почему ему поручили, а не ей, не Айсет?

Сто тысяч «почему»... И Астрид не берет свою мобильную трубку.

Впервые за несколько недель, что она была здесь, в России, Айсет вдруг сильно затосковала.

Ее вызвал сюда отец. Выдернул из комфортной и устоявшейся европейской жизни. Выдернул, чтоб она помогала ему в семейном бизнесе, чтоб начала возвращать семье долги, выплачивать за свое счастливое и безмятежное детство. Выдернул, а как что-то случилось, так вроде и забыл про нее, оставив дочку за скобками своего бизнеса.

И кто она теперь? Европейская девушка, окончившая французский платный лицей для избранных? Или чеченская дочь, которая приехала на войну?

Даже Джон, и тот ей позвонил.

— Видел репортаж в новостях, здесь говорят, что это каким-то образом касается бизнеса твоего отца, — сказал Джон и тут же участливо спросил: — Ты сама-то как? Как чувствуешь себя?

Как она себя чувствовала? Плохо! Как дурочка не у дел...

— Джон, ты мог бы приехать в Москву на уик-энд? Мне так тебя недостает!

Он что-то мычал в трубку. Что-то невнятное о работе, о занятости, о дне рождения Тэша, о больной ноге, которую на прошлой неделе подвернул, играя в крикет...

Айсет обиделась, но постаралась не показать этого, а только спросила:

— А может, я прилечу на пару дней, и мы с тобой съездим в Портсмут, как собирались? Помнишь?

И снова никакой твердой уверенности в голосе Джона.

— Ну, приезжай, ну, давай, только согласуем даты... Она обиделась.

А на третий день появилась Астрид. Как ни в чем не бывало.

— Я хочу, чтоб ты занялась серией репортажей по депортации сорок четвертого года, — сказала босс-вумэн.

— Репортажей? — удивилась Айсет.

— Именно, — кивнула Астрид.

Разговор происходил у нее в кабинете, в редакции на Тверской.

— Ты хочешь, чтоб я уехала из Москвы из-за этой шумихи с Беном? — напрямую спросила Айсет.

— Нет, не хочу, чтоб ты уехала, — ответила Астрид, со значением посмотрев на нее, — просто у нас есть работа, которую необходимо делать. Серия репортажей о депортации была одобрена советом и включена в план еще полгода тому назад, а в феврале как раз очередная годовщина, так что, милая Айсет, дело прежде всего, и никаких подводных камней тут нет.

Айсет не понравилось это словечко «милая», которое употребила ее босс-вумэн... В этом контексте словечко «милая» не канало.

— Работа есть работа, — кивнула Айсет. — Когда мне уезжать в Гудермес, милая? — как бы передразнивая свою визави, спросила она.

— Как сочтешь нужным, — ответила Астрид. — Ты сама делаешь эти репортажи, кредит тебе открыт без ограничений.

Конечно же, надо было ехать в Гудермес, конечно же, надо было делать работу... Ведь ее работа — это то, чем она отдает своей семье, отцу, дядьям, братьям, отдает за счастливое французское детство. Она там жила в безмятежности, а они здесь воевали. Айсет было знакомо чувство долга. За все необходимо платить.

Поэтому, конечно же, надо ехать в Гудермес.

И конечно же, надо готовить материалы: встречаться с историками, заказывать им обзоры и резюме по истории вопроса, на основе которых уже делать репортажи, искать живых свидетелей тех февральских дней далекого сорок четвертого... Все это Айсет знала и умела.

Но она затосковала.

Ей так хотелось в Портсмут с Джоном. Ей так хотелось в маленький и милый Анфлер-сюр-Мер, куда их девчонками возили в школьные каникулы, где они так сдружились с Софи-Катрин...

Софи-Катрин была немкой.

В их школе Сен-Мари дю Пре вообще преимущественно учились девочки из других стран. Не француженки. В классе и в пансионе с Айсет жили и учились англичанки, немки, американки... Девочки из богатых семей. Они жили в комнатах парами. Айсет поселили вместе с Софи-Катрин.

Отец Софи-Катрин был крупным бизнесменом из Штутгарта. А дед — чуть ли не генералом, воевал на Восточном фронте и даже был со своей дивизией на Кавказе.

Софи-Катрин очень интересовалась местами, из которых была родом Айсет, и все мечтала съездить туда.

Ее всегда интересовали история и этнография.

После Сен-Мари дю Пре она год проучилась в Бонне на историческом, а потом вдруг переехала в

Каталонию, поступив на историко-этнографический в Барселоне.

Они переписывались и перезванивались.

Софи-Катрин рассказывала, что теперь она изучает культуру басков. И она говорила, что баски очень напоминают ей северных кавказцев, что Айсет, по мнению Софи-Катрин — настоящая *эскаудита*, баскская девушка...

Они смеялись, хихикали, вспоминая безмятежные школьные годочки.

«А почему бы не вызвать Софи-Катрин? — пришло вдруг в голову Айсет. — Я дам ей заработать, она в одну неделю напишет реферат по истории депортации, а заодно мы повидаемся, а заодно Софи-Катрин побывает на Кавказе, как мы мечтали, сидя в девичьей комнатке в Сен-Мари дю Пре!»

Идея пригласить Софи-Катрин в качестве историка-консультанта и соавтора сериала Астрид не понравилась. Она буркнула что-то вроде того, что надо бы местных историков привлекать, да с именем...

Однако Айсет настояла на своем.

Во-первых, по договору с Си-би-эн именно журналист полностью отвечает за качество программы, и сам расходует отпущенные средства, а значит, и сам нанимает специалистов.

А во-вторых, разве не Астрид говорила, что для западного зрителя необходим некий фактор доверия к материалу, а доверие формируется именно за счет того, что материал готовит свой, западный, человек. А Софи-Катрин — европейский историк.

Так что этот спор Айсет выиграла.

Отец был очень занят в эти дни, да оно и понятно. Вся эта шумиха с убийством Бена! Поэтому пришлось обратиться к дяде Магомеду. Чтоб помог с организацией поездки в Гудермес, чтобы там встретили, обеспечили безопасность, чтоб все было, как в Назрани с репортажем о беженцах. Встретились с дядей в его офисе в Международном бизнес-центре.

Офис у дяди Магомеда был не хуже, а то и лучше иных лондонских.

Дядя расспрашивал обо всем. И об Астрид тоже.

— Ты поостерегись ее, — сказал дядя, — она опытный сотрудник разведки.

— Да-а-а? — изумилась Айсет.

— На Кавказе идет война, дорогая племянница моя, — сказал дядя, оглаживая короткую седую бороду, — и англичане никогда не упускали своих интересов в этом регионе, хотя в последнее время, по слабости своей, они делегировали часть интересов американцам, считая их не то чтобы партнерами, а как бы своими родственниками.

Дядя усмехнулся.

— Они от слабости нашли себе такое психологическое оправдание, мол, американцы — это их подросшие дети... Но это не совсем так, хотя для нас их взаимоотношения имеют второстепенное значение.

— Значит, Астрид американская шпионка? — спросила Айсет.

— Разведчица, московский резидент по вопросам Кавказа, — ответил дядя Магомед, глядя в глаза Айсет. Холодок пробежал по ее спине...

Вызов для оформления визы на Софи-Катрин Астрид все-таки подписала.

Она явно ревновала, должно быть, еще на что-то надеялась...

Если Астрид — разведчица, то, очень может быть, она уже ознакомилась с какими-то девчоночьими досье из Сен-Мари дю Пре, которые почти наверняка велись в канцелярии их закрытого пансиона.

Что это — паранойя?

Или это действительность, где детектив — не достояние телесюжета, а реалия жизни? А что, если и правда, что в Сен-Мари дю Пре за девчонками велось наблюдение, материалы которого ложились в некое досье? И Астрид что-то там уже подглядела? Может, именно после того, как Астрид ознакомилась с какими-то материалами, она и пошла на рискованные заигрывания тогда, в первый вечер, на своей квартире?

Паранойя? Может, и паранойя.

Однако если Астрид разведчица, то вряд ли стала бы ревновать. Ведь это всего лишь работа, а не отношения... Впрочем, недовольство Астрид по поводу встречи Айсет со школьной подругой могло быть вызвано и иными обстоятельствами. Например, босс-вумэн не хочет, чтобы у Айсет появилась моральная поддержка... Может, Астрид желает, чтобы Айсет находилась в смятении чувств?

Точно, паранойя на все сто процентов!

После убийства Хобарда дядя распорядился, чтобы Айсет повсюду ездила только в его, дядиной, машине с шофером. И встречать Софи-Катрин в Шереметьево она поехала с приставленными дядей охранниками.

— Вы ну прям как мафия, — хохотнула Софи-Катрин, расцеловавшись с подругой за кордоном паспорт-контроля, где ее чемоданы подхватили два дюжих небритых чеченца.

— Дядя говорит, что мы на войне, что мы здесь на территории врага, — ответила Айсет, боком прижимаясь к теплому боку подруги.

— Хорошо, значит, когда мы поедем с тобой в Чечню, тогда мы будем не на вражеской, а на твоей родной территории, — хихикнула Софи-Катрин.

Софи-Катрин пожелала поглядеть на ночную Москву. Айсет не очень-то уверенно ощущала себя хозяйкой. Сама в столице еще без году неделя. Поэтому девушки решили прибегнуть к помощи гида. В горах без проводника не обойдешься — погибнешь, да и в Москве шагу не сделаешь без опытного человека, чтоб в неприятную историю не угодить, особенно если ты красивая девушка, да еще и иностранка. Поэтому, в качестве сопровождающего дядя выделил подругам самого смышленого джигита. Его звали Умар, у него были большая черная «БМВ» с «седьмым» кузовом и большой черный пистолет под мышкой.

— Я хочу посмотреть ночной клуб с живой музыкой, — выразила пожелание Софи-Катрин, — с современной молодежной музыкой, но на русском языке.

Умар думал три минуты, а потом набрал номер на мобильном и, отвернувшись от девушек и для верности еще и ладонью загородив рот, что-то гортанно проклекотал в трубку.

— А еще я бы хотела съесть что-нибудь истинно местное, не японское и не мексиканское, потому что от такой экзотики уже просто тошнит, — добавила Софи-Катрин. — Куда ни приедешь, в Рим, Антверпен, в Барселону, всюду кулинарная Мексика и Япония...

— А приедешь в Латинскую Америку или на Дальний Восток, там тебя накормят французскими лягушачьими лапками и московской стерляжьей ухой, — подхватила Айсет.

Умар усадил девушек в свою «БМВ» и для начала принялся катать их по Москве.

Айсет и сама еще не успела повидать здесь всех красот, а свежая в восприятии Софи-Катрин от восторга вообще была близка к обмороку.

Ехали по только что открывшемуся Третьему транспортному кольцу — слева, на Воробьевых горах, красовалась сахарная голова Университета, а справа, с моста, над Москвой-рекой открывался дальний вид на новый строящийся бизнес-центр.

— Здесь Лужков городское Сити задумал строить, — сказал Умар, — и наш бизнес тут тоже будет: офисный центр, гостиница, подземный паркинг...

— Да, строят тут много, — восхищенно и с одобрением кивнула Софи-Катрин, — на подъеме Москва, строят много, как у нас в Берлине после объединения.

— Деньги со всей нефти и со всего газа здесь, в Москве, — подытожила Айсет.

— И с нашей чеченской нефти тоже у них, — вставил Умар, пожевывая спичку, — но мы отберем...

Девчонки промолчали. Машина вырвалась на простор Кутузовского проспекта.

— Здесь, вон в том доме, раньше Брежнев жил, слыхали про такого? — спросил Умар. — Теперь в его квартире наш земляк живет, Хасбулатов, бывший председатель разогнанного Ельциным Верховного Совета...

Девушки с любопытством прильнули к окошку.

А дальше — Триумфальная арка, а за нею — обширные зеленые пространства, над которыми в диком порыве вознесся монумент.

— Это Поклонная гора, — дал пояснения Умар. — Коммунисты двадцать лет мемориальный комплекс строили, все не могли закончить, а Лужков к пятидесятилетию Победы за два года все работы закруглил...

Девчонки тотчас прониклись уважением к этому мифическому герою — столичному мэру, что в один день перекидывает через моря мосты из серебра и за одну ночь возводит хрустальные замки и дворцы...

Наконец приехали в клуб.

Он назывался как-то не по-русски, не то «Эль-Койот», не то «Эль-Гаучо». Однако именно здесь Умар обещал и живую русскую музыку, и настоящее московское угощение. Умненькая Айсет поняла, что Умар привез их в один из тех клубов, что принадлежали своим — из чеченской диаспоры.

Так было безопасней.

Но музыка здесь на самом деле была именно такой, какую заказывала Софи-Катрин.

Их провели на галерею, откуда открывался прекрасный вид на подиум, причем так, что выходившие на него артисты всегда оказывались к ним лицом. Умар почтительно придвинул им стулья и, дождавшись официанта, отошел в сторону.

Принесли меню, карту вин и программку выступления артистов. Айсет была ко всему довольно равнодушна, а Софи-Катрин, наоборот, предвкушала удовольствие.

Администратор, без сомнения, был предупрежден относительно того, кто сегодня у него в гостях, поэтому два самых любезных официанта являли девушкам истинные чудеса ненавязчивого сервиса.

Айсет заказала легкий овощной салат, уху из волжской стерляди по-астрахански и куриное филе на вертеле. Заказ десерта отложила на потом. Ее подруга, основательно проштудировав меню, заказала себе семгу, севрюгу с хреном, московскую сборную солянку и осетрину по-монастырски. Заказали на двоих и бутылку шабли, а на аперитив Софи-Катрин вдруг ткнула пальчиком в «Ля Фонтэн де ля Пуйяд» — самый дорогой из предлагаемых коньяков. При этом хитро подмигнула Айсет: мол, давай немного пошкодим... Айсет незаметно для официанта кивнула.

— Мне то же самое и йогурт.

— Простите?..

— Йогурт. Натуральный, и обязательно абрикосовый.

— Да, но... Придется немного подождать...

— Мы не спешим...

Внизу, на подиуме, лихо отплясывали четверо русских девчат, роясь вокруг самого натурального сенегальского негра. Негр с голым торсом, но в гипертрофированно-огромной кавказской кепке, пел по-русски какие-то смешные куплеты о тяжелой доле чернокожего студента в Московском университете. Он пел с подчеркнуто сильным акцентом, что само по себе должно было вызывать улыбку у коренного московского слушателя. А содержание куплетов, имеющих явно выраженный эротический смысл, настраивали публику на настоящее веселье.

> — Я приехаль из Момбаса,
> Я не пиль вино и кваса,
> Я девчонок не любиль,
> Они сам ко мне ходиль...
>
> Они ходят в общежитье,
> Не дают они мне жить там...
> Я лублу их всех всегда,
> Я сексуальныя звезьда.

А девчонки в кокошниках и с голыми грудками приплясывали вокруг парня из Момбасы и припевали:

> — Он сексуальная звезда — он сексуальная звезда,
> С ним нам хорошо всегда — с ним нам хорошо всегда.

В конце номера парень из Момбасы рухнул, прогнувшись, на колени, а девчонки с визгом накрыли его своими телами, образовав кучу-малу.

Софи-Катрин вежливо похлопала.

Принесли аперитив — два бокала с коньяком и хрустальную вазочку с йогуртом.

— Ложечку для моей подруги, — распорядилась Айсет и на глазах фраппированного официанта принялась выкладывать густой йогурт в коньяк и размешивать, как размешивают варенье в чае.

Софи-Катрин последовала ее примеру.

— They'll think we're crazy[1]... — вполголоса проговорила она, ловя на себе изумленные взгляды с соседних столиков.

— So what?[2] — Айсет надменно посмотрела на молодого официанта, похожего на Пушкина в очках. — Уважаемый, мы, кажется, просили абрикосовый йогурт, а вы подали персиковый.

— Сейчас заменим, — грустно отозвался официант, должно быть, калькулируя в уме, сколько с него вычтут за подобную промашку.

— Ладно уж, не надо... — смилостивилась Айсет.

На смену негру и его эффектно раздетым студенткам на подиум вышла красивая певица в красном платье.

— Это Алена Свиридова, — по складам прочитала Софи-Катрин. — Она популярная? Ты не знаешь?

— В этом клубе непопулярных не бывает, — ответила Айсет. — Здесь выступают только топ-звезды из первой десятки русского Эм-ти-ви...

Певица в красном выводила грустные рулады про разбитую любовь.

Подруги было уж принялись за hors-d'oeuvre[3], как вдруг к их столику нетвердой походкой приблизился очень толстый мужчина лет тридцати —

---

[1] Они решат, что мы спятили (*англ.*)
[2] Ну и что? (*англ.*)
[3] Закуски (*франц.*)

тридцати пяти. Он тыльной стороной ладони смачно вытер сальные губы, сверкнув при этом не менее чем десятью каратами на толстом мизинце.

— Ты танцуешь? — спросил мужчина, склонившись над ухом Айсет, причем склонился он таким образом, что одной рукой уже опирался на ее плечо.

Айсет не успела даже ничего толком ответить, как ураган смел толстого, оставив на том месте, где он только что находился, какой-то неясный вихрь из смутных воспоминаний о нечаянном прикосновении, смешанном с водочным перегаром.

Умар заломил толстому руку так, что тот и не пикнул, согнувшись в нелепом поклоне, неизвестно к кому обращенном, и бегом семенил теперь впереди своего конвоира, направляясь к выходу...

Айсет недоуменно наблюдала, как к столику, где до этого сидел толстый, подошли официант вместе с администратором и стали что-то говорить друзьям и подругам унесенного ветром. Те дружно встали и тоже быстро направились к выходу.

— Извините, больше такого не повторится, — просительно сказал администратор, подойдя к столику Айсет и Софи-Катрин. — Ради всего святого, простите нас за это недоразумение...

— Судя по всему, твои родственники тут имеют очень сильные позиции, — заметила Софи-Катрин...

— Наверное, — уклончиво ответила Айсет.

— Слушай, а сами-то мы имеем право кого-нибудь приглашать? — спросила Софи-Катрин. — Или каждое ангаже будет стоить смельчаку головы?

— Я тебя приглашаю, — с улыбкой ответила Айсет, — давай покажем этому болоту, как умеют веселиться девчонки из Сен-Мари дю Пре!..

С самого выпускного бала девушки так не веселились, как в этот вечер. Они танцевали и быстрые зажигательные соло, и томные эротичные па-де-де... Друг с дружкой. Чик-ту-чик...

А кончился парад-алле супероткровенным танцем со специально вызванным на подиум сенегальцем из Момбасы. Причем полупьяная Софи-Катрин все тоже порывалась заголиться до пояса и, уже выучив русские слова рефрена, весело подпевала:

— Он сексуальная звезда — он сексуальная звезда...
С ним нам хорошо всегда — с ним нам хорошо всегда...

Спать поехали на квартиру к Айсет.

Верный Умар довел их до самых дверей. Что было у него на уме?

Напились девчонки. Теперь вот лесбосом без всякого сомнения займутся... Может, третьим к ним присоединиться?

Нет! Так он не мог думать. Одна из девушек была дочерью хозяина... А вот осуждал он или не осуждал — это уже вопрос третьего порядка и пятого значения. Айсет было на это наплевать. Сегодня она вспоминала Сен-Мари дю Пре...

И что с того, что они с Софи-Катрин заснули под утро на одной кровати, где ночь напролет болтали, хохотали, пили вино, заедая шоколадными трюфелями, время от времени обнимались и целовались? Все это были отголоски не подростковой даже, а детской влюбленности, когда соприкасаешься с любимой подружкой язычками и трогаешь ее едва начавшую набухать грудь. А сверх того ничего и не было, и нет, да и не надо...

И где тут лесбос, где тут запретная любовь?

И где тут грех?

Глава 5

Полуно́чны и горбаты,
Несут они за плечами
Песчаные смерчи страха,
Клейкую мглу молчанья.
От них никуда не деться –
Скачут, тая в глубинах
Тусклые зодиаки
Призрачных карабинов...

Федерико Гарсиа Лорка

Часто, бросая в сердцах трубку полевого телефонного аппарата, капитан дивизионной разведки Леонид Артамонов говорил, что лучше всего ему воевалось в сорок первом, в окружении. Потом запускал в тесном блиндаже такую разухабистую матерщину, что все присутствующие даже пригибали головы. Отругавшись, он успокаивался, трепал свой непослушный вихор и думал уже про себя, что там, в окружении, по крайней мере, со всех сторон были одни немцы, а тут его теснят и начальники всех мастей, и политруки, и уставы. И у каждого свой излюбленный вид оружия. Каждый жалит по-своему: кто в пяту, а кто в зад. А он, капитан Артамонов, ответить достойно может, в сущности, одним только немцам.

В конечном счете, правым всегда оказывался Артамонов, ведь не только по карте он животом ползал. Но правоту его присваивали другие, а морально удовлетвориться он просто не успевал. Времени у него на глубокие раздумья о своей правоте не было. Вот и мог себе позволить капитан Артамонов только мысль об окружении, которую и жевал время от времени, как закуску к крепкой безадресной матерщине.

С Салманом Бейбулатовым, одним из его разведчиков, такая же история приключилась. Не любил чеченец ходить в составе группы за линию фронта — командира в разведке не слушал или не понимал, самовольничал, лез куда не надо, характер свой показывал. Один раз чуть не провалил всю операцию. Но Артамонов Бейбулатова, что называется, покрыл, потому что чувствовал, что разведчик из горца выйдет толковый. Надо только использовать его правильно, нестандартно.

Сам тоже долго не решался отпускать Салмана в разведку одного, все сомневался. Но из первой же вылазки Бейбулатов принес не только необходимые сведения о продвижении немецкой танковой дивизии, но и три германские солдатские книжки и столько же отрезанных человеческих ушей. Чеченец по пути успел вырезать вражеский патруль.

И хотя Артамонов, отругав Салмана за самовольство, немецкие уши велел немедленно унести и закопать, начальство тут же прознало об этом. Бойцы говорили, что даже приказано было тайно уши откопать и доставить. Все-таки любопытно им было. Тоже люди. Но после, наверное, за свое же глупое любопытство обозлились на капитана Артамонова вдвойне. Много он тогда в свой адрес нелицеприятного, а в условиях военного времени — зловещего, выслушал: что развел в разведке какую-то дикую дивизию, что уронил моральный облик советского разведчика, что попустительствует средневековым инстинктам, вместо того чтобы вести среди своих бойцов воспитательную работу в духе славных традиций рабоче-крестьянской Красной армии.

Что дальше было бы с Бейбулатовым, да и с самим Артамоновым, неизвестно, но командованию фронта срочно понадобился «язык» в чине не меньше полковника. Требовались последние подтверждения авиаразведки и штабной догадки. С Артамонова потребовали исполнения, и он послал лучшую группу за линию фронта. Принесли придушенного, чуть живого лейтенанта. Послал опять — вернулись ни с чем. Говорят, что у немцев так плотно сконцентрированы войска — иголку ткнуть некуда, тем более засаду на дороге устроить. Машины идут друг за другом колоннами, в лучшем случае, в зоне прямой видимости. И без «языка» видно, что готовится большое наступление на Кавказ.

А начальству, конечно, вынь да положь «языка» или погоны свои офицерские. Рискнул тогда капитан Артамонов, как за карточным столом, когда ставишь последний свой наследственный кулон, послать за линию Бейбулатова. Спросил только: может, помощь нужна какая, поддержка, проси, все предоставим. Предложил даже сам с ним пойти, но чеченец отказался.

— Один у меня просьба, — сказал Салман, — разрешит, товарищ капитан, мне финка оставить, кинжал наш чеченский брать. Ичиги надевать, горский обувка больно хорош. Салман тише ходить, быстрей ползать...

— Разрешаю, — согласился Артамонов. — Ты, джигит мой родной, хоть индейцем нарядись, но достань мне полковника этого. Ты погоны запомнил? И главное — не уши принеси, а «языка»! Смотри — не перепутай...

Целые сутки Артамонов занимался только тем, что смотрел на один молчащий телефон и матерился перед тем, как ответить в другой, который верещал начальственно каждый час. Говорить капитану было пока нечего:

— Еще нет... Есть, доложить... Слушаюсь... Никак нет... Есть, принять все меры... Слушаюсь...

А под утро, когда стало предательски быстро светать и последние островки полноценного, любимого разведчиками ночного мрака сохранялись только в глубине траншей, заверещал наконец полевой телефон, и с передовой доложили, что Бейбулатов притащил не просто полковника, а настоящего штандартенфюрера СС.

Через полчаса Салман, пыльный, с запекшейся под носом кровью, докладывал Артамонову. Толстый эсэсовец ворочался на табурете в углу блиндажа, как дикий кабан.

— Как же ты такого борова один дотащил? — спросил майор.

— В горах зверь большой таскать, — ответил Бейбулатов. — Салман привыкать. «Язык» сам спешил. Салман его резать мало. А он спешил.

— Как резать?

— Кинжал резать. Сало много, больно мало. Ползти быстро.

— Ладно, родной ты мой, — сказал Артамонов. — Иди отдыхай, джигит. Орден ты себе уже заработал. Не знаю, как там у вас, горцев, принято, только дай-ка, друг ты мой, обниму тебя!..

После этого случая не только командир дивизионной разведки капитан Артамонов заступался за «абрека», но и сам командующий армией распорядился, чтобы чеченского разведчика не трогали, пусть воюет как умеет. И добавил: мол, всем бы так уметь воевать как сержант Бейбулатов.

Так в дивизионной разведке с позволения начальства появился свой штатный абрек, а среди немецких солдат прифронтовых подразделений родилась легенда о Красном Шакале — Ночном Убийце, которого не берет обычное оружие. Потому, кроме обычных, привычных обращений к местным жителям — «Матка! Млеко, яйко!» — у немецких солдат добавилось еще странное: «Матка! Иконе!». Как правило, оно сопровождалось угловатыми жестами — помахиванием условными крыльями и вращением ладонью вокруг головы. Местные старухи тут же решили, что близится Судный день, раз антихристам срочно понадобились образа Святых угодников. Иконы старухи прятали, но сами, на всякий случай, стали срочно поститься и причащаться.

Когда же случилась вообще страшная вещь — были найдены зарезанными у речки, в двух шагах от расположения части, шесть горных пехотинцев, а еще один пропал без вести, на место происшествия срочно прибыл капитан Эрих Баум, начальник контрразведывательной абверкоманды АК-301 со своими подчиненными. Они облазали весь берег, опросили местных жителей и немецких солдат. Капитан Баум был вынужден признать, что Красный Шакал, то есть диверсант-одиночка, действительно существует, но в его неуязвимость от немецкого оружия, особенно от оружия в руках ребят из АК-301, он, конечно, не верил.

Сам же Красный Шакал, то есть сержант Салман Бейбулатов, выполнял в этот момент не менее ответственное задание — отвечал на вопросы военного корреспондента «Комсомольской правды»

Дарьи Полей. При этом Салман чувствовал себя куда неуютнее, чем в камышах с кинжалом в руках перед отделением горных стрелков.

Вообще девушки-военкоры редко встречались на фронте. Но с Дашей Полей был особый случай. Когда-то бойкая пионервожатая познакомилась в Артеке со знаменитым детским писателем Аркадием Гайдаром. Эта встреча так повлияла на Дашу, что она твердо решила, что тоже будет писать весело и правдиво. Целый месяц она ходила за Гайдаром со своими наскоро написанными рассказами.

— Что сегодня ночью написала? — спрашивал Аркадий Петрович.

— Восемь рассказов и один очерк, — отвечала Даша, тараща красные, сами собой закрывающиеся глазищи.

— Если бы я так писал, — говорил Гайдар, — у меня бы было уже девятнадцать томов собрания сочинений и ни томом меньше.

В начале войны Даша Полей явилась в редакцию «Комсомольской правды» проситься в фронтовые корреспонденты. Ее вежливо попросили пойти подальше. Но тут в редакцию пришел Гайдар.

— Позвольте вам представить мою ученицу в литературной работе, — сказал знаменитый писатель.

Так Дашу Полей не стали сразу прогонять. Потом доверили кое-какую редакционную работу. А когда обнаружилось, что на южный участок фронта некого послать, Даша вызвалась, крича на всю редакцию, что она ростовская, значит, местная. Кому же ехать, как не ей?

Теперь ей до зарезу нужно было написать ударный очерк, который она могла бы подписать: «Дарья Полей. Действующая армия». В политотделе дивизии ей выделили стол и сказали, что все ей сейчас расскажут. Очерк, можно сказать, у нее в кармане. Но упрямая Даша вспомнила советы своего учителя, память которого она чтила. Аркадий Петрович советовал прежде всего поговорить с простыми людьми, показать событие или проблему глазами очевидцев. Поэтому она потребовала себе для беседы непосредственно героя, который бьет врага, как Гайдар в гражданскую. Политотдел покряхтел, но согласился, потребовав только готовый очерк себе на визу.

Беседа военкора Полей и орденоносца Бейбулатова проходила у разрушенного здания колхозной фермы, от которой все еще тянуло теплым навозом. Неподалеку от развалин стояла старая двуколка, без колес, с облупившейся зеленой краской. На ней и устроились собеседники. Военный корреспондент поместилась на заднее сиденье, герой ее будущей публикации на месте кучера, но только повернувшись к пассажирке лицом.

Дарья Полей была в полевой военной форме. На колени она положила блокнот, нашла чистые страницы. Взгляд Салмана время от времени опускался на ее круглые, полные колени. Тогда Бейбулатов выпрямлялся, отчего двуколка взвизгивала испуганно, и сердито смотрел на ее погоны младшего лейтенанта.

— Скажите, — спрашивала Даша Полей, — вы часто вспоминаете свой родной аул, любимые кавказские горы?

— Да, часто, товарищ младший лейтенант, — отвечал Салман.

— У вас, наверное, осталась на родине девушка, которая вас ждет?

— Да, девушка... на родине, товарищ младший лейтенант, — Салман снова уронил взгляд на ее загорелые коленки.

Даше Полей показалось, что собеседник заглядывает к ней в блокнот, в котором она еще ничего не записала. Поэтому она торопливо начирикала карандашиком: «Чувство родины». Подумала и приписала: «...малой родины».

— Ну, что вы! Называйте меня просто Даша. Можно без звания... Такой вопрос. Когда вы идете в разведку, о чем вы думаете? Ну, что дает вам силы рисковать собой, побеждать в бою?

— Нохчала, — кратко ответил Салман.

— Подождите, я сейчас это запишу. Нох-ча-ла. Так. А что это такое?

— Тебе, девушка, это никак понять.

— Неужели? — Даша Полей почему-то смутилась. — Я тоже советский человек, как и вы. Почему же мне не понять? Но все-таки? Как это можно перевести на русский? Любовь к родине? Да?

— Нохчала не надо на русский...

— Понимаю, — неопределенно сказала корреспондентка. — С этим ясно. Мне все-таки кажется, что это — любовь к родине. Вот еще что. Как зовут вашу любимую девушку?

— Айшат.

— Красивое имя. Айшат смотрит на узкую горную тропинку и ждет писем с фронта. Айшат. Красиво. Она комсомолка?

— Она мусульманка.

— А! Ну да! Хотя знаете... Вот ваш политрук мне говорил, что вы несколько раз ходили за линию фронта в одиночку. Можете мне рассказать какой-нибудь интересный эпизод?

Салман молчал. Он не двигался, но двуколка под ним начала поскрипывать.

— Я спрашиваю... Замполит ваш сказал, что вы... Какой-нибудь интересный эпизод...

— Слушай, девушка, что говоришь?! Какой пизод?! Молодой такой девушка! Говорить пизод! Чечня такие слова девушка говорил, девушка убивай! Кинжал режь!

Даша Полей никак не могла понять, чем она оскорбила своего собеседника. Отчего он, хотя и сохранял сейчас неподвижность, но представлял собой сжатую пружину, готовую мгновенно распрямиться. Чем она так задела его национальное достоинство?

— Плохой девка! — бросил ей в лицо интервьюируемый. — Грязный девка!

— Что вы себе позволяете, сержант?! — вскрикнула она больше от страха перед бешено сверкающими глазами Салмана, чем от возмущения. — Какая я вам девка? Прошу обращаться ко мне по званию! Я для вас — младший лейтенант!

— Какой там младший лейтенант! Такой девка плохой!

Салман сделал движение рукой, чтобы, ухватившись за поручень двуколки, спрыгнуть на землю. Но корреспондентка прочитала в этом жесте прямую угрозу, ей показалось, что над ней вот-вот уже сверкнет знаменитый чеченский кинжал. Поэтому она скатилась на землю, как при команде «Воздух!», потеряв при этом карандаш — подарок писателя Гайдара. Вскочила на ноги, пискнула при виде разодранной коленки и, прихрамывая, побежала по направлению к штабу дивизии.

В тот же вечер Салман Бейбулатов сидел на гауптвахте под арестом за оскорбление словом и действием военного корреспондента и писал письмо по-чеченски девушке Айшат в аул Дойзал-юрт. Писал он тем самым подобранным в двуколке карандашом, который подарил автор бессмертных «Чука и Гека» своей молодой коллеге по редакции «Комсомольской правды».

Но очерк, несмотря на потерю карандаша и разбитую коленку, все-таки был написан. После редактуры со стороны политотдела дивизии он выглядел так:

«Немецкие укрепленные позиции. Враг не дремлет. Скользят по нашей советской земле лучи немецкого прожектора. Наблюдают за нейтральной полосой фашистские пулеметчики. А в блиндажах спят немецкие офицеры, видят свои фашистские сны. Спит и штандартенфюрер СС Фридрих Рольф. Сны у него и вовсе эсэсовские.

Только не будет им спокойного сна на советской земле. Умело прячась за естественными укрытиями, ползет через нейтральную полосу наш разведчик Салман. Прячет родная земля его от вражеских прожекторов, не предаст она своего защитника. Вот и вражеский окоп. Хорошо отработанный прием, и вражеский наблюдатель обездвижен. А теперь офицерский блиндаж. Кто тут сладко храпит, похрюкивает во сне на наш советский огород? Штандартенфюрер? Хотел разведчик ударить наглого фрица покрепче, да вовремя передумал. Слишком ценный это "язык", многое он может рассказать нам о коварных планах фашистских захватчиков...

Кто же наш герой? Простой боец-комсомолец. Пришел в Красную армию с Кавказа. Когда-то его отец устанавливал там Советскую власть, а теперь сын защищает ее от агрессора.

Мы разговариваем с героем-разведчиком, сидя на разбитой буржуйской двуколке — символе старого, рухнувшего навсегда мира помещиков и капиталистов. Мой собеседник скромен, улыбчив. Никогда бы не подумала, что совсем недавно он в одиночку уничтожил целое отделение гитлеровцев. Когда я говорю про родные ему Кавказские горы, взгляд его светлеет. Дома девушка по имени Айшат ждет от него писем, тревожится.

Не тревожься, Айшат, вернется комсомолец Салман домой с победой.

Дарья Полей. Действующая армия.»

* * *

Софи-Катрин быстро расправилась со своей частью работы по программе и укатила в Барселону, где ее ждала диссертация по баскам. Айсет упрашивала ее задержаться хотя бы еще на пару дней, но Софи-Катрин была неумолима. Все же она подарила Айсет две недели счастья в эту дождливую московскую осень.

Софи-Катрин уезжала, пребывая в задумчивости. Копаясь в архивах по теме депортации сорок четвертого года, она нашла какие-то материалы, касающиеся ее родственников. Ее дед, Клаус Штайнер, воевал на Кавказе в составе 118-го горно-вьючного артполка 6-ой горно-пехотной дивизии, формировавшейся в 18-ом военном округе в Зальцбурге и дошедшей аж до предгорий Эльбруса. По семейным преданиям, он попал в плен или пропал без вести в конце сорок второго. А тут вдруг Софи-Катрин обнаружила не просто упоминания о некоем ефрейторе Штайнере восемнадцатого года рождения, но обнаружила ксерокопии его дневников, которые ее предполагаемый дед вел с начала сорок первого до середины сорок второго... Софи-Катрин увозила теперь эти ксерокопии своему отцу в Штутгарт.

Отец родился перед самой войной. В тридцать восьмом. И ее деда совсем не помнил. Но еще была жива ее, Софи-Катрин, бабушка, мать отца... Фрау Штайнер — бабушка Анни-Луиза Шмиттгоф-Штайнер — могла опознать почерк своего мужа, пропавшего на Восточном фронте... Поэтому Софи-Катрин и торопилась с отъездом.

А с ее отъездом Айсет снова затосковала.

И тут вдруг произошло какое-то чудо. Джон сам вспомнил о своей девушке, потерявшейся в русских снегах. Джон позвонил и сказал, что хочет приехать.

Правда, при одном условии: если Айсет достанет билеты на супер ви-ай-пишную вечеринку с Элтоном Джоном, которая, по слухам, должна состояться в одном из пригородных дворцов Санкт-Петербурга.

Джон не скрывал своей меркантильной заинтересованности. Любовь любовью, а закрытая пати с Элтоном — такой шанс пропустить нельзя, если отец у подруги человек с таким огромным влиянием, что может достать любые билеты, даже на самолет, отправляющийся на Луну.

Джон, конечно, скотина, подумала Айсет, но билеты отцу все же заказала. А отец неожиданно не отказал. Отцу самому стало интересно, способен ли он достать два билета на концерт в тронном зале Екатерининского дворца, куда могут попасть только двести гостей... Удастся ли ему попасть в топ-двести? Это было для него вопросом престижа.

Джон прилетел, когда с билетами уже была полная ясность. В том смысле, что они уже были на руках у Айсет.

Да, отец не подкачал. Далеко не всем министрам билеты достались, а ему на блюдечке с золотой каемочкой принесли.

Концерт должен был состояться в тронном зале Екатерининского дворца вечером в пятницу. «Friday night is very good for fighting[1]», — пел когда-то маэстро Элтон Джон. Но бунтарь из него не получился, как не получился управдом из Остапа Бендера.

Джон прилетел в Москву, имея визу и для посещения Санкт-Петербурга. Айсет заказала два би-

---

[1] Пятничный вечер хорош для драк (*англ.*)

лета на «Красную Стрелу» — в двухместное купе мягкого вагона. Пусть эта поездка заменит им несостоявшееся путешествие в Портсмут. А то?

Но что-то не склеилось. Она сама не могла понять что.

Джон не принял предложенных ему правил игры. В поезде, в их двухместном купе, он не захотел ее. А когда она продемонстрировала ему свое желание, Джон нашел слова для того, чтобы охладить ее пыл. Всю ночь, пока он преспокойно храпел на своей полочке, Айсет не сомкнула глаз, тихо плача в белоснежную железнодорожную подушку.

До начала концерта у них был практически целый день. Как им распорядиться — ни он, ни она толком не знали. Хотя учредители и позаботились о программе для тех, кто был в Петербурге впервые, Джона ничего не интересовало. А у Айсет было такое настроение, что не до концерта.

Джон приехал, — и он был не ее. Целую ночь он был рядом, лежал — протяни руку! И был не ее...

— Что-то случилось, Джон? — спросила она, улучив момент.

— Что ты имеешь в виду?

— Я тебе стала безразлична? У тебя теперь кто-то появился?

— Какая разница? — он скривил лицо в гримасе крайнего недовольства.

— Как какая разница? — вспыхнула Айсет. — А те полгода, что мы были вместе, как с ними быть?

Джон молчал. Молчал, а потом неожиданно спросил:

— А ты бы не могла отдать мне оба билета?

— Что? — не поняла Айсет.

— Ну, не могла бы уступить мне еще и свой билет? — повторил он.

— Что? Отдать тебе оба билета? — продолжала недоумевать Айсет.

— Именно, — кивнул Джон, — оба билета.

— А я? — тупо переспросила Айсет.

— А ты не пойдешь, ты погуляешь по Петербургу, посидишь в ресторане...

— А... А... А ты с кем пойдешь? — вспыхнула Айсет.

— А у меня тут мой университетский друг в одной петербургской фирме сейчас работает, я с ним полтора года не виделся, он русским софт компьютерный продает в нашем здешнем филиале, — как ни в чем ни бывало ответил Джон.

Как ни в чем ни бывало... И кто из них двоих дикарь? Дикарь тот, кто живет чувствами, как она? Или тот дикарь, который чувств не имеет?

Но она была не совсем справедлива к Джону. Он питал какие-то чувства к своему старому университетскому другу. И этот его друг был у него еще *до* нее... А значит, и имел больше прав...

— Но как же я? — ловя себя на мысли, что выглядит глупо, спросила Айсет. — Как же я?

— А ты посмотришь Элтона Джона на кассете. В конце концов, это зрелище для нас, для педиков, — сказал Джон и хохотнул.

Айсет была в полном смятении чувств. Как так можно поступать с ней? Разве она игрушка?

Она отдала ему билеты и прямо с Московского вокзала решила ехать в аэропорт, чтобы тут же, немедленно, вернуться в Москву.

Но отец, как оказалось, превзошел все ее ожидания. Он достал не два билета, но четыре.

Для отца было важно всем утереть нос на этой ярмарке тщеславия. Отец принципиально хотел, чтобы на престижнейший концерт, помимо его дочери, пошли бы и его простые слуги. Не все мини-

стры и губернаторы смогли попасть, а Доку Бароев с братом Магомедом своих нукеров и постель-
ничьих в первом ряду посадили. Для него было бы
даже лучше, если бы на концерт пошли лишь его
слуги. Русским интересно — они в драку за билеты, а он, чечен, посылает на этот концерт своих
псарей и конюхов.

Был бы он Калигулой, ввел бы в Сенат не только лошадь, но и стадо баранов.

На белоснежном, длиной с вагон метро, таун-
каре Юсуф привез ее в отель «Европа». Остав-
шись в номере наедине со своим горем, Айсет сперва
рухнула лицом в подушки. Все-таки всю ночь в
поезде она не сомкнула глаз. Поплакала-поплака-
ла, а потом вызвала горничную и приказала приго-
товить ей ванну погорячей, да с возбуждающими
шампунями и с морской солью. В баре нашла бу-
тылочку «Чивас Ригал», накапала себе на донышко
ко стакана. «Что нам горе не беда!» — вспомнила
она слова из какой-то идиотской песенки ансамбля
модных нанайских мальчиков, которых несколько
раз видела по русскому Эм-ти-ви...

Выскользнула из платья, нырнула в ванну.

Кто бы спинку потер? Джон? Софи-Катрин?
Астрид? А почему Джон сказал, что на концерт
Элтона Джона интересно ходить только «им, пе-
дикам»? Вот вопрос современности!..

До концерта оставалось еще семь часов. Надо
было куда-то себя девать. И рассчитывать на уеди-
нение тоже не приходилось. Отец поручил ее Юсуфу, и от этого телохранителя не убежишь! Другое
дело, что в ее личную жизнь Юсуф не вмешивает-
ся и при нем можно хоть с тремя любовниками
сразу — не его собачье дело. Юсуф отвечает только за ее безопасность.

— Отвези меня в самый модный клуб, — сказала она Юсуфу.

Тот, подумав, ответил, что днем в клубах развлекательной программы нет, а в смысле хороших ресторанов порекомендовал «Палкина» и «Сенат», где в прошлые визиты ему доводилось сопровождать отца.

Айсет хотела просто с кем-нибудь познакомиться. Вот ситуация! У нее два билета на Элтона Джона, два билета по двадцать тысяч долларов каждый — и ей не с кем пойти! Не на улице же орать: отдам билетик тому, кто будет сидеть со мной на зависть моему бывшему бойфрэнду, и весь концерт держать за руку, и не сводить с меня восхищенных глаз...

Можно было бы поручить это Юсуфу... В смысле, держать за руку и не сводить глаз, но тогда это не подействовало бы на Джона — он-то Юсуфа уже видел и знает, что Юсуф — слуга ее отца...

Для держания за руку и для восхищенных взглядов нужен был кто-то иной.

Наконец, Айсет решилась и рассказала Юсуфу всю полуправду. Вернее, всю четверть правды.

— В общем, — сказала она, — нельзя ли найти красивого мальчика с европейской внешностью, чтобы сопровождал меня на концерте?

Оказалось, что, по словам Юсуфа, — это «говно-вопрос»...

Таких мальчиков навалом работало в гостиничной фирме «Астор», которая принадлежала их семье и по большому счету контролировалась дядей Магомедом.

Юсуф привез Айсет в фирму и устроил смотрины.

Ее усадили в кабинете гендиректора, а мальчиков из персонала приглашали как бы на собеседование с новой владелицей и будущей босс-вумэн...

В некотором смысле это было не так далеко от истины.

Айсет гордо, по-хозяйски восседала возле камина и задавала мальчикам разные вопросы, вроде того, откуда они родом, где учились, как оценивают собственную амбициозность. На прозрачной столешнице журнального столика перед ней стопкой лежали их личные дела.

Алексей Фирсов — менеджер по рекламе.

Виктор Манеев — администратор.

Геннадий Глаголев — начальник отдела паблик рилейшнз.

Максим Вадыко — менеджер по персоналу...

В конце концов выбор Айсет пал на самого красивого мальчика — двадцатилетнего Александра Делюжкина, работавшего в фирме помощником бухгалтера и при этом учившегося на четвертом курсе финансово-экономического университета... Впрочем, в выборе главное значение сыграли Сашин рост — добрые метр девяносто, — его белокурая голова красавца-викинга и голубые глаза. Мимо такого Джон так просто не проскочит!

И Айсет предложила Александру Делюжкину пообедать с ней в ресторане «Сенат»...

На Элтона съезжались за час.

Благородно шурша дорогим каучуком шин по красному гравию парадной дорожки, к главному входу один за другим подъезжали лимузины всех мастей. Мерседесы, кадиллаки, роллс-ройсы...

Вот и вернулась в Россию отливно-приливная волна, укатившая было в семнадцатом году прошлого века... И снова принесла она столичный аристократический блеск — блеск голых плеч, укутанных в меха, и бриллиантов, блеск шелковых лацканов и длинных фрачных фалд...

Айсет выбрала темно-зеленое узкое платье-миди от Армани за пять тысяч долларов. Шея и грудь ее были слегка открыты, чтобы на белой лебединой шейке было хорошо различимо колье от Барклая из его нью-йоркской коллекции прошлого года, которое отец купил за сто сорок тысяч... Головку Айсет прикрыла не шляпкой, а зеленым полупрозрачным легоньким платком, какими на дипломатических приемах обходятся жены послов в тех мусульманских странах, где женщины обязаны строго соблюдать приличия...

Рядом с ней был Саша.

За какой-то час в бутиках дядиной гостиницы ему подобрали и смокинг, и часы «ролекс», и бриллиант на мизинец.

Сашу отдельно проинструктировал еще и Юсуф. Неизвестно, что он там ему говорил, но Саша глядел на Айсет с самым неподдельным обожанием.

Саша был неглупым мальчиком. Он правильно полагал, что выход на концерт Элтона Джона — это его звездный час, про который говорят: the right place at the right time[1]... Саша понимал, что здесь решается его дальнейшая карьера и что этот выход для него важнее защиты диплома в финэке. В десять раз важнее.

В парад-приемной, предваряющей тронный зал, угощали шампанским. И прибытие каждой новой пары объявляли, сопровождая ударом штандарта в паркетный пол.

— Его высокопревосходительство генеральный консул Соединенного Королевства Великобритании и Северной Ирландии в Петербурге господин Форбс-Фитч с супругой!

— Его превосходительство Президент банка «Москва-кредит» господин Шендерман с супругой.

---

[1] В нужное время в нужном месте (*англ.*)

— Генеральный директор объединения «Ладожское Пиво» господин Иванов с супругой.

— Ее превосходительство исполняющая обязанности генерального консула Соединенных Штатов Америки в Петербурге госпожа Шиман с супругом...

Объявили и их... Как они были представлены в пресс-релизе и в заявке, поданной еще пресс-атташе отца:

— Ее превосходительство, член Совета директоров-учредителей ЗАО «Россика-Сплендид» госпожа Бароева и господин Делюжкин...

Айсет пробежала по толпе взглядом. Одним только взглядом. На устах — улыбка. Спина — прямая. Ручка слегка откинута. Приняла от официанта бокал шампанского. Пригубила и тут же поставила на поднос другому официанту.

Здесь, здесь Джон. Вон он со своим бойфрэндом стоит.

Повернулась к нему спиной.

— Саша, поди возьми на столике программку, там должен быть и список приглашенных...

Саша послушно принес. Как собака приносит любимому хозяину тапочки.

Айсет углубилась в список. Ага! Вот они!

Джон Б. Хоуэлл — Великобритания.

Роберт С. Прескотт — Великобритания.

Точно, Джон рассказывал про друга юности по кличке Дубль-Скотти... Буква «С» обозначала «Скотт». Роберт Скотт Прескотт — дубль Скотти. Он и дубль... Он и двустволка. И передом и в зад...

Фу! Бр-р-р!!!

Джон Хоуэлл и Роберт Прескотт. Нашли друг дружку! Вот он, обратный откат тех лет, когда Британия билась за колонии, тех лет, которые воспел великий Киплинг: «День-ночь, день-ночь мы идем по Африке»... Английские солдаты и матросы. По тысяче дней в три года без женщин — в дальних походах за имперское величие. Вот в палатках и кубриках они и ложились «валетом», в позу «шестьдесят девять»... А те аристократы, что отдавали мальчиков в закрытые учебные заведения, где женским духом и не пахло!? Теперь за былое имперское величие они платят генетической памятью гомосексуализма, которую ничем не выбить!

И кто из нас дикари?

Саважефилия!

Это она саважефилка, а не Джон!

— Дамы и господа! Его высокопревосходительство, сэр Реджинальд Дуальд — Элтон Джон!

Айсет обернулась. Саша преданно сжал ее предплечье не выше того места, где заканчивалась ажурная перчатка.

Сэр Реджинальд был верен себе. Круглая тюбетейка, вся в бриллиантах. Очечки. Высоченные каблуки, все равно не поднимавшие его даже на пол-уровня рядом с высокими статными кавалерами типа Саши... Круглое лицо стареющего педика. Улыбчивое и грустное. В какой-то даже перманентной грусти знания о скором конце.

Сэр Реджинальд взял бокал шампанского и двинулся с ним в публику, дежурно отвечая на приветствия в ничего не значащей формальности великосветского чата.

— Сэр, я счастлива приветствовать вас, — сказала Айсет, подойдя к Элтону.

Он был так невысок, что она губами могла дотронутся до его тюбетейки.

— Мадемуазель, вы прекрасны, я счастлив, — ответил Элтон со все той же усталой улыбкой. «Как же он будет держать зал? — подумала Айсет. — Ему уже все обрыдло!»

Кресла были расставлены полукругом. Их места были рядом — почти подряд. Слева рядышком — Джон и Дубль-Скотт. А справа — Айсет и Саша.

Айсет села подальше, отгородившись от Джона Сашиным боком.

Вот он — рояль Элтона. Прямо перед ними.

Элтон Джон оказался совсем таким же, каким он был и на карусели в рок-музиум на Пикадилли-серкус, где чудо-мастера мадам Тюссо увековечили его в воске, где он вращался по кругу, сидя за своим «стейнвеем», в очечках, в круглой дурацкой шапочке...

— Get Back, Honkey Cat....

Это была его первая песня, с которой он ну сразу же захватил... Пленил. Кэпчурировал...

Айсет невольно стала притоптывать, отбивая ритм. Точно так же вели себя и консул Британии, совсем позабыв, что надо быть «always cool», и консульша США. Все притоптывали. И все губами пришептывали с детства знакомые слова:

— I remember when rock was young — me and Suzy had so much fun...

Не притоптывал и не пришептывал только один человек.

И этим человеком был Саша Делюжкин. Он все время восхищенно глядел на Айсет. Он понимал, что приглашен сюда не на Элтона глазеть...

И он верно сыграл свою роль. Джон, кидая порою взгляды на Айсет, не мог упустить из виду того факта, что юный красавец-викинг не сводит с нее восхищенных глаз, что происходящее на сцене его совершенно не волнует — все эти песенки под рояль ни капли не трогали световолосого мальчика, на протяжении всего действия он ни на секунду не выпускал руку Айсет.

Концерт не был длинным. Но он был по-царски, по-королевски роскошным. После романтической «Rocket man» последовала ностальгически грустная "Goodbye, yellow brick road", а затем прозвучала милая "Bennie and the jets"... Это был щедрый поток самых изысканных хитов для самой изысканной публики.

Закончил сэр Реджи своим посвящением безвременно ушедшей леди Ди, и когда он запел "Candle in the wind", кое-кто в зале не удержался и по традиции простонародья, позабыв о различии времени и места, чиркнул зажигалкой.

— Ну как концерт? — спросил Джон.

— Педерастически классно! — ответила Айсет, сильно и со значением сжав Сашину руку.

И Саша все понял. Он тут же потянулся губами к ее щеке.

— Это твой новый бойфрэнд? — спросил Джон.

— Ха! Как же новый!? Мы с ним три месяца, как я в Россию только приехала, — ответила Айсет.

Джону это не понравилось. Сто процентов! А Саша заработал свой бонус в пятьсот долларов. И еще Айсет замолвила словечко перед дядей, чтоб ему прибавили жалование и вообще — заметили чтоб.

Заслужил!

Глава 6

Воспоминанья мои пахнут сеном, на солнце пригретом,
Спелой сладостью трав и тихой вечерней далью.
Воспоминанья мои пахнут смутной полынной печалью,
И лугами альпийскими, и солнечным горным летом.

Десанка Максимович

В горах случайно встретить знакомого человека нелегко. Гора с горой не сходится, говорится в пословице, а ведь люди по этим несходящимся горам и ходят. Как тут им встретиться? Разве если гора сама пойдет к Магомету, но это случается крайне редко.

Марию же Саадаеву можно было встретить почти каждый день. С утра и до вечера скакала она на казенном заводском коне по кличке Аргун по долине и горам, от аула к аулу, от райцентра к конезаводу и обратно. В старину горцы дали бы ей какое-нибудь длинное прозвище, вроде «Вечно попадающаяся навстречу», а теперь только ворчали, мол, где это видано, чтобы женщина носилась по горам, как джигит. Самые же древние старики говорили, что много лет назад скакала у них так же одна бесноватая, а потом русские пришли и сожгли аул. Так и нынче случится, беда придет в

Дойзал-юрт, по всему видно. Но время было военное, и без стариковского ворчания было тревожно, потому мало кто их слушал.

А Маша Саадаева все скакала с комсомольской агитацией по аулам, все звала людей работать на конезавод, призывала помогать фронту, кто чем может. Одну древнюю старуху, которая некогда славилась искусством традиционной чеченской вышивки, а теперь по старости уже из дома своего не выходила, сагитировала вышить портрет Лаврентия Павловича Берии. Потому как очки и шляпа даже у подслеповатой старухи должны получиться.

Не удивительно, что на тропинке в двух шагах от Дойзал-юрта Айшат и двое геологов встретили Марию Саадаеву. Она выскочила прямо на них, чуть не потоптав разгоряченным конем. Девушка-геолог в испуге спряталась за широкую спину Горелова, Айшат отступила с тропинки в сторону, только Горелов застыл на месте, обдаваемый жарким дыханием жеребца, и смотрел, не отрываясь, на сказочную богатырку с раскрасневшимся от скачки лицом, выбившимися из-под платка светлыми волосами и задорным взглядом.

— Не очень я вас напугала?! — весело крикнула всадница. — Здравствуйте! Айшат, твои гости? Кто будете? Из каких краев до наших мест?

Не дожидаясь ответа, она одним махом соскочила с коня и подошла к растерянной группе, держа еще танцующее на месте, не остывшее после скачки животное под уздцы.

Пока девушка сидела на коне, она казалась Горелову огромной, величественной, былинной красавицей. Теперь же перед ним стояла молодая женщина среднего роста, в гимнастерке и брюках серого цвета, с усталым загорелым лицом, но с задорным взглядом.

— Меня зовут Мария Саадаева. Я — секретарь комсомольской организации завода имени Буденного, — представилась она. — А вы кто будете? — повторила она вопрос.

— Меня зовут Евгений Горелов. Начальник геологоразведочного отряда. Проводим в ваших горах картографическую съемку местности. А это — Ксения Лычко, тоже геолог. А это — Айшат...

— Ну, уж с Айшат мы знакомы, — засмеялась Мария, но тут же посерьезнела. — Вот что, товарищ Горелов. Время нынче военное, поэтому поймите меня правильно. Прошу предъявить мне ваши документы.

Горелов усмехнулся, ямочка на его подбородке дернулась, но в карман гимнастерки он залез и подал Марии Саадаевой картонную книжечку и еще несколько листов с печатями.

Пока она изучала документы, все сохраняли серьезные лица и молчали, когда же проверка закончилась, все вдруг заулыбались, даже Айшат.

— А нам, между прочим, уже сообщили, что в горах работает партия геологов, — сказала Саадаева. — Даже ваши имя и фамилию я уже знала. Но, сами понимаете...

— Понимаю. Бдительность.

— А как же! Враг готовит наступление на Кавказ. Надо быть готовым ко всяким диверсиям.

— Откуда же вы знаете, что немцы будут непременно наступать на Кавказ?

— Да у нас все старики об этом говорят, даже детишки это знают. Гитлеру же нефть нужна для танков. Куда же ему наступать? На нас, конечно.

— Значит, даже старики об этом говорят? — усмехнулся Горелов. — Интересно. Бдительность, товарищ Саадаева, у вас, конечно, поставлена хорошо. А вот комсомольская работа подкачала.

Горелов подмигнул стоявшей рядом Айшат.

— Это почему же?! — Маша вся вспыхнула. — Откуда такие сведения? Да если хотите знать...

— Вот вам наглядный пример, — перебил ее Горелов и показал на Айшат. — Вот стоит не охваченный вашей работой симпатичный товарищ — мусульманин, а не комсомолец.

— Так вы про это! Тут могу признать свою недоработку, товарищ Горелов. Это моя беда. Лучшую подругу не могу привлечь ни в комсомол, ни к общественной работе. Тут вашу критику считаю справедливой. Но если бы вы увидели Айшат еще год назад, может быть, сказали бы по-другому. Тогда она была совершенно забитой, темной. Заговорить с людьми боялась, а теперь посмотрите на нее — наполовину наш человек. Ведь мгновенно человека перековать невозможно? Вы согласны со мной, товарищ Горелов?

Маша посмотрела в глаза геологу и вдруг замолчала. Он смотрел на нее так странно, как не смотрят на комсомольских собраниях и на политинформациях, даже на диспутах смотрят иначе. Что же это за взгляд такой? Как его назвать? Теплый? Трогательный? Трудно подобрать правильное слово. Словно трогает он ее нежно одними губами. Так лошадь осторожно трогает протянутую ладонь...

Странную паузу в разговоре прервал громкий, даже чересчур громкий, кашель Ксении Лычко.

— Вот что, товарищ Саадаева, мы к вам по делу, — словно стряхнув с себя дремоту, сказал Горелов. — Вернее, с просьбой. Хотим у вас кое-каких продуктов купить. А тут еще геолог наш Ксюша приболела. Так Айшат говорит, что у вас мед очень хороший. Мы бы купили немного для больной.

— Даже слышать не хочу, — коротко отрезала Саадаева. — Чтобы я с больного товарища за мед деньги брала?! Лучше не повторяйте при мне такие глупости! А больную... Ксюшу я у себя оставлю. Отлежится пару дней, подлечим ее, а потом к вам на работу отпустим.

— Хорошо от простуды корень мерза орам помогает, — послышался в сторонке голос Айшат. — Я могу принести.

Курносая девушка Ксюша приподняла обгоревшие брови, тревожно посмотрев на начальника.

— Нет, товарищ Саадаева, — покачал головой Горелов. — Сам понимаю, что Ксюше надо отлеживаться, но у нас свои инструкции. Отпускать ее надолго из геологической партии не имею права. Работник она для нас незаменимый. Потому придется ей в палатке отлеживаться. Так ведь не зима же. Лето какое в здешних горах прекрасное. Посмотрите, сколько здесь разных деревьев и кустов, я даже названия не всех знаю. Вы только взгляните на эту красоту...

Девушки сначала посмотрели на курносого незаменимого геолога с уважением, а потом оглянулись по сторонам. Тонкими оттенками зеленого цвета смешались в плотную лесную чащу орешник, дуб, крушина, ясень, боярышник, клен. Высились над другими деревьями ильм и ольха. Кое-где виднелась береза, еще редкая здесь в предгорьях, но высоко в горах, где деревья делаются инвалидами, где высота гнет их стволы, скручивает ветки, уродует кроны, береза становится чуть ли не единственным деревом высокогорья. Но и ее силы скоро иссякают перед холодным камнем и горными ледниками. Там начинаются Черные горы...

Всем вдруг стало как-то неуютно и зябко, несмотря на солнечный летний день, словно они достигли мыслью самих Черных гор.

— Что же мы стоим? — воскликнула Маша Саадаева. — Товарищи геологи, вы все-таки на Кавказе. А здесь, знаете ли, законы гор — гостя накорми и обогрей, три дня не расспрашивай — откуда пришел и куда идет, пока сам не станет рассказывать. А я уж и документы успела проверить, и расспросить, а вас еще черствой лепешкой не угостила. Так что теперь вы у меня настоящие кавказские гости, а будете упираться — зарэжу кынжалом!

Мария сверкнула глазищами и потешно оскалилась. Все засмеялись, кроме Горелова, который смотрел на нее, не отрываясь, будто пил из чистого горного источника после многодневного трудного перехода под палящим солнцем и не мог напиться.

* * *

Жизнь — нескучная штука!

В Москве встречи с ней искал Тим Аткинсон.

— А я думала, что вы с Астрид любовники, — сказала Айсет.

— А я думал то же самое про тебя, — отпарировал Тим...

Пошли в один из самых модных клубов — в «Меркурий». Айсет надела свое самое эффектное платье — красное, в котором разок уже была у отца в «Россике»... Два выхода в одном платье — это допустимый предел. Но уж больно ей в нем было хорошо! Черное каре волос, оттеняющее белизну шеи и плеч, декольте, папины бриллианты...

Тимоти присвистнул.

— Такая женщина мне не по карману, придется брать взятки!

Айсет вспомнила, как прошлый раз Астрид громко ржала над шуточками Тима, и выбрала иную тактику. При каждой его остроте она только приподнимала плечико и слегка кривила губы. Выручило еще то обстоятельство, что к их столику неожиданно присоединился наимоднейший столичный тележурналист — Вова Плюшкин. Она давно хотела познакомиться с ним, но не было случая. А Тим, оказывается, был с ним знаком очень коротко.

— Пригласить его к нам? — спросил Тимоти.

— Я буду рада, — честно ответила Айсет.

Первое легкое разочарование возникло, когда Плюшкин, садясь к ним за стол — а он уже был слегка пьян, — расстегнув пиджак, обнаружил под ним большой для его возраста живот, который с экрана модного телешоу видно не было...

— Какая красивая у тебя девушка! — сказал Плюшкин. — Давай я ее у тебя отобью!

— Она твоя коллега, тележурналист, да еще и по твоей любимой политической теме. К тому же чеченка, — пояснил Тим.

После этого Плюшкина понесло. Как, впрочем, понесло и Тима. Они явно старались произвести на нее впечатление.

Плюшкин бравировал тем, что вхож в самые верха...

— Был я на банкете в Кремле, где нарисовался и сам высочайший манекен, на который шили и кроили нынешнюю «тостуемую» Конституцию. Он был с Таней и Наиной, а с ним еще генпрокурор, что только закончил чтение обвинительного заключения и потребовал приговорить Салмана Радуева к пожизненному заключению... — Плюшкин слегка запнулся и, покосившись на Айсет, спросил: — А Радуев вам не родственник? — и, не дождавшись ответа, продолжил: — «Радуеву не удалось превратить этот уголовный процесс в процесс политический», — говорит генпрокурор. А нам так кажется, что удалось. Хотя бы потому, что приводимые обвинением доказательства в виде записи заявлений Радуева, в основном, представляют собой чистый политический пи-ар. И отвечать во многом теперь приходится даже и не за действия, а «за политический базар», как, например, по статье обвинения в организации взрыва на вокзале в Минводах, когда Радуев взял ответственность на себя: мол, это я послал двух девушек от имени армии Джохара Дудаева... И это был явный политический блеф с целью привлечения внимания к своей персоне. А чего стоит заявление Радуева о том, что именно федералы вооружили армию Джохара? И кабы не передача в девяносто втором федералами половины вооружения выводимых из Чечни войск, то и в Кизляр не с чем было бы ему, Радуеву, идти — не с оглоблей же в руках!

— Вова, меня другое поразило, — перебил его Тим, — событие прошлой недели: в Калининградской области, в гарнизоне Рябиновка Балтфлота ВМС РФ было совершено нападение на военнослужащих с целью, как об этом заявил командующий флотом адмирал Валуев, — захватить оружие. Адмирал сказал, что для вооруженных преступных группировок легче напасть на военных, чем привезти оружие из Польши или Литвы, граничащих с Калининградской областью. Вывод напрашивается сам собой: такая армия, которую еще надо защищать с милицией от бандитов, вряд ли годится для защиты от внешнего врага и от чеченцев. В Англии тоже есть вооруженный бандитизм, и его там даже преизрядное количество, вспомнить только ирландские националистические группировки ИРА. Но там ни одной из группировок и в голову не придет напасть на воинскую часть, потому как камикадзе в Англии не водятся — все знают, что с профи из Армии Ее Королевского Величества лучше не связываться — бошку отстрелят, едва сунешься за колючую проволоку ограждения.

— Ну, ты грузишь! — отмахнулся Плюшкин. — Не грузи девушку!

— Это кто еще грузит? — возразил Тим.

— Да нет, мне интересно, я ведь тоже журналистка, — вставила Айсет.

— Что значит «тоже»? — возмутился Плюшкин. — Это мы с вами журналисты, а он, — и Плюшкин ткнул Тима пальцем в грудь, — а он не журналист, он английский шпион!

— Хорош же я шпион, если об этом все знают! — хохотнул Тим.

— А в этом как раз и весь наш русский юмор — какова страна, такого уровня в нее и шпионов засылают, — сказал Плюшкин и развел руками.

— То есть, я плохой шпион? — переспросил Тим.

— И мы — плохая страна, — согласился Плюшкин. — Это как в анекдоте, там в квартиру стучатся и спрашивают: у вас продается славянский шкаф? А из-за двери отвечают: вы ошиблись этажом, шпион в сороковой квартире живет...

Айсет одинаково не нравились оба кавалера. Но с ними было интересно.

— Как известно из истории двух последних чеченских войн, для полевых командиров ультиматумы так же действенны, как по танкам — стрельба из рогатки, — Тим снова вернулся к больной теме, — поэтому ультиматум в двадцать четыре часа сдаться, что ваш Казанцев выдвинул Хаттабу с Басаевым, выглядит более чем странным. За этой обнародованной вчера «мирной инициативой» снова просматривается какая-то нечистая игра. Рассчитывать на то, что Хаттаб с Басаевым скинут камуфляж и, вняв малопонятному предложению «влиться в мирную жизнь», наденут костюмы с галстуками и отправятся с Казанцевым в местную дискотеку, пожалуй, не стоит. Но и наивно полагать, что власть станет действовать так непрофессионально, предпринимая заведомо неэффективные действия вроде последнего ультиматума. Складывается впечатление, что напуганный разоблачениями Кремль пытается по-быстрому свернуть чеченскую кампанию. И при этом как не предположить, что для подкрепления «предложений» не предусматривается какой-то «секретный протокол»? Может, Басаеву предложат беспошлинное право торговать героином в столичном метро? А Хаттабу — десять процентов с доходов Газпрома? Где же правда? Ваш народ имеет право ее знать!

Плюшкин кивнул, взглянул на Айсет и неожиданно сменил тему.

— Тим, а с кем поедет наша девушка? — спросил он в упор, поверх очков уставившись в вырез платья Айсет.

— С самым смелым, — ответил Тим.

— Нет, с самым перспективным, — возразил Плюшкин, — а самый перспективный для нее в профессиональном смысле — я, потому как все выпускницы журфака хотят на мой телеканал.

— Во-первых, я не с журфака, а из Лондонской школы экономики с отделения медиа-бизнеса, — отпарировала Айсет.

— А во-вторых, канал не твой, а Козлинского, — вставил Тим.

Айсет пошла с Плюшкиным.

Заинтригована она была не обещанным вином из личного «cave», но... Софи-Катрин по секрету она бы призналась, что даже не женское, а девчоночье какое-то любопытство одолело — страсть как хотелось взглянуть на то, что у журналиста Number One болталось под выдающимся животом...

Айсет слышала выражение «крутить динамо». Но сама никогда еще этого не проделывала. Все вышло само собой.

Принимал он ее, естественно, не дома. Но и здесь был этакий «филиал» его знаменитого погребка. Выпили неплохого вина, потом Айсет отправила Плюшкина в ванну.

— У японских девушек есть обычай перед сексом собственноручно вымыть своего самурая, — сказала она, входя, когда Плюшкин, совершенно голый и пьяный, пытался по-быстрому соблюсти гигиенические формальности. — Не торопись...

Полюбовавшись на вышеозначенный предмет и нисколько не впечатлившись, Айсет потеряла к развитию событий всякий интерес.

И теперь, когда она ехала в такси домой, она почувствовала себя одноклубницей столичных милиционеров. Да здравствует «Динамо»!

Да! Жизнь нескучная штука. Она может быть тяжелой, трудной, или — наоборот, легкой, веселой, она может быть быстротечной в узкой стремнине событий, она может быть замедленной в широком разливе отсутствия событийных вех... Но она не может быть скучной...

Наутро отец снова послал ее в Питер. Туда летела самолетом «Трансаэро». Обратно — вечером «Красной Стрелой»... И, вернувшись из Питера, Айсет узнала, что отец убит.

Юсуфу позвонили на мобильный, когда они только сели с ним в вагон. Но верный и благородный Юсуф решил подарить своей госпоже хоть одну спокойную ночь. Чеченские женщины часто теряют близких. Зачем ей раньше времени узнать про новое горе? Все равно они приедут только утром! Что изменится, если она узнает с вечера? Разве что вновь проплачет всю ночь?!

На вокзале их встретил Зелимхан — бригадир дядиных нукеров. Это был не очень хороший знак. Юсуф понял, что брат убитого миллиардера сразу начал брать все под себя и первым делом поменял охрану. Где раньше были люди Доку Бароева — теперь были люди его брата, Магомеда Бароева. И в первую очередь те, кто отвечал за безопасность.

Айсет тоже обратила внимание на то, что ее не встречали Теймураз и Руслан.

— Где они? — спросила Айсет, когда они с Юсуфом сели в машину.

— Теймураз и Руслан погибли вместе с твоим отцом, — ответил Юсуф.

Айсет не могла плакать — горе выжгло слезы. Бледная, как мел, безучастная, она дала усадить себя в автомобиль, молча слушала обращенные к ней слова, но не слышала их. Трудно было дышать, будто вместо воздуха повсюду разлит был какой-то вязкий, тягучий, прозрачный кисель. Глаза ее были открыты, но она не видела ничего вокруг, взору неожиданно открылась другая картина.

Сверху, сквозь негустую пелену облаков, Айсет видела горбатый утес, покрытый маленькими светлыми домиками. Крыши их сверкали на солнце, слепя глаза.

«Что это? Где я?..»

«Это Малхиста, страна Солнца...» — ответил голос отца, звучавший глухо и как-то шершаво, как на старой магнитофонной ленте.

«Какие интересные домики в этой стране! Кто живет в них? Люди солнца?»

«В них живут те, кто покинул страну живых...»

«И ты... ты теперь тоже живешь здесь?»

«Люди, уходящие в Свет, становятся почти равны богам, а я... Прости меня, дочка...»

Слезы, градом хлынувшие из глаз Айсет, смыли видение. Цепочка черных «Мерседесов» подъезжала к дому Магомеда Бароева.

Мусульманские похороны — быстрые похороны. Усопшего положено похоронить в тот же день до захода солнца. Зарыть в родную каменистую землю, и непременно так, чтобы он сидел лицом на Восток.

Фамильный склеп Бароевых в Дикой-Юрте разбомбили до основания еще в девяносто пятом, и дядя Магомед принял решение похоронить брата и племянников в Гудермесе.

Туда летели двумя чартерами. «Как много наших в Москве!» — думала Айсет, глядя на многочисленных родственников, едва разместившихся в двух зафрахтованных дядей «Ту-154»... И сама себе вдруг удивилась, когда назвала этих людей «нашими»...

Ночь после похорон она провела в специально отведенной ей комнате в гудермесском доме дяди.

А наутро он принял ее.

Разговор был недолгим.

— Твой отец вел дела таким образом, что наделал много долгов, — с ходу начал дядя Магомед. — Теперь мне, его брату, придется гасить те кредиты, которые он брал под свой рискованный бизнес, не спрашивая моего мнения.

Разговор велся на мужской половине дома, в турецкой курительной, где после обеда обычно обсуждались самые важные вопросы.

Айсет почти безучастно обвела стены взглядом, по-журналистски, тем не менее, отметив, что за некоторые ковры и сабли, все в серебряной чеканке, в Лондоне, в районе знаменитых бутиков на Кингс-роуд, можно было бы выручить не на один год безбедной жизни... Только где она теперь, эта беззаботная лондонская жизнь? Где Лондон, и где она?..

— Твой отец остался мне много должен, а это значит, что и ты теперь должна слушаться меня, как своего отца, — подытожил дядя Магомед, — а это значит, что теперь ты будешь жить там, где я скажу, и выполнять ту работу, какую я тебе скажу... Ты поняла?

Дядя взял ее за подбородок, приподняв ее лицо и заглядывая Айсет в глаза.

— Ты поняла?

— Да, дядя, я все поняла, я буду выполнять любую работу, какую ты мне укажешь...

— У тебя будет служанка и все необходимое, а твоя «сиротская часть» будет переведена на специальный счет, управлять которым ты сможешь после замужества...

— Но я... Но мой друг — он уже не жених мне ... Я не хочу...

Дядя отпустил ее подбородок и с укоризной поглядел на нее.

— Адат не знаешь...

— Адат — это кто? — недоуменно спросила Айсет.

— Закон не знаешь, обычай не знаешь, — дядя покачал головой. — Твой жених — это моя забота. А хотеть ты будешь то, чего хочу я.

И он жестом приказал племяннице удалиться...

Все! Кончилось счастливое детство. Прощай, Париж, прощай, школа Сен-Мари дю Пре с ее школьными подружками, прощай, Софи-Катрин, прощай, Лондонская Высшая школа экономики, прощай, Джон, прощай, так и не состоявшаяся поездка в Портсмут! Прощай, детство!

И здравствуй, здравствуй, средневековое взрослое рабство!

Да, прав был Джон, говоря про Мусаева в его бараньей шапке, когда тот позировал на экране телевизора рядом с Ванессой Бедгрейв... Тысячу раз был прав Джон. Они — саважи! Они — дикари! Какая дикость, что дядя может ограничить ее свободу, отнять у нее Лондон и друзей... Отнять у нее Париж и подруг... Какая дикость!

Джон был прав, называя их дикарями.

Пусть он и педик, но он прав! И ей милее в тысячу раз этот английский педик, чем ее мужественный бородатый дядя...

Прощай, детство.

Здравствуй, рабство!

Дядя улетел в Москву, оставив Айсет в Гудермесе. Без паспорта и с неработающим мобильным телефоном.

Он дал ей работу.

Теперь Айсет должна была сидеть дома возле подключенного к спутниковой тарелке компьютера и шарить по Интернету, собирая всю информацию по Чеченской войне. Это было первое задание.

Но было и второе. Она должна была писать статьи по заданию дяди. Статьи на французском и на английском языках. А потом отсылать написанное на указанные дядей электронные адреса.

Работа была, как говорится, непыльная и в некотором роде по специальности, а значит — и небезынтересная.

Правда, сперва Айсет было в лом пересиливать себя и писать статьи на заданную тему с заведомо заданными выводами. Всегда одними и теми же — федералы виноваты перед Чечней, а весь цивилизованный мир обязан поддержать чеченцев в их священной борьбе за свободу. Но дядя не нуждался в кондово-неквалифицированных идеологических поделках, которыми были переполнены электронные страницы всевозможных мятежных сайтов типа «Kavkaz.org»... Дяде были нужны серьезные, эмоционально насыщенные и одновременно — взвешенные статьи, рассчитанные на образованного западного читателя. И здесь он очень надеялся на Айсет. А Айсет, в свою очередь, очень надеялась на то, что ее работа сделает ее свободной. «Arbeit macht frei», — как сказала бы Софи-Катрин.

Кстати, Айсет сразу связалась с Софи по электронной почте, честно поведав обо всех своих злоключениях.

Глава 7

Как пожухлый листок в непогоду,
Через горы, леса и поля,
По планете скитается странник:
Где душа, где любовь, где родная земля?
Ищет счастья, а счастье как призрак,
Этим вечным миражем томим, —
Он крадется по кручам отвесным
И в пучину морскую ныряет за ним.

Хосе Рисаль-и-Алонсо

Лоб был слишком высок, хватило бы на трех умных людей. А нос был не по-кавказски прям. Один глаз смотрел, по частушке, на Кавказ, то есть, на Большой Кавказский хребет, а другой обвалился вместе со щекой, может быть, сто, а может быть, миллион лет назад.

Когда Дута Эдиев видел эту гигантскую скалу, похожую на странное, болезненное лицо человека неизвестной народности, его охватывал радостный трепет и детский страх одновременно. Теперь было недалеко. Конечно, гораздо дальше, чем кажется неопытному человеку в горах, но все-таки недалеко. Стоило обойти скалу-человека со стороны затылка, пройти расщелиной, и Дута попадал в иной мир, мир дедовских преданий и старинного благочестия.

Здесь, в глубокой пещере, за многие годы обустроенной умелыми руками горцев, в том числе его, Дуты, обжитой, согретой многолетним огнем в очаге и человеческим дыханьем, жили шихи. Почти святые старцы-мусульмане, добровольно удалившиеся в горы, чтобы путем долгой молитвы и сурового поста вымолить у Аллаха прощение грехов чеченского народа.

Питались шихи только тем, что могли дать суровые горы и приносили доверенные лица, среди которых был и Дута Эдиев. Когда-то, в первые годы коллективизации, они покинули свои родные аулы и ушли далеко в горы, чтобы навсегда отвернуться от всего мирского и посвятить себя духовному подвигу во имя родной земли. Но, как часто случается со святыми подвижниками, о них узнают простые люди, к ним тянутся паломники, ученики, добровольные помощники. Проходит какое-то время, и затерянная на окраине мира келья становится духовным центром народа. Так было и с пещерами шихов.

Сначала о них шла молва по аулам, потом нашлись охотники и бродяги, кто рассказывал, что встречал суровых и холодных, как ледники, стариков высоко в горах. Потом появились горцы, которые проложили к ним едва заметную тропинку. Одних старцы прогоняли, другим разрешали навещать себя. А перед самой войной к шихам стали приходить целые отряды непокорных горцев, которые милиция называла бандами. Они просили у шихов благословения на борьбу с неверными, которая чаще оборачивалась простым грабежом мирных жителей, а также пытались использовать обитель старцев в качестве координационного центра.

Шихи понимали, что первоначальная идея духовного подвига уходит далеко в сторону, но задумывались и об ее истинности. Если миру так нужна их помощь, может, не стоит отвергать его, отворачиваться от него. Последние годы, совпавшие с началом войны, они не только молились и постились, но и горячо спорили друг с другом, насколько позволяли изможденные постом и суровыми условиями жизни физические силы, пытались найти истину.

Дуту они не прогнали сначала по причине его хромоты. Ведь доковылять калеке по горам до их поднебесного убежища было очень нелегко. Когда же молодой парень стал приходить к ним регулярно, тщательно скрывая страдания, причиняемые его больной ноге долгим переходом, они выделили его из всех остальных как своего ученика, а в будущем преемника.

Духовным отцом своего братства они считали старца Таштемира, жившего в прошлом веке. Идеи этого старца о чистом горнем духе и восхождении к Аллаху были записаны неким русским офицером Иртеньевым, служившим в этих местах. Тетрадь с его записями мыслей старца Таштемира они хранили, завернув в телячью кожу и овечью шкуру. Почиталась эта тетрадь как самые святые письмена после Корана. Говорили, что где-то есть еще тетради поручика Иртеньева, где описаны последние дни старца Таштемира и его смерть. Шихи посылали доверенных лиц на поиски записок, но безрезультатно.

Говорили только, что Таштемир якобы сам шагнул в пропасть, но не разбился, а вознесся. Ангел Накир бросил ему веревку и поднял Таштемира в небесные чертоги. Так говорили люди, но письменных свидетельств шихи пока найти не могли. В память о старце Таштемире, своем духовном предшественнике, шихи называли свое братство Таштемирия и носили высокие войлочные шапки, которые символизировали духовное стремление ввысь, в мир горний.

Дута пришел на этот раз к пещере шихов-таштемиритов около полудня, потому что ночевал в горах, в нескольких километрах пути отсюда. Его удивила суета, которую он заметил у входа в пещеру. Дута решил сразу не выдавать себя, а понаблюдать из укрытия. Зоркие глаза молодого горца различили людей в традиционной горской одежде, которые сидели у входа в пещеру, неторопливо перемещались по горной площадке. Но даже это выглядело суетой, по сравнению с обычной неподвижностью шихов.

Из пещеры вышел старец Изнавур, а следом за ним — мужчина в папахе и бурке. Разговаривая с Изнавуром, он все время наклонялся к своему товарищу, а тот торопливо что-то ему объяснял. Дута понял, что человек разговаривает с шихом через переводчика. Изнавур, действительно, знал по-русски всего несколько слов.

Долго прятаться не имело смысла, раз шихи спокойно общались с незнакомцами. Дута заковылял к пещере.

— Ассалам алайкум, Дута! — сказал Изнавур обрадованно, что с шихами, избегавшими всяких эмоциональных проявлений, случалось редко. — Аллах послал тебя. Ты как раз вовремя. Хвала Всевышнему!

— Ва алайкум салам, воккха стаг! — обратился молодой чеченец к почтенному человеку. — Могушалла муха ю хьан? Как твое здоровье?

— Дукха вехийла хьо! Живи долго! — ответил старик.

— У вас, я вижу, гости. Я как раз принес кукурузной муки, чуреков, сыра и изюма. Будет чем угостить ваших гостей.

— К нам приходят не за этим, Дута. Мы угощаем наших гостей не мирской пищей, а духовной.

Дута теперь поближе рассмотрел незнакомцев. Они не были похожи на чеченский повстанческий отряд. Оружия их не было видно. Вся амуниция была тщательно зачехлена. Одежда же хоть и была традиционной чеченской, но очень однотипной, без каких-либо индивидуальных вариаций, что его удивило. По чертам лица Дута узнал в них кавказцев, хотя вайнахов было только двое. Старший же из них, со страшным шрамом на щеке, видимо, был русским. Славянская внешность была у еще одного человека, который сидел неподвижно рядом с обтянутым брезентом ящиком.

Изнавур подвел Дуту к незнакомцу с изуродованной щекой и кивнул.

— Дута, я говорил про тебя этому человеку. Он — русский, но из тех, с которыми наш народ сражался в прошлом веке, а не из тех, которые пришли на нашу землю сейчас. Он, конечно, гяур. Но лучше гяур, чем безбожник, слуга шайтана. Ты знаешь, как наше братство относится к тебе, выделяет тебя из всех остальных?

— Я знаю, воккха стаг, — склоняясь перед стариком, сказал Дута. — Нет на земле другого такого места, куда бы стремилась моя душа.

— Не спеши произносить громкие слова, Дута, — строго сказал старик, — тогда не придется кривить душой.

Дута еще раз низко поклонился, на этот раз, чтобы скрыть смущение. Ведь ших был прав, и душа его даже от святых старцев улетала к Дойзал-юрту, к крайнему дому, где жила Айшат. От старцев даже это нельзя было скрыть. Он хотел сказать что-то в свое оправдание, но тут из пещеры порывисто вышел высокий старик в залатанной старой бурке и такой же поношенной высокой войлочной шапке. Это был ших Атабай.

Вытянув худую старческую руку с длинными паучьими пальцами по направлению к Дуте, он закричал срывающимся, отвыкшим от сильных интонаций, голосом:

— Уходи, Дута! Беги отсюда прочь! Нет больше Таштемирова братства! Шихи предали Таштемира! Низкий дух долин и низовий ворвался в нашу пещеру! Шихи решили спуститься с гор, решили поклониться чужеземцу с Запада! Они все забыли, попрали годы молитв и поста. Шайтан прислал джиннов в облике людей во главе с меченым русским абреком. Шихам захотелось земной жизни, им захотелось ведать земными делами!

— Не слушай его, Дута! — выступил вперед Изнавур. — Атабай сам во власти джиннов. Он давно уже болен. Рассудок его помутился...

— Мой рассудок чист, как горный поток, — ответил Атабай, тяжело дыша, растратив силы на крик. — Аллах свидетель! Я слишком стар, чтобы спорить. Я ухожу выше в горы, как учил Таштемир. Кончилось братство шихов, но святому делу можно служить и в одиночку. Или нет? Дута, ты пойдешь со мной? Решайся. Я жду.

Из пещеры медленно, как тени, выходили старики в высоких войлочных шапках. Они останавливались у входа и молча наблюдали за происходящим. Когда же Атабай обратился к Дуте, они стали смотреть на него. Пришельцы тоже смотрели на Дуту, хотя не понимали смысла происходящего. Наступила тишина, только переводчик-чеченец тихо бормотал, наклонившись к человеку со шрамом на щеке.

Дута неуверенно переминался с ноги на ногу, но, испугавшись, что это движение шихи сочтут за шаг в сторону Атабая, тут же попятился. Получилось, что он спрятался за спину Изнавура. Но он все-таки успел поймать полный презрения взгляд Атабая.

— Эту Чечню вы решили спасать, шихи? — спросил старец и, больше не говоря ни слова, пошел прочь от пещеры по едва заметной горной тропинке.

Все долго смотрели вслед медленно уходящему старику. Каждый шаг давался ему с трудом. Поэтому его фигура долго еще маячила на горной тропе, пока та не свернула за выступ скалы.

Шихи также медленно стали заходить в пещеру, не говоря ни слова. Только Изнавур повернулся к Дуте и, коснувшись его плеча почти невесомой рукой, сказал:

— Ты правильно поступил, Дута. Аллах указал тебе правильную дорогу. Теперь ты должен выслушать меня. Давай присядем. Я слишком устал.

Изнавур долго говорил Дуте, часто повторяясь и возвращаясь к уже сказанному, что от Дуты зависит будущее Чечни и он должен сейчас выслушать человека со шрамом и во всем подчиняться ему. Такова воля Аллаха, как ее понимают старцы-шихи.

Дута внимательно слушал. Он понимал, что скоро в его жизни произойдет переворот. Из несчастливого хромоножки он может мгновенно превратиться в большого человека, достойного жениха для Айшат.

* * *

«Дорогая Софи-Катрин, милая моя подружка Соф! Я попала в совершенно немыслимую и идиотскую, по моему понятию, ловушку, из которой, может статься, без твоей помощи мне теперь не выбраться.

После внезапной смерти отца, о которой ты, вероятно, читала в газетах, все так стремительно изменилось. В один миг из свободной женщины я превратилась в средневековую рабыню. Без паспорта, без денег, без кредитных карточек и даже без мобильного телефона. И это в наше-то время!

Дядя посадил меня под домашний арест и лишил всех прав свободного перемещения. Я даже точно не могу тебе сообщить свой географический адрес, потому что не покидаю пределов дома и даже не знаю ни улицы, на которой расположен дом дяди Магомеда, ни района, ни индекса почтовой связи... Вот уже неделя, как я сижу на женской половине и пишу статьи по чеченскому национальному вопросу, включившись в так называемую идеологическую борьбу своего народа.

Софи-Катрин, милая Соф, мне это так мерзко и противно! Ты бы только знала...

Ах, зачем я вернулась из Лондона в Москву! Кабы я только знала, я бы ушла из университета и просто пошла бы работать, хоть бы и простой переводчицей, и жила бы в Эдит-Грув в своей квартирке с видом на футбольное поле и на трубы электростанции...

Ах, Лондон, где он теперь?

И ты представляешь, еще неделю назад я была на концерте Элтона Джона в Петербурге... А нынче сижу под арестом в этой проклятой чеченской дыре... И не могу без спроса даже выйти в туалет.

Милая Соф, давай придумаем, как мне убежать! Пока у меня еще есть Интернет и электронная почта... Пока у меня и это не отняли.

Милая Соф, давай придумаем, как мне убежать! Неужели в наше просвещенное время такое возможно? Чтобы девушку, образованную, по-европейски воспитанную, можно было бы головой в мешок и на вечные принудительные работы на женской половине закрытой домашней тюрьмы...

Разве так можно с живым человеком?

Милая Соф, прости мне мою истерику, но мне очень страшно, что весь этот кошмар со мною отныне навеки. Дядя отпустит меня, лишь насильно выдав замуж за такого же, как он, средневекового дикаря...

Милая Соф, давай придумаем, как мне убежать, милая Соф!

Ради всего святого. Ради наших счастливых с тобою ночей, которые мы провели в Сен-Мари дю Пре...

Я жду твоего ответа.

Твоя маленькая Ай...»

Айсет очень горевала от того, что ответа от Софи-Катрин не было целую неделю. Неужели она так долго не заглядывает в свой почтовый ящик? Обычно она делала это по два-три раза на дню... Может, она в отпуске — в горах, катается на лыжах?

Айсет ходила по женской половине дома дяди Магомеда и не находила себе места. Даже возле компьютера ей было мерзко и противно.

Она написала письмо Джону.

«Милый Джон, я живу теперь в Чечне, в городе Гудермесе, в доме моего дяди. Как твои дела? Не хочешь ли повидаться со мной? Скучаю. Твоя Ай».

Но и на это письмо ответа не пришло.

Что они там? Все одновременно ушли в отпуска? Так ведь теперь не Рождество и не июль-август!

Уже в отчаянии написала письмо Астрид.

«Дорогая Астрид, как твои дела?

Мои не очень.

Я нахожусь фактически под надзором моего дяди, без паспорта, без денег, без мобильного телефона. Пока еще у меня есть электронная почта. Напиши, можешь ли мне помочь вернуться в Москву? Попробуй связаться с моим дядей, ты знаешь его офис в „Россика-Сплендид“, попробуй заявить ему, что я нужна для работы в Си-би-эн и что в его интересах отпустить меня...

Сделай что-нибудь.

Твоя Айсет».

Прошла неделя, но ни от Джона, ни от Астрид, ни от Софи-Катрин ответа так и не поступило...

К исходу третьей недели своего заключения Айсет обратилась к тете Алие с просьбой немедленно передать дяде Магомеду, что работать с Интернетом из Гудермеса дальше не представляется возможным. По техническим причинам, которые ей сложно объяснить неспециалисту.

Айсет просила передать, что для эффективной работы на благо общего дела ее нужно перевести в Москву, а там она уже покажет высший класс журналистской работы.

Тетя Алия обещала передать...

И прошла еще одна неделя. Писем не было.

Айсет была в панике. Как же так? Свобода для нее была обязательной компонентой жизни. Как кислород. А ее посадили в тюрьму! Какая, к шайтану, «борьба за свободу Чечни», если ее, рожденную и воспитанную свободной, дядя сажает на цепь как собаку, приковывает к компьютеру, как приковывали к веслу галерных рабов... Зачем папа отдал ее на воспитание в Сен-Мари дю Пре? Затем, чтобы она могла потом со всею остротой осознать мучения, которые испытывает привыкший к свободе человек, когда он эту свободу теряет?

Вот тетя Алия и ее дочери, Зарина и Тамара, — им все равно, где жить! Будь то в Гудермесе, будь то в родовом селении тейпа Бароевых в Дикой-юрте, или в Москве... Им все равно, где покорно молчать-помалкивать в присутствии мужчин...

Ах, маленькая Ай! Как не ценила ты свободу, когда жила в этой порочной Англии! И пусть они все там трижды гомики — все они, и Джон, и Элтон Джон, и Дубль-Скотти... Но они свободны! Они могут ходить где хотят, и могут говорить что хотят. И спать могут с кем хотят. И за свободу Ирландии или Чечни — хотят борются, не хотят — не борются! Зато всегда насмехаются над всеми и вся... и над теми, кто борется, и над теми, кто не борется. Они всегда насмешничают...

А тут — Айсет ни разу не видела и не слышала, чтобы кто-то из ее родственников или знакомых попытался бы... Даже помыслил бы о том, чтобы посмеяться над дядей Магомедом... Или над его нукером Зелимханом попытался бы пошутить.

И Ай со слезами вспомнила, как они сидели с Джоном и его друзьями в пабе на Доул-стрит, и как все соревновались в остроумии, пикируясь и подкалывая друг дружку, оттачивая язычки на бармене, на футбольном судье, на премьер-министре Блэре, на королеве... Без какого бы то ни было пиетета...

Вот она, утерянная ею свобода!

И не нужна ей эта фиктивная борьба за фиктивную независимость!

Настоящая независимость осталась в Лондоне. Мусаев в своей маскарадной каракулевой папахе, рядом с этой дурой, старушенцией Ванессой Бедгрейв, — и тот выбрал *настоящую* свободу, когда свинтил в Лондон. Он умнее дяди Магомеда...

Умнее...

Айсет была в панике. Что делать? Как убежать отсюда?

Она написала еще одно письмо Софи-Катрин.

«Милая Соф. Тебе пишет твоя маленькая Ай. Мне плохо, я попалась в ловушку и мне не улететь без твоей помощи. Помоги мне. В конце концов, заяви в органы правосудия, в международные органы, в ректорат моего Лондонского университета, в редакции свободных газет, что студентку Лондонской школы экономики, корреспондентку московской редакции Си-би-эн — похитили и лишили паспорта и свободы перемещения. Ну, придумай что-нибудь, милая Соф, я так скучаю по тебе...»

Написала еще и Джону. И Астрид...

Ответов не было.

Почтовые ящики электронной почты были пусты.

Айсет уж было подумала, что и нет никакого Интернета. Что весь Интернет помещается только в ее компьютере в ее комнатке на женской половине дядиного дома в Гудермесе.

Ей припомнился апокалиптический сюжет из какого-то сюра, где писатель писал романы и статьи и отсылал их по проводам в редакционный компьютер... Но однажды охранник отвел писателя в редакторскую комнату. И тогда писатель увидел, что провода, заведенные в комнату редактора, — просто обрываются, не будучи соединенными с каким-либо устройством...

Однако это было все же не так. Потому что на многих сайтах Айсет читала свои статьи на английском и французском языках. И находила перепечатки своих статей на новостных и публицистических страницах всемирной «паутины».

И везде статьи ее были подписаны — Айсет Бароева...

Значит, Интернет существовал не в одном ее воспаленном воображении! Значит, она посылала статьи в Интернет, и эти статьи находили своего адресата и своего читателя. Но почему тогда пуст ее почтовый ящик?

И вдруг Айсет поняла... Конечно! Какая она дура! Как она сразу не догадалась? Дядя и его люди контролируют ее почтовые ящики. Они блокируют их. Они читают ее письма и не дают этим письмам дойти до адресата. Какая она наивная и заторможенная дура! И она так неосторожно раскрыла себя в своих письмах. Раскрыла себя перед дядей. Чего теперь ждать от него? И как ей быть? Надеяться на помощь извне теперь не приходилось.

Глава 8

Я не вернусь. И в потемках
Теплой и тихой волною
Ночь убаюкает землю
Под одинокой луною.

Ветер в покинутом доме,
Где не оставлю и тени,
Будет искать мою душу
И окликать запустенье...

Хуан Рамон Хименес

Азиз зря подставлял живот под каблук лейтенанта Рунге, зря изучал взрывное дело, рукопаш-
ный бой. Азиз не был включен в группу фон Рудделя. В последний момент его командировали не
за, а на линию фронта в распоряжение Эриха Баума, начальника контрразведывательной команды
Абвера АК-301. Азиз Саадаев, он же курсант Кунак, так и не увидел Кавказских гор.

Может, он был недостаточно прилежен в боевой и политической подготовке? Нет, по стрельбе
он был в группе одним из лучших, независимо от
систем стрелкового оружия. А в бою с применени-
ем холодного оружия ему вообще не было равных

во всем учебном лагере. Еще бы! С кинжалом он был всегда, сколько себя помнил. Сначала он был маленькому Азизу мечом, потом юноше-Азизу римским гладиусом и, наконец, стал тем, чем он был на самом деле, — кинжалом. С каждым годом он становился все легче и легче, и теперь рука уже не замечала его тяжести, наоборот, без него она была пуста, глупа и, лишь сжимая его рукоять, обретала смысл. А может, именно поэтому Азиза и перевели в команду АК-301?

Он узнал это наверняка уже на следующий день после перелета из Крыма в донские степи. Сначала его везли на грузовике неизвестно куда. Нет, никто не завязывал ему глаза, просто дорога клубилась таким пылевым облаком, что ничего не было видно, кроме мутного солнечного диска над кузовом трясущейся машины. Потом его среди прочих усадили во дворе заброшенного дома перед стеной саманной хаты.

Азиз оглядел своих новых товарищей. В основном вокруг него сидели люди с кавказской внешностью, но были и казаки, которых трудно было не узнать по торчащему из-под кубанки начесанному чубу. Азиз спросил что-то по-чеченски, и несколько человек ему ответили. Но тут же разговоры пришлось прекратить. Перед белой известковой стеной, как перед экраном, появились подтянутый, спортивный капитан Баум и толстый, тяжело дышащий переводчик.

— От имени немецкого командования я рад приветствовать лучших выпускников наших учебных лагерей, — говорил Эрих Баум. — Но не думайте, что вы прибыли на слет передовиков-стахановцев. Чрезвычайные обстоятельства вынудили нас спешно выдернуть вас из диверсионно-разведывательных групп, разлучить с вашими товарищами по оружию, к которым вы уже успели привыкнуть. Вот уже несколько месяцев на этом участке фронта действует Красный Шакал, большевистский супердиверсант. Ночью в одиночку он проникает на нашу территорию, вырезает караулы, боевые расчеты, патрули, берет в плен немецких офицеров. А главное — подрывает боевой дух немецкого солдата. Слабые и суеверные уже окрестили его Вервольфом, то есть Оборотнем. По нашим частям, дислоцирующимся в этом районе, упорно ползут слухи, что Вервольфа нельзя убить германским оружием. Конечно, все это полная чушь. Просто у русских наконец появился хотя бы один профессиональный воин. Вот почему вы находитесь здесь — лучшие специалисты по стрельбе и рукопашному бою. Нами тщательно спланирована операция по обезвреживанию так называемого Оборотня. В этой операции вам предстоит решить задачу его непосредственного обнаружения и уничтожения. Германское командование надеется на вашу преданность и мужество...

Потом всех участников операции нарядили в традиционную чеченскую одежду: черкески с газырями, мягкие сапоги-чувяки и мохнатые папахи. Кавказцы с радостью сбрасывали немецкую форму, а кубанские казаки немного поворчали лишь насчет мохнатых папах.

Только одного человека переодели в немецкую форму, причем генеральскую, — толстого переводчика. Надо сказать, что генеральские погоны сразу преобразили нелепого толстяка в вальяжную, начальственную особу. Даже капитана Баума, руководившего операцией, псевдогенерал уже на первых репетициях заставил себя уважать. Наверное, это был его звездный час. Он лениво ворочал глазками, цедил скупые фразы через губу, морщился от слишком громких команд. Иллюзия была настолько полная, насколько полным было тело псевдогенерала.

Следующий день ушел на учения и инструктаж. За каждым членом группы захвата были закреплены по две позиции, в каждой из которых он видел своих товарищей слева и справа. Быстрое перемещение по сигналу с первой на вторую позицию должно было сомкнуть кольцо вокруг Красного Шакала.

Самым странным в этой операции было то, что сигнал к ее началу должен был дать сам Шакал, который за все время своих дерзких вылазок ни разу не обошелся без шакальего крика, за который и получил свое прозвище. Этот боевой клич чеченских абреков и был сигналом к перемещению бойцов на вторые позиции.

Следующее утро на передовой началось бенефисом псевдогенерала. Его вывезли на передовую, он шел по траншеям, тыкал толстым пальцем в сторону позиций врага, перед ним суетились офицеры. Время от времени генерал вызывающе демонстрировал погоны советским наблюдателям. Весь день он дразнил своим видом неприятеля. Ему оставалось разве что встать на бруствер и сделать какой-нибудь неприличный жест. Наконец на закате офицеры стали усаживать генерала в штабной автомобиль. Но он еще долго размахивал руками, давал ценные указания. Когда машина тронулась, за ней образовалось такое облако пыли, что по нему легко можно было прочитать дальнейший маршрут высокого начальника.

На передовой воцарилась странная тишина. Та тишина, когда не молчат, а прислушиваются.

Первая позиция Азиза Саадаева была в небольшой воронке неподалеку от той самой речки, где недавно было вырезано целое отделение горных пехотинцев, а один из них, видимо, захвачен в плен. Азиз смотрел в густеющую синеву неба и думал о своем. Он был уверен, что услышит любой посторонний шорох, поэтому не таращился на скучные холмы, редкие деревья, камыши и всю эту опаленную солнцем степь.

Небо в горах тоже было другим. Каким именно, он не помнил, но точно другим. Вообще, здесь все было другое. Здесь ничего не было видно. Как можно тут жить, если нельзя увидеть сверху соседний лес, склон горы, бегущую змеей горную реку? Все вровень друг с другом... Нет, надо уходить отсюда, надо идти с немецкими войсками к себе домой, а если они не пойдут, идти самому. Азиз согласен был воевать против власти комиссаров, но только в горах. Там он был воином, а здесь — неизвестно кем. Кто он теперь? Как он вообще попал в эту душную яму? Как он позволил себя сюда посадить?

Вот только кружащий высоко в небе орел был своим. Он видел с высоты Кавказские горы. Может, он оттуда и прилетел? Летает в небесах и удивляется, что делают здесь горцы, почему залезли в щели и чего ожидают?

Быстро темнело. Он услышал как будто прощальный высокий орлиный крик и сразу же вслед за ним, совсем рядом, пронзительный шакалий вой. Не было сомнений — это был древний боевой крик чеченских воинов, от которого стынет в жилах вражеская кровь. У Азиза радостно забилось сердце. Мелькнула даже шальная мысль — ответить храброму чеченскому джигиту. Но Азиз только зло выругался про себя и пополз на вторую свою позицию — в прибрежные камыши, извиваясь змеей.

Нет, так ползать, как он, могли не все бойцы группы. Он слышал слева и справа тихие шорохи, его товарищи меняли позиции. Теперь саманная хата, в которой находился генерал-переводчик, была окружена плотным кольцом. И Шакал-Оборотень уже был внутри кольца.

Азиз видел в сумерках силуэты ничего не подозревавших об операции часовых, прохаживавшихся у плетня, — ими руководители операции решили пожертвовать. Они ходили туда-сюда, как часовой маятник. Саадаев следил за ними какое-то время, пока неожиданно не поймал себя на мысли, что, зайдя за хату, они сбились с ритма и уже слишком долго не показывались. Зазвенело разбитое стекло, хлопнула дверь.

За хатой он услышал хриплый крик:

— Сдавайся, шайтан, собак!

Послышался топот ног, потом автоматная очередь. Опять крик шакала, но короткий, визгливый. Опять ударили из автомата, метнулись тени. Хлопнул разрыв ручной гранаты. Шум удалялся в противоположную от Азиза сторону. Чеченец вздохнул с облегчением. Он признался себе, что не хотел бы стрелять и тем более бросаться с ножом на соплеменника, причем такого бесстрашного джигита, за которого он испытывал тайную гордость.

И тут он услышал шум. К реке волокли что-то большое и тяжелое. Азиз затаился. Сначала ничего не было видно, но шорох приближался. Вот показался двигавшийся рывками бугор, рядом с ним по-змеиному выглядывала и пряталась темная мохнатая голова. Нападать на соплеменника скрытно Азиз посчитал недостойным чеченского мужчины.

— Маршалла ду хьога! — выкрикнул Азиз, используя чеченское приветствие вместо вызова сопернику, и прыгнул ему навстречу, отбросив в сторону винтовку, сжимая в руке нож.

Темная тень ответила тем же приветствием. И тут же, покрыв немыслимым прыжком расстояние между ними, бросилась на Азиза. Каким-то чудом Саадаев среагировал. Лязгнули стальные лезвия, но продолжения не последовало.

— Салман Бейбулатов! Мог ли я не узнать тебя, моего лучшего друга!

— Азиз! Как ты попал сюда? Ты у немцев?

— Тихо, Салман, сюда уже бегут, — быстро заговорил Азиз. — Прошу тебя, слушайся меня и не перебивай. Еще немного, и кольцо вокруг тебя сомкнется. Брось эту жирную свинью. Это не генерал, а переодетый толмач, приманка специально для тебя. Давай мне свою гимнастерку. Одевай мою черкеску и шапку. Слушайся меня, именем Всемогущего умоляю тебя.

— Как же ты? Бежим со мной.

— Мне назад уже нельзя. Все кончено. Уходи... Подожди, Салман. Помнишь, как ты вытащил меня, когда я сорвался в пропасть у Красного утеса?

— Помню, Азиз.

— А как мы рубашками ловили рыбу в речке? И в мою, дырявую, вся рыба уходила?

— Помню, Азиз.

— Все, уходи, Салман. Помни обо мне. Я горжусь тобой, друг мой. Пусть Аллах хранит тебя и весь твой род. Помни обо мне...

Это были последние человеческие слова Азиза. Он вскочил и побежал через камыши в противоположную советским позициям сторону. Там, где река сворачивала за покатый холм и кончались камышовые заросли, раздался пронзительный крик шакала. В нем не было презрения к противнику и торжества победителя. В нем звучало прощание с родной землей, другом и жизнью. Потом откликнулись короткие автоматные очереди, и все стихло.

* * *

Сперва она не хотела ехать в Москву. Как же! Красивая австрийская девушка классических пропорций. Натуральная блондинка — хоть тут же и без грима в рекламный клип светлого пива! Горнолыжница с дипломом Бостонского университета по специализации «маркетинг медиа-систем и телекоммуникаций». Но в Америке, как выяснилось, таких как она — с фигурами да с золотыми кудряшками, — таких отличниц, готовых на все ради того, чтобы сразу, без разбега сделать карьеру на телевидении, оказалось пруд-пруди. Прытких и амбициозных европеяночек здесь было гораздо больше, чем телевизионных каналов, помноженных на количество вакансий. И хоть пел великий филадельфийский working class hero[1] Брюс Спрингстин: «sixty nine channels — and nothing on[2]», на самом то деле ни на один из «шестидесяти девяти каналов» на приличную программу юная выпускница Бостона устроиться не смогла.

Да и, как ни странно, возникли проблемы визового порядка, поскольку надо было обойти квоты на наем иностранцев, что телевизионному начальству вообще было очень трудно обосновать в Федеральной комиссии по занятости. Чай, работа на

---

[1] Герой из рабочего класса (*англ.* — цитата из Джона Леннона)

[2] Шестьдесят девять каналов — и ничего не показывают (*англ.*)

телевидении — это не рытье траншей под канализацию, куда американского гражданина и тысячей долларов не заманишь!

Одним словом, помыкалась Астрид в Нью-Йорке, потыркалась курносым германским носиком в разные углы, да и навострилась обратно — в Европу.

А дома, в Вене, — там разве телевидение? По сравнению с Америкой — это как школьное радио, что вещает на переменках... Или как постановка Мольера в студенческом капустнике по сравнению с вечером в настоящей «Комеди Франсэз»! Поехала в Париж. Там временно устроилась на радио «Европа-1» в отдел новостей культуры и даже получила передачу «Vous etes Formidalble[1]», в которой встречалась с разными выходящими в тираж знаменитостями, которые уже не годятся для ти-ви ньюс, но еще хотят, чтобы про них кто-то чего-то слышал.

Она совсем уж было приуныла... Сняла маленькое «студио» в девятнадцатом квартале, специально неподалеку от рю де Франсуа-Премьер, чтоб до работы пешком. Ее жалования на радио едва хватало на оплату квартирки да на обязательную рутину вечерних развлечений.

Ну, и наконец — с бойфрэндами все никак не везло. От тоски даже чернокожего конголезца себе завела с площади Форум дез Алль... Он там пласмассовыми голубками и Эйфелевыми башенками торговал для туристов, а заодно и кокаином вразнос. Каждую порцию во рту в полиэтиленовом пакетике держал, чтобы флики не засекли. В конце концов Зигги, как звали конголезца, ее вульгарно обокрал. Обчистил всю ее квартирку до основания, пока она была на работе, — вынес даже телефон с факсом и телевизор с ди-ви-ди плейером...

---

[1] Вы поразительны (*франц.*)

И тут ей вдруг предложили поехать в Москву.

Где-то в каких-то компьютерных недрах всплыл тот факт ее Curriculum Vitae, что она два года училась в Сорбонне на факультете славистики... Рюсски язык... Москва-распутин-водка-спутник-гагарин-карашо! Собственно, вся эта школьная увлеченность Достоевским-толстоевским была так давно забыта! Но компьютер вспомнил. И напомнил кому надо.

А кто надо — это оказались важные и молчаливые ребята из таинственного ведомства. Они вообще с самого начала велели помалкивать. В любом случае, независимо от того, договоримся — не договоримся... А немцам лишний раз о таких условиях напоминать не надо! Нация понятливая и дисциплинированная. И Астрид — не дура. Что она, цээрушников, выдающих себя за телевизионных бизнесменов, от настоящих бизнесменов отличить, что ли, не может?

В общем, предложили ехать в Москву. И сразу биг-боссом! С окладом жалованья девять тысяч долларов в месяц, плюс представительская бесплатная квартира в центре, плюс машина.... И плюс — премиальные в конце года...

Дура была бы, если б не согласилась!

Хотя, откровенно говоря, ехать в Москву не хотелось. Из Парижа-то!

Астрид ехала в Россию, настроившись на презрение к аборигенам.

Попрошайки. Подобострастные попрошайки. И это потомки победителей! Это они-то нас победили!

Одна ее американская знакомая, ассистент-профессор из Айовы, рассказывала, как в конце восьмидесятых, будучи студенткой Кливлендского университета, ездила в Москву, как мужчины ездят в Тайланд в секс-тур...

Знакомая была невероятно толстая и практически безобразная. В студенческом кампусе, где первые два года все отрываются по полной программе, ощутив всю прелесть самостоятельной сексуальной жизни, как Чайка Джонатан Ливингстон, когда научился пикировать... Так вот, подруге с ее фигурой в Кливлендском кампусе ничего не светило. Даже с малорослыми очкариками... Те предпочитали ей, стодвадцатикиллограммовой мисс Айова, порнокассету... И тогда кто-то посоветовал подруге съездить в Москву — поучиться полгодика в МГУ имени Ломоносова.

И — о чудо! Сексуальная жизнь подружки сразу наладилась. Лучшие красавцы факультета искали ее внимания. Она не только рассталась наконец-таки с девственностью, но даже ощутила себя этакой леди-вамп, этакой стервой, которая может менять мальчиков, водя их за нос...

Это было чудо!

Они все вожделели ее американского паспорта...

Они трахали ее, но при этом они трахали ее американский паспорт.

Они хотели жениться, они хотели вызова в Америку. Они...

Они были дикими туземцами — эти русские человечки, с виду вроде как белые, а внутри — даже не негры, а хуже... Попрошайки. Они были готовы плясать вокруг нее, толстой, некрасивой. Готовы были прилюдно ходить с нею, обнявшись, целуя и прижимая к себе, ради перспективы уехать к ней в Айову...

Именно таких подчиненных — попрошаек, неумех, неудачников, подобострастных льстецов, заискивающих перед каждым иностранцем в ожидании подачки, — она ожидала заполучить здесь в свое распоряжение. И какое же удивление, какое же неожиданное разочарование испытала она здесь, на месте! Оказалось, что большая часть соискателей на корреспондентские места в Московском отделении Си-би-эн-эн состояла либо из хорошеньких протеже «новых русских», что ездят на «мерседесах» с синей мигалкой, либо мальчиков-девочек из знатных московских фамилий... Астрид не была готова к тому, что журналистика в Москве традиционно была профессией для богатых... И не сразу разобралась в ситуации, с ходу позиционировав себя этакой «мэм-сахиб», большой белой госпожой, по праву рождения призванной помыкать туземными рабами, нищими и безмозглыми. Этим она добилась только одного — сотрудники за глаза прозвали ее «астридой»... Она не поленилась заглянуть в словарь... Бр-р-р! Оказалось, что это такие кишечные паразиты, которые проникают даже в печень...

А она, Астрид, на самом деле — от латинского «астра» — звездная...

Но здесь ее звездное имя, равно как ее звездно-европейский паспорт, были всем, в общем-то, по барабану.

Пришлось срочно менять имидж, самой показывать класс и, как пластмассовый кролик на собачьих бегах, задавать темп репортерской работы...

Так или иначе — но работа ее увлекла. Мало-помалу.

И любовника она вновь — ну что за напасть такая! — завела чернокожего. Его звали Манамба, он заканчивал курс в Университете Дружбы народов. Они познакомились в ночном клубе на Арбате. Манамба устраивал ей в постели на ее представительской квартире на Чистых прудах настоящие хот-стрип-пип-шоу...

Астрид просто разум потеряла с Манамбой.

Покуда его не задержала столичная милиция. И не обнаружила при нем несколько ее золотых украшений... Вот совпадение так совпадение!

После этой истории Астрид решила не то чтобы покончить с личной жизнью вообще, но кардинально пересмотреть некоторые ее аспекты. Например, вовсе не обязательно спать с мужчиной. Не то чтобы с черным. А вообще — с мужчиной.

С Ликой Астрид познакомилась в «розовом» клубе с претенциозным названием «Кеннеди Роуз». Лика сидела за стойкой бара в тонком белом мини-платье с трогательными бретелечками на худеньких плечах. Она очень напоминала манекенщицу Твигги. Ту самую — из начала шестидесятых, что вместе с «Битлз» разбивала и расшатывала устои.

Лика была в чулочках. В белых ажурных чулочках. Астрид сразу поняла, что на Лике не колготки, а именно чулочки с резиночками и с поясом. Ее тонюсенькие ручонки раскачивались над барной стойкой, как два стебелька на осеннем сквозняке. Она пила ром «Баккарди». Она то отхлебывала из широкого бокала, то своим ярко-красным ротиком притрагивалась к кончику тонкой коричневой сигаретки... И вид этой воплощенной хрупкости вдруг страшно разволновал Астрид.

Она и не предполагала, что в ней может пробудиться такая гамма новых чувств. Астрид ужасно захотелось оберегать и защищать эту хрупкость. Эту тонкую нежность. А потом ей захотелось грубо овладеть этой нежной хрупкостью, чтобы.... Чтобы та умерла в ее объятиях.

Они сразу узнали и поняли друг дружку, Лика и Астрид. И уже через пятнадцать минут, запершись в стерильно белом отсеке дамской комнаты «розового» клуба, оперев тонкую, словно веточку,

Лику на белоснежный фаянс, Астрид нетерпеливо снимала с нее белые ажурные чулочки...

С Ликой Астрид была счастлива. Она даже и не подозревала, что она имеет такой потенциал счастья... Она была счастлива, как только может быть счастлива удачливая в любви женщина в самом расцвете лет...

И Лика покорно дарила ей свою любовь. Дарила, пока не угасла в больнице имени Боткина от редкой формы белокровия.

Астрид была в шоке.

Она рыдала на похоронах громче, чем родители Лики и ее муж. Кстати — известнейший московский художник и галерист...

Астрид подружилась с мужем Лики. Его звали Модестом Матвеевичем. Он женился на Лике, когда ему было шестьдесят два, а ей едва стукнуло семнадцать. Лика была его натурщицей. Но она обнажалась не за деньги. Ее родители были тоже из очень состоятельных. У Лики была потребность. Ей хотелось раздеваться, но стрип-бары были не для нее. Ее нежнейшее тельце в силу своей крайней субтильности просто трепыхалось бы вокруг шеста, как белый флаг...

Но даже не в этом дело!

Стрип-бары были просто не для нее. Ей был нужен вдохновенно-понимающий зритель. А полупьяный дурак в стрип-баре — ему фактуру подавай! Грудь — пятый номер! А Лика — не ширпотреб. Она — редчайший штучный экземпляр.

И Модест рисовал ее. Это он придумал для нее имидж. Красные губы. Черное каре коротких волос. Белые ажурные чулочки... И отсутствие трусиков как таковых...

Астрид повадилась ходить к Модесту в мастерскую. Она попыталась было выкупить у него все картины, все этюды, все эскизы с нагой и полуодетой Ликой... Но Модест ничего не продавал. Он только позволял Астрид смотреть.

И это было как наркотик.

Несколько раз они напивались с Модестом в его мастерской. И потом Астрид раздевалась, ложилась на стол, гладила себя, стискивала себя, стонала, закусывала губы, изгибалась, извивалась...

А Модест смотрел...

И так повторялось несколько раз кряду. И это даже стало каким-то их — только их — ритуалом.

Модест выставлял на мольберты этюды с нагой Ликой, а Астрид, распаляясь и погружаясь в воспоминания, содрогалась в невозможности однополюсной разрядки...

А Модест смотрел. И не хотел ее. И она не хотела его.

— Так больше нельзя, — сказала Астрид, застегивая кофточку, — это было сегодня последний раз...

— А что тогда можно? — спросил Модест, устало взирая на гостью из своего кресла.

— В смысле? — переспросила Астрид.

— А что дозволено, если то, чем мы занимаемся, по-твоему, грех?

— Всему есть предел.

— Падать можно до бесконечности, — ответил Модест, — пропасть желаний не имеет дна и ограничена только рамками жизненного предела.

— Ты не сказал «увы», — заметила Астрид.

— Аминь, — ответил Модест...

Но на день рожденья, на тридцатилетие Астрид, Модест подарил ей картину... Худенькая девушка снимает белый чулок... Астрид повесила ее в спальной.

Глава 9

Есть горячий закон у людей —
Виноград превращать в вино,
Создавать из утиля огонь,
Из поцелуев людей.

...Это древний людской закон,
Это новый людской закон —
Он из детского сердца идет
К высшей мудрости всех времен.

Поль Элюар

В ауле Дойзал-юрт встречались еще традицион-
ные чеченские сакли без окон, с двумя строго раз-
деленными половинами — мужской и женской, каждая из которых имела отдельный выход на улицу.
Но таких было уже совсем немного. В основном,
селение состояло из крытых черепицей домов с
обычными окнами и дверями.

Дом Саадаевых, стоящий на самом краю селения, странно сочетал в себе русский и чеченский
традиционный стили. Та часть, в которой жила мать
Азиза, выглядела патриархальной женской поло-
виной. Азиз же с Марией жили в обычном камен-
ном доме с высоким крыльцом и привычной рус-

скому глазу печной трубой. Но, как и в старинной горской сакле, здесь тоже была обязательная гостевая половина.

Вот в этой гостевой комнате поздним вечером на столе у окна горела керосиновая лампа. За столом напротив друг друга сидели Маша Саадаева и Евгений Горелов. У стены на низенькой койке спала, отвернувшись к стенке и закутавшись шерстяным одеялом по самую макушку, Ксения Лычко.

Сидевшие за столом тихо разговаривали и были уже на «ты».

— Вот так и получилось, что у нас на конезаводе разводится буденновская порода лошадей, а этот жеребчик чистокровный арабский. Назвали его Тереком. Директор наш сначала боялся чего-то. Говорит, надо отправить его, чего ему на нашем заводе делать. А я его защищала, доказывала, что никакого вреда от него заводу нет, и бригадир Азиз Саадаев меня поддерживал, в обиду не давал. Так мы с ним, с Азизом, и сошлись, поженились. Можно сказать, жеребчик этот беленький нас и повенчал. Теперь вот жеребчик подрос, таким красавцем Терек стал. По секрету тебе, Женя, скажу, лучше его на нашем конезаводе жеребца нет. Как-то директор опять начал свою песенку — надо этого араба... А мне тут в голову и пришло, можно сказать, осенило. Давайте, говорю, Петр Игнатьевич, подарим этого белого араба самому Семену Михайловичу Буденному, имя которого наш завод с честью носит. Партийная и комсомольская организации мой почин поддержали. Лозунг придумали хороший: «Буденному, защитнику Кавказа, — от советских горцев». Как, по-твоему, хорошо?

— По-моему, замечательно, — согласился Горелов, не спуская с нее глаз, ловя каждый ее жест.

— И по-моему, здорово. Представляешь, наш Семен Михайлович принимает парад в освобожденном от фашистов городе на белом скакуне. Вот ты еще говоришь, что у меня плохо с комсомольской работой. А ко мне тут заявился Дута Эдиев. И попросился к нам на конезавод. На фронт его не берут из-за инвалидности. Так он решил в тылу ковать победу. А ведь это моя маленькая победа, Женя. Сколько я этого черта хромого агитировала, ты не представляешь! Так вот, этот самый Дута попросил, чтобы его поставили конюхом при нашем арабе Тереке. А Дута лошадей знает, как никто. Теперь за нашего красавца-скакуна можно быть спокойным. Скоро отправим Буденному нашего Терека. Семену Михайловичу... У меня в детстве маленький портретик Буденного висел над кроватью. Из детского календаря вырезала, в рамочку вставила. Очень он мне нравился. Папаха, усы, глаз острый. Настоящий терский казак...

— Я в детстве любил рассказы про Буденного. Ты не читала? Как они в темноте с ординарцем наскочили на разъезд белоказаков. Притворились своими, приехали в белую станицу. Один казак заметил, что у буденновского коня хвост подрезан, а белые казаки хвостов своим лошадям не резали. Он спрашивает Семена Михайловича: «Как так? Почему у вас красные кони?» А тот нашелся и говорит: «Наших коней из буденновской тачанки посекли, так мы красных коней захватили, на них и ушли»...

— А дальше что было? — спросила Маша совсем по-детски.

— А дальше... Не помню. Смотри-ка, уже забыл свои детские книжки. Что же там случилось?

— Я думаю, что все хорошо закончилось. Ведь правда? В жизни все всегда хорошо заканчивается. Ты согласен со мной?

— Согласен, Маша, согласен, — ответил Горелов, но нетвердо, что-то его, похоже, мучило. — Только вот что я хочу тебе сказать. Пусть это останется между нами. Послушай меня внимательно. Тебе надо развестись с мужем и уезжать отсюда в свою станицу, в Москву, в Сталинград, куда хочешь. Только отсюда тебе надо уезжать...

— Женя, что ты такое говоришь? Может, ты тоже заболел, как Ксюша? У тебя жар?

— Я совершенно здоров. Я уже сказал тебе слишком много, гораздо больше, чем можно. Тебе надо держаться подальше от чеченцев.

— Ничего не понимаю. Это твое личное мнение? Ты так не любишь чеченцев? Но ведь мы — единая многонациональная семья, мы — братья навек, мы — могучий советский народ. Мой муж сражается на фронте против фашистских гадов. Да разве он один? У Давгоевых сын пропал без вести под Брестом. А Салман Бейбулатов, герой, орденоносец? Ты говоришь ужасные глупости... Не просто глупости — ты говоришь... Ты говоришь... А ведь ты показался мне отличным парнем, Женя. А ты... Постой, а ты точно геолог? Или...

Саадаева даже отодвинулась от стола, но вспомнила, что из райкома звонили, документы она смотрела.

— Ты подумала, что я диверсант? Вот глупая! Маша, я говорю тебе эти вещи, нарушая приказ. Я иду на серьезное преступление. Потому... Просто потому, что... Неважно. Нет, важно. Я полюбил тебя... Так бывает. Ты выскочила на коне и чуть нас не растоптала. На самом деле ты растоптала мое сердце. Тьфу! Получается пошло, я знаю. Но так получается — пошло и сбивчиво. Можно подумать, я часто объясняюсь девушкам в любви... Я люблю тебя, а потому хочу спасти. Вот и все.

— И ты из ревности так говоришь, чтобы я бросила мужа?

— Да что же это такое! — рассердился Горелов. — Пусть твой муж был бы чукчей, нанайцем, казахом, я бы не волновался за тебя. Но ты живешь среди чеченцев, а я хочу, чтобы с тобой ничего плохого не случилось. Нельзя сейчас быть чеченцем, как нельзя быть немцем, финном... Такое время! И тут ничего поделать нельзя! Но лично тебе можно уехать. Вот о чем я говорю. А о том, что я тебя полюбил, ты можешь забыть!

На лежанке под одеялом вдруг послышался сдавленный всхлип. Маша и Горелов повернулись туда.

—Ксюша, тебе нехорошо? — спросил встревоженно Евгений.

— Кажется, она пропотела, — сказала Саадаева, трогая лоб больной девушки. — Жар спал. Надо ей переодеться в сухое. Ну-ка выйди на минуту.

Лейтенант НКВД Евгений Горелов вышел во двор. Небо было щедро усыпано звездами. Он закурил, и еще один маленький огонек зажегся в темноте.

Что он сделал? Как он мог позволить ему рассиропиться, распустить нюни? Влюбился, как мальчишка, и поставил под угрозу всю операцию? Любовь! После войны будет любовь. После войны все будет. А сейчас он должен составить безупречно точную топографическую карту предстоящей операции. И на этой карте не должно быть никакой любви. Никакой любви...

Одна звезда вдруг упала, чиркнув по небосводу. Загадать желание? Желание у него одно — выполнить приказ. Горелов бросил окурок в темноту, в том самом направлении, куда только что упала звезда.

* * *

Квартира Джона на Кромвель-роуд была не слишком обширной для того, чтобы жить там вдвоем. Поэтому, когда они вернулись из Петербурга, Джон и Скотти решили, что подыщут что-нибудь не слишком дорогое, но приемлемое по географическому принципу.

Офис Джона находился в Белгрэвиа, а студия «Уорлд Мэкс», где Скотти работал фотографом-дизайнером, была на втором этаже Рэдио-хаус на Риджент-стрит, что как раз напротив «Хард-Рок-кафе». Поэтому апартаменты на втором этаже домика в Беркенсвич, на севере Лондона, их обоих вполне устроили.

Хозяин домика, семидесятитрехлетний вдовец Хьюго Бушо — с ударением на вторую гласную, — фамилию свою взял от француженки жены, которую притащил на остров из Нормандии с большой немецкой войны... Старина Хью так любил свою Лизу, что, когда в девяносто седьмом она умерла от рака, не дотянув до золотой свадьбы всего полтора месяца, Хьюго перестал принимать пищу, и, кабы не соседи, что вовремя просигнализировали в социальную службу спасения, старик уже к Новому году отправился бы вслед за своей Лизой...

После трех месяцев реабилитации в дурдоме Хью отпустили, но страховая компания дала ему совет — пустить в дом постояльцев... С первыми квартирантами старине Хьюго не слишком повезло. На мансарде они принялись выращивать коноплю. И умный участковый инспектор не то чтобы унюхал, он дедуктивно вычислил любителей каннабиса по не меркнущему ночью яркому свету ламп, которые стимулировали быстрый рост полезного растения...

Ребят увезли. А Хью даже и не успел к ним привыкнуть.

Вторым квартирантом Хьюго Бушо был египетский журналист, который приехал в Англию писать книгу о Суэцком канале... А может, он выдавал себя за журналиста. Но документы у него были в порядке, и Хью даже начал было привыкать к арабу, что днями выезжал в Лондон, а ночами все долбил свой ноутбук... Но однажды араб уехал десятичасовым автобусом, а назад не вернулся. На этот раз участковым инспектором не ограничилось. Понаехали какие-то важные чины, составляли опись вещей... Протоколы, допросы, всякая рутинная полицейская мура...

Джон и Скотти стали третьими жильцами домика в Беркенсвич. То, что Джон и Скотти были «голубыми», старину Хьюго нисколько не волновало. Лишь бы постояльцы не исчезли потом, как журналист-египтянин, и лишь бы не растили на мансарде марихуану... Чтобы участковый инспектор не лез с протоколами и не тащил бы в дом соседей — понятыми... Хью был в ладах с законом, но все равно органически не переваривал полицейских. К геям он и то спокойнее относился. А что! Вполне приятные ребята. Один программистом работает, а другой — фотографом... И деньги сразу за шесть месяцев вперед дали, не торгуясь.

Джон и Скотти наняли весь второй этаж и мансарду. Две комнаты на втором и одну на третьем. Это было более чем достаточно для двоих взрослых мужчин. Кухня была на первом, но старик Хью ею не пользовался, предпочитая на спиртовке варить инстант-супы из пакетиков...

Скотти острил, что у безумного старика и вода — тоже «инстант», и тоже в пакетиках в виде сухого порошка.

Тем не менее, они ладили. И старик Хью даже удостаивался совместных просмотров футбольных матчей...

На второй этаж старик не поднимался из-за подагры. Правда, случалось, Джон и орал на Хью, что тот полный мудозвон, раз болеет за свой «Ипсвич» и все поминает Бобби Хэлтона и Томми Бойла, которые последний гол свой забили за десять лет до того, как родился Джон...

И тем не менее, они ладили. А что старику еще надо? Надо, чтоб в доме кто-то был. Чтоб в доме слышались шаги людей... Особенно бессонными ночами, когда думается об ушедшей Лиз...

Джона и Скотти устраивал этот домик на Севере, практически не в Большом Лондоне, а в графстве Миддлсекс, потому как за семьсот квадратных футов они платили здесь вдвое меньше, чем прежде Скотти платил за четыреста квадратных футов на Лестер-Сквер... Утром Джон на машине подбрасывал его до метро, а назад Скотти приезжал уже сам — семичасовым вечерним автобусом.

Как-то весной Джон отрабатывал недельную повинность на выставке телекоммуникационных систем. Его маленькая фирма арендовала в выставочном павильоне небольшой закуток, где был устроен обычный для таких случаев стенд с рекламными буклетами и образцами. Сотрудники фирмы парами отбывали нудную и скучную обязанность, сидя за компьютерами, декалитрами поглощая бесплатный представительский кофе и свертывая челюсти в перманентном приступе зевоты. Все время работы на выставке хронически хотелось спать. К их стенду подходили редко — и сам стенд не очень-то броский, и фирма, каких на рынке софта миллион с хвостиком, да и товара особенного, именно по теме выставки, не имелось. Так, сопутствующие аналоги...

Джон с озабоченным видом сидел за компьютером, Мэгги — пятый раз за неделю перекрашенная, на этот раз из рыжей ирландки в черноволосую испанку, — листала какие-то журналы. Джон был за старшего. Как инженер фирмы, он должен был быть готовым ответить на все вопросы вероятных клиентов, а Мэгги — duty secretary[1] — угощать маловероятных клиентов кофе и минералкой, дарить улыбки и буклеты, записывать в книгу регистраций данные о гипотетических покупателях.

Тогда к ним в закуток и зарулила маленькая делегация с русского телевидения. Их было трое. Два господина — один из них толстый американец, державшийся высокомерно и по-хозяйски, другой, наоборот, худой и подобострастно-услужливый русский. И с ними баба — типичная немочка.

Мэгги заученно улыбалась и, подавая воду, принимала визитки.

Джон оторвался от игры в космическую стратегию и принялся объяснять, что их фирменный софт — самый дешевый на сегодняшнем рынке, и что все прогрессивные пользователи, которые с умом, обязательно должны сделать правильный выбор, угадай с двух раз, в чью пользу!

Они с немочкой переглянулись. Немочка скучала. Толстый американец был явно не в ее вкусе. А худой подобострастный русский — не ее уровня.

Джон улыбнулся ей краешком губ.

И она тоже улыбнулась и отвела глаза.

Когда гости отошли, Джон взял у Мэгги визитницу и посмотрел карточки.

---

[1] Дежурный секретарь *(англ.)*

Дэвид Вулфорд. Шеф департамента зарубежных представительств Си-би-эн.

Это была визитка толстого.

Игорь Аранович. Вице-президент ЗАО «Останкино-теле-медиа-груп».

Это была визитка худого и подобострастного.

Астрид Грановски. Генеральный директор Московского представительства Си-би-эн-ньюс.

Это была визитка улыбчивой немочки.

И точно! Джон не ошибся. На обороте она накарябала номер своего мобильного телефона.

Джон набрал номер. Гудок. Соединение.

— Это из «Ипсвич Софт Интертеймент», меня зовут Джон, мы знакомы по бизнесу.

— Я узнала. Чем могу помочь?

— Помогите решить проблему одиночества.

— Каким образом?

— Давайте вместе поужинаем, а потом вы разделите со мной двухспальную койку в мотеле, о'кэй?

Они дежурно перепихнулись и расстались с вежливым разочарованием.

Астрид сразу затосковала по своей картине, изображавшей худенькую девушку в белых чулках...

Джон еще раз поклялся себе, что больше не станет изменять Скотти. Тем более — с бабами.

И Бог наказал за измену. Горе обрушилось с неожиданностью июльской грозы. Мотоциклист сбил Скотти, когда тот, сойдя с автобуса, переходил дорогу. По-школьному выскочив на проезжую часть перед самой мордой красного дабл-деккера «Бритиш Лэйлэнд». И налетевший из-за автобуса мотоциклист убил его своим пластмассовым шлемом. Угодившим в голову и мгновенно размозжившим ее.

Одного шлем спас. Другого убил.

Джон не трансформировал свое горе в гнев на незадачливого мотоциклиста. Просто проплакал три дня кряду.

Фазэр Майкл в своем заключительном слове сказал:

— Роберт представлял собой новое поколение англичан, новое поколение, которое отходит от вечных традиций семьи и брака. Он жил жизнью, которою теперь живут многие англичане. И наша христианская терпимость — это выполнение заветов Господа, который говорил: «не осуждайте». Не будем же и мы осуждать. А что касается трагической внезапности смерти Роберта, то не следует нам видеть в этом какую-то кару Господню. Бог человеколюбив и бесконечно милостив. И мы верим, что Роберт скоро увидит Его.

Джон снова расплакался, выходя из церкви.

А дома в Беркенсвич старина Хью налил ему кружку горячего «инстант-супа».

— Поешь, поешь, Джонни. Когда моя Лиз умерла, я не мог есть три недели, я потерял пятнадцать фунтов веса, я едва не умер.

Джон сидел, уставившись в одну точку, двумя ладонями обхватив горячую кружку с супом.

— Знаешь, Джонни, это великое очищение, великий катарсис, когда ты теряешь близкого человека, — сказал Хью.

— Что? — не слыша, переспросил Джон.

— Когда от тебя уходит любимый человек, ты вместе с любовью к нему отдаешь Богу часть своего сокровенного, часть того, что принадлежит Ему...

Джон ничего не понимал, но кивал и машинально отхлебывал из горячей кружки.

— Душа человеку не принадлежит, она дается ему только на временное сохранение. А когда ты любишь человека, ты даешь ему часть того, что тебе не принадлежит. Но если этот твой возлюбленный умирает, значит, Бог принимает от тебя часть временно данного тебе и как бы одобряет твой жизненный выбор... — Джон думал про себя: «Что за бред!» — Блудники раздают душу маленькими частями своим временным любовникам. И к концу жизни у них ничего не остается. Пустая грудная клетка, где нет души. Всю раздали своим любовникам... И пропала душа! Но если уходит из жизни единственный, в кого ты влил свою душу без остатка, — то душа твоя не пропала...

Джон не понимал.

Он думал, что теперь он обречен на вечное одиночество. Никто не будет его так любить, как любил Скотти.

И Джон снова заплакал. Ему было стыдно своих слез, и было еще стыднее, когда старик Хью вдруг обнял его за плечи и тоже разрыдался.

Они плакали, как плачут две женщины в момент сердечного сочувствия, когда сердца, омываясь слезами, облегчаются от горя. Джону было стыдно своих слез, но он припал к груди старика и, не сдерживая рева, шмыгал носом и морщил лицо. Старый натурал Хью плакал по своей Лиз, а молодой педик Джон рыдал по своему Дубль-Скотти.

И какая разница? Богу важны сами слезы.

Глава 10

Конь ты мой, коник малый,
Где твои стремена?
Мне бы тебя понежить —
Да за плечами нежить,
А полночь темным-темна...

Витезслав Незвал

Как-то вспоминали старики из Дойзал-юрта старинные истории. Один из них рассказал про джигита, который уходил на коне от погони. Когда же коня под ним застрелили, вспорол своему коню брюхо, кишки выкинул, а сам туда залез. Враги подъехали, видят, что спрятаться джигиту вроде негде, а того и след простыл. Не сквозь землю же он ушел? Не в лошадиное же ушко пролез? Самый хитрый из них приметил, что кишки конские подле лежат. Так не в брюхо ли он залез? Выхватил кинжал, ударил по брюху, а оттуда... жеребенок. От того жеребенка пошла порода удивительно сильных, выносливых и умных лошадей.

Другой старик сказал, что история была на самом деле похожая, но не совсем. На самом деле было вот как. Скакала девушка на кобылице, а за ней гнались недобрые люди. Кобылу под девушкой застрелили, она же, распоров брюхо, в живот и спряталась. Когда же враги стали ее искать, то самый опытный догадался, брюхо лошади рассек, а оттуда белый жеребенок. Вот откуда пошли кони белой масти, самые красивые и преданные человеку.

Долго тогда спорили старики и сошлись только в одном, что давно это было.

Дута вел белого арабского скакуна по лесной тропинке, которая, как бы ленясь, то и дело увиливала в сторону, но все-таки поднималась постепенно вверх по горному склону. Он вел коня бережно, выбирая легкий путь, даже старался не хромать.

Все оказалось значительно проще, чем он себе представлял. Дута просто вывел белого арабского скакуна за ворота конезавода, сказав сторожу, старику Нури, что хочет прогулять Терека. Старик Нури ничего не заподозрил, наоборот, похвалил его за заботу о коне. Дута даже расстроился, что все произошло без приключений, без отчаянной погони. Вот бы белоснежный Терек посрамил всю эту хваленую буденновскую породу, оставив преследователей далеко позади.

Нет, нельзя было рисковать Тереком. Он должен привести его не просто живым и здоровым, но без единой царапинки на белой шкуре. Ведь это подарок. Подарок Гитлеру — не от Дуты, не от шихов, а от всего чеченского народа. Белый конь — символ свободы. Подарок герою-освободителю от освобожденного горского народа, свободного отныне и во веки веков.

Шихи целую неделю думали, что подарить. Несколько дней жила у них в пещере группа диверсантов, засланных немцами. Ждали, какое решение примут мудрые старики. Бурка, папаха, кинжал Басалай, шашка Гурда, ковер с вышитым портретом Фюрера... Тогда ших Изнавур и предложил подарить белого скакуна. Понятно, что конь должен быть удивительным по резвости и красоте, чистых арабских кровей. Где такого достать?

Еще стали думать старики, два дня прошло в раздумьях, вспоминали какие-то обрывки сведений из былой, мирской жизни. Припомнили с большим трудом, что Дута рассказывал им про конезавод и арабского скакуна Терека, которого готовят, чтобы вручить большому большевистскому начальнику. И решили они большевистский подарок гитлеровцам передарить. Усмотрели в этом даже большой смысл.

Один только Атабай возроптал, сказал, что совсем они голову потеряли, что ничем фашистский усач не лучше советского. У второго хоть усы побольше будут. А вообще, не их это дело в политику вмешиваться. Их дело — духовный подвиг. Из этих незримых деяний может в будущем возродиться Чечня, а не из суеты мирской. Много всего сказал шихам Атабай, после чего ушел в горы, от греха повыше, как и учил когда-то Таштемир.

Дута Эдиев не пошел за ним потому, что другое ему было нужно от жизни. Что же?

Когда-то он ходил в поселковую школу. Русский язык им преподавала Валентина Ивановна. Хорошая женщина, добрая и аккуратная. Чеченские детишки ее любили. Читала она им на уроке русские народные сказки. Особенно Дуте Эдиеву понравилась об Иване-царевиче и Сером Волке.

Вот и сейчас она ему вспомнилась, потому что не хотелось ему отдавать немцам Терека. Что они понимают в лошадях? Зачем им Терек? Пропадет он у них без чистого горного воздуха и хрустально чистой воды. Был бы у Дуты такой Волк, который умел бы превращаться в белого коня. Отвел бы его Дута шихам, те бы Гитлеру его вручили. А в Германии он опять бы в серого зверя обернулся. Вот бы фюрер напугался.

А потом превратился бы Волк в Айшат. Отдали бы его за Салмана Бейбулатова. Мог бы назад и не превращаться, живи с Салманом, коли хочется. А Дута Эдиев сел бы на белого коня, посадил бы перед собой настоящую Айшат и уехал бы из этих мест. Куда? Мало ли куда может уехать джигит на своем лучшем друге с любимой девушкой? Кто его остановит?..

Из зарослей на лесную полянку выскочили вооруженные люди. Дута не заметил, как добрался до условленного места, где его ждали диверсанты из абвергруппы. Дальше они должны были сопровождать чеченский подарок.

Так как все диверсанты были кавказцы и казаки, они обступили скакуна, гладили, похлопывали его, восхищенно вскрикивали. Даже их командир, майор фон Руддель, одобрительно кивнул головой, но, увидев, что абвергруппа вдруг превратилась в лошадников, поспешил навести порядок.

Им приходилось выбирать маршрут, соотнося его не с безопасностью, а удобством для скакуна-подарка. Теперь их жизни были ничто по сравнению со здоровьем конских копыт, бабок, сухожилий. Однако самые опасные участки пути они миновали без приключений.

Дута вел их к водопаду, который чеченцы называли Чов, то есть Рана. Действительно, из горной расщелины, похожей на рубленую рану, с большой высоты падала вода. Побурлив в выбитом в камне углублении, она мчалась вниз, в долину. Дута любил пить эту взбитую, воздушную воду. И еще он обычно подставлял под бурлящий поток свою больную ногу и испытывал удивительное облегче-

ние. Вода преломляла изображение, и Дуте казалось, что нога его становилась обычной, прямой,
как у всех людей. Он выдергивал ее из воды, и
чудесная иллюзия исчезала. Дута считал, что вода
эта целительная. Просто он недостаточно долго
держит в ней больную конечность. Как-нибудь он
наберется терпения и просидит над речкой весь
день и всю ночь. Вот тогда вода ему и поможет.

Услышав близкий шум воды, путники приобод-
рились. И люди, и конь пошли бойчее, сосредото-
ченные лица повеселели. Не таясь, они вышли к реке,
встали на колени, отведя за спину автоматы, и при-
пали ртами к шипящему потоку. Но они не успели
сделать и по два больших глотка, как с противопо-
ложного высокого берега раздался строгий окрик:

— Стоять! Не шевелиться! Оружие на землю!
Любое неверное движение — открываем огонь...

С той стороны бегущего потока за камнями виднелись несколько человек в гражданской одежде,
направившие на них винтовки. У стоявшего впереди в руках был автомат ППШ.

Майор фон Руддель, не вставая с колен, но и не
выпуская из рук оружия, крикнул в ответ:

— Эй, ребята, бросьте Ваньку валять!

«Ваньку валять» — это был условный знак, который означал «Приготовиться к бою!»

— Своих, что ли, не узнаете? — продолжал Руддель выкрикивать с некоторой обидой в голосе.

— А вам кто свои? — спросил тот же человек.

Руддель уже рассмотрел его молодое лицо, подбородок с ямочкой, веселый, но внимательный взгляд.

— Мы — специальный отряд, выделенный для
сопровождения этого коня. Знаешь, кому этот
конь? Э, сват, лучше бы тебе и не знать. Самому
главнокомандующему Кавказским фронтом Семену Михайловичу Буденному.

«Сват» — это была команда расчета, согласно которому должна была действовать группа в данной ситуации.

— Вот ты и прокололся, вражина, — послышалось в ответ. — Буденный больше фронтом не командует!

— Что ты говоришь? Значит, он командует другим фронтом. Какая разница? Вы сами кто такие будете? Спускайтесь, спокойно поговорим, как советские люди. Неужели у нас нет тем для мирного разговора. Вот хотя бы поэзия! Помните стихи Лермонтова? «Старик, я слышал много раз, как ты меня от смерти... спас!»

Последние слова Руддель выкрикнул, и тут же его подчиненные, падая на землю, ударили вверх из автоматов. Они были настолько хорошо выдрессированы, что успели открыть огонь первыми по условной команде. Тут же, перекатываясь, они меняли позиции, продолжая поливать короткими очередями камни на том берегу.

Отряд НКВД под командой Горелова ответил с опозданием, но слишком хорошей была у него позиция. Правда, вооруженные винтовками, чтобы бы не потерять сходства с геологами, энкавэдэшники по подвижным мишеням в основном стреляли мимо. Только очереди из автомата их командира сразу же прошили двоих диверсантов и ранили майора Рудделя.

Умело переползая с места на место, держа противника под непрерывным обстрелом, диверсантам почти удалось отодвинуться к каменной гряде, за которой они могли бы укрыться. Казалось, еще мгновение, и их маневр удастся, но в этот момент в воздухе мелькнули брошенные с высокого берега две гранаты...

Дута поил коня чуть в отдалении, вниз по течению, потому что люди, по глупости своей, не захотели пить ниже животного. Когда началась стрельба, Дута растерялся. Он так бы и стоял остолбенело, если бы испугавшийся Терек не сбил его с ног. Конь протащил Дуту немного по берегу, но чеченец умудрился вскочить на ноги. Он уже хотел перехватить узду, как вдруг раздался страшный грохот, какая-то свирепая сила ударила его в спину и швырнула на мокрые камни. Падая, он ощутил, как резанула его по лицу уздечка, стремительно уносясь вслед за белым арабским скакуном...

* * *

Софи думала об отце.

Отец был для нее несбывшейся мечтой. В пансионе Сен-Мари дю Пре она тосковала по абстрактной ласке взрослого мужчины. По абстрактной, потому что отца своего Софи-Катрин практически не знала. Родители развелись, когда ей было пять лет. При разводе мать Софи-Катрин получила значительную сумму единовременного отступного и алименты, на которые можно было бы содержать три детских садика в Восточной Европе. Маленькую Соф отдали во французский пансион. Мать, когда находила время между своими новыми романами с автогонщиками и подводными ныряльщиками, приезжала из Монако на пару дней в два месяца — повидать дочурку. А отец, с головой погруженный в бизнес, не приезжал ни разу.

Когда Софи-Катрин стала большой девочкой и уже начала смотреть «Евро-ньюс» и читать газеты, она частенько видело лицо отца, мелькавшее в хронике финансовых новостей и скандалов.

Феликс Штайнер и его концерн «Байрише громверке» связан с махинациями «Дрезднер — банка» по отмыванию капиталов. Феликс Штайнер включен в государственную комиссию по экспертизе экономики Восточной Германии, оставшейся в наследство после ухода Советов. Феликс Штайнер официально объявил о покупке контрольного пакета акций бывшего восточногерманского государственного предприятия «Карл Цейс» в Иене. Феликс Штайнер приветствовал Раису Горбачеву в отделении своего благотворительного фонда в Штутгарте.

На фотографии отец и чужая русская дама — жена популярного русского вождя со смешным прозвищем Горби — стояли перед камерами, обнимая маленьких детей. Отец при этом улыбался, одну руку положив на головку маленькой девочки.

Такой девочке, какой, наверное, была Софи-Катрин, когда мама развелась с ним...

Софи-Катрин не плакала. Она много мечтала, когда бродила одна по парку и близлежащим охотничьим угодьям Шато дю Пре.

Когда первые ощущения принадлежности к женскому полу еще не накатывались на нее, Софи-Катрин просто мечтала об отце. Мечтала о том, как бы она лежала с ним — с таким большим — на каком-нибудь диване или на ковре и они бы рассматривали большой цветной альбом про принцесс. Или сидели обнявшись и листали комиксы про покемонов...

Софи-Катрин так и понимала семейное счастье: это когда отец обнимает тебя и когда ты смотришь с отцом мультики про принца и про принцессу. Софи-Катрин в те ранние школьные годы так и мечтала — выйти за отца замуж, вместо мамы. И сидеть с ним в его доме в Штутгарте и глядеть японские мультики.

В Сен-Мари дю Пре не разрешали помногу смотреть мультики и читать комиксы. В Сен-Мари дю Пре много учили латыни. Латынь потом пригодилась. На нее с легкостью легли и итальянский, и английский... А немецкий с французским — были и без того родными...

Но был ли родным отец? Или родными были только мечты и детские выдумки?

Софи-Катрин спрашивала свою соседку Айсет, свою милую маленькую Ай, — как это «быть с отцом»? И та тоже ничего толком рассказать не могла. Милая маленькая Ай.

В России Софи-Катрин набрала материал о дедушке. О папином отце.

В русскую компанию, в сорок втором году, когда армия генерала Листа вышла к главному Кавказскому хребту, ее дед воевал в составе Первой горнопехотной дивизии, будучи ефрейтором 79-ого горновьючного артиллерийского полка. В доме отца, в Штутгарте, где Софи-Катрин бывала уже студенткой, в малой гостиной, которую отец называл «вагоном для курящих», на стене в рамочке висела фотография — молодой человек в форме с алюминиевым эдельвейсом на левой стороне форменного кепи...

Это был ее дед, пропавший без вести осенью сорок второго. Отец не помнил его — он родился в тридцать восьмом. Отца воспитывали дядя Вилли и тетя Софи. Софи-Катрин и назвали в честь тети отца — в честь двоюродной бабушки Софи-Катрин. Если бы она была сейчас жива, то не была бы Софи-Катрин такой одинокой!

Дядя Вилли принял отца и не отдал его в приют, когда его мать в сорок четвертом погибла от английской бомбы, принял из чувства вины.

У дяди Вилли был «белый билет», и его не взяли на военную службу.

А потом, в годы германского «экономического чуда», дядя Вилли очень и очень разбогател, и его маленькие авторемонтные мастерские за десять лет разрослись в концерн... Потом, когда бездетные дядя Вилли и тетя Софи умерли, отец стал президентом «Гром-Верке»... Потом отец женился на известной фотомодели. Потом родилась Софи-Катрин. А потом отец с матерью развелись... А потом Софи-Катрин отдали в Сен-Мари дю Пре...

А там Софи-Катрин познакомилась с маленькой Айсет.

А потом маленькая Айсет пригласила Софи-Катрин в Москву порыться в архивах, сделать передачу о депортации чеченцев. И вот Софи-Катрин в московском архиве бывшего МГБ нашла материалы о судьбе своего дедушки. Ефрейтора Штайнера, пропавшего без вести осенью сорок второго...

А сейчас, в двухтысячном, без вести пропала ее Айсет, ее маленькая Ай.

Прощаясь, подруги договорились, что будут перезваниваться не реже двух раз в неделю, а в феврале вместе рванут в Южную Африку кататься на знаменитом «Голубом паровозе»...

Но февраль закончился, а от Айсет так и не пришло ни единой весточки.

Ее московский телефон молчал. Мобильный был «временно неактивен». В московской конторе Си-би-эн ей сухо ответили, что Айсет Бароева там больше не работает.

Электронные письма Софи-Катрин возвращались с указанием провайдера, что «такого адреса не существует».

Тогда Софи-Катрин позвонила Астрид Грановски.

И Астрид предложила ей приехать... И даже не тратиться на гостиницу, а пожить у нее в ее большой квартире на Чистых прудах.

Софи-Катрин оформила визу и взяла билеты «Люфтганзы»...

Глава 11

Белые пятна на лицах —
След ледяных дорог —
С каждым порывом ветра
Мучили, как ожог.
Руки закоченели,
Ноги идти не могли.
Но вдруг встрепенулось сердце,
Когда я увидел вдали —
На голой покатой вершине,
Легкий и чуткий, как тень,
Наледь дробил копытом,
Нюхая воздух, олень.

Иохан Нурдаль Брюн Григ

Осенью сорок третьего Салман Бейбулатов был ранен в ногу автоматной очередью, выпущенной немецким патрулем наугад по кустам. В госпитале он лежал тихо и незаметно, много спал, молился пять раз в день, отдавая Аллаху долги, накопившиеся за время безбожных засад и рейдов по тылам врага. Особенно много Салман мечтал, глядя в облупившийся потолок бывшего класса русского языка и литературы. Еще он любил мысленно беседовать со строгим седобородым старцем, портрет которого главный врач распорядился оставить в палате. Сначала разговоры были самые обычные.

— Ассалам алайкум! — говорил ему старик.

— Ва алайкум ассалам! — отвечал ему раненый чеченец.

— Как поживают твои высокочтимые родители? Что пишет тебе твоя невеста Айшат? Что слышно про твоих многочисленных родственников? — интересовался вежливый старец.

Салман давал ему подробные ответы на все вопросы. Вспоминал ныне живущих родственников и предков до седьмого колена. Старец внимательно слушал, не перебивал. Ему все было интересно. Но иногда, после укола или перевязки, бородатый собеседник начинал чудить.

— Что, татарин? — говорил ему тогда строгий старик. — Пострадал-таки за матушку Русь?

— Почему ты называешь меня татарином, воккха стаг?

— А кто ж ты есть, как не татарин? Я только спросил тебя, а ты уже колешься. Татарин, или татарник, и есть. Я раз хотел выдернуть такой вот цветок татарника. Только стебель измочалил, а цветка не добыл. И тебя вот доктора вона как искромсали.

— Лечат.

— Лечат! — передразнил старик. — Взял бы косу, вышел в поле, или на склон, как у вас в горах. Прошел бы рядок, пули бы из тебя сами повылазили. Или вот верховая езда тоже полезна от всякой хвори...

— Верховая езда, да!

Старик нехорошо выругался, но Салман почему-то не сердился на него, как, например, на военную корреспондентку тогда, в сорок втором. Он признавал за этим седобородым собеседником с нарисованным покатым лбом право вести себя, нарушая некоторые традиции и правила.

— А скажи мне, воккха стаг, как так получилось, что одни чеченцы воюют по эту сторону фронта, а другие — по ту? И все считают, что сражаются за святую правду. Я убиваю немцев, но видел таких, что убивают русских. Кто из них прав? Почему, когда я думаю о праведной жизни, мне вспоминается только Азиз Саадаев? Он принес себя в жертву не ради божественных святынь или больших государственных дел, а отдал жизнь за простого горца, который ходил на охоту, собирал урожай, ел сыр и кукурузные лепешки. За Салмана Бейбулатова, который теперь сам не знает, правильно ли он живет...

— Ну вот, — отозвался седобородый старик, — ты стал забивать себе голову вопросами о смысле жизни, значит, сам перестаешь жить. А я, дурак, на старости лет искал освобождения от этих самых вопросов, купил даже билет до Владикавказа, чтобы бежать в вашу свободную и прекрасную страну. Хорошо еще, что не доехал. А то бы встретил вместо непокорного татарина такого умника, как ты. Был бы мне, старику, еще один урок. Постой, а ты не бредишь, часом? Кажись, у тебя жар? Сестра, нашему джигиту плохо! Сестра!..

Но зимой Салману выпала удача еще повоевать в дорогих его сердцу горах, правда, на этот раз Крымских. Авторитет старшины Бейбулатова уже был так высок, что его отпускали в свободную охоту по тылам врага. Теперь он уходил в многодневные поиски. Древняя удача воинов из племени нохча безошибочно приводила его к богатой добыче и уводила от погони.

Можно сказать, что Салман на третий год войны обнаглел. Если раньше он издавал воинский крик всего один раз, пугая и путая врага, а потом таился и заметал следы, то теперь он кричал несколько раз, наводя панический ужас на румынских солдат, даже позволял себе своеобразный юмор диверсанта-разведчика. То он связывал двух румын таким способом, что при освобождении от пут они душили друг друга, то устраивал ловушки-самострелы, выверяя их так, чтобы стрелка втыкалась пониже спины. Он забавлялся с добычей, как хищник из семейства кошачьих. Старшине Бейбулатову временами казалось, что он в одиночку, только с легендарным кинжалом за поясом, способен выгнать румын из Крыма. Но в Крыму были не одни румыны.

Однажды Салман устроил засаду у шоссе. Со стороны Симферополя время от времени проходили легковые машины. Но Бейбулатов ждал машину с эскортом мотоциклистов. Из-за поворота показалась еще одна, открытая, просторная. Салман мысленным жестом регулировщика пропустил ее мимо. Но машина неожиданно затормозила. Водитель остался за рулем, а офицер в чине капитана соскочил на землю, швырнув черный кожаный портфель вместо себя на сиденье. Немец оглядывался и прислушивался, очевидно, ждал кого-то, отставшего от них в дороге.

Офицер не произвел на Салмана никакого впечатления, но его очень заинтересовал офицерский портфель. Привыкший доверять своей интуиции, Бейбулатов прицелился в водителя из бесшумного карабина и нажал на курок. Немецкий офицер услышал знакомый по оккупированной Франции звук вылетающей пробки из бутылки шампанского, а потом увидел завалившегося набок шофера.

Первым его движением был рывок к портфелю, а на втором движении — выхватывании пистолета из кобуры — Салман уже обхватил его сзади за шею одной рукой и готовился ударить его второй, вооруженной кинжалом. По опыту немец должен был отчаянно сопротивляться, но он повел себя очень странно: неожиданно обмяк, словно упал в обморок, и повис на руке чеченца, но только тот собрался перехватить жертву поудобнее, как получил резкий удар затылком в лицо. И тут же необыкновенный по силе и сноровке пинок каблуком в солнечное сплетение. Салман давно не встречал достойного противника и, скатываясь в кювет, все еще удивлялся боевой подготовке офицера.

За мгновение до падения в сырую канаву Салман почувствовал всей своей змеиной кожей, что вслед ему сейчас полетит пуля. Поэтому, сгруппировавшись, ушел в сторону. Когда же услышал выстрелы и шлепки в нескольких дюймах от своего лица, сделал то, что не делал ни разу за все годы войны, — отбросил от себя свой кинжал. Правда, всего на несколько секунд, пока стальное жало со свистом резало воздух, пока входило в плохо выбритую шею, пока Салман выбирался из кювета и протягивал руку к своему верному другу.

Это, конечно, не был легендарный Басалай, который, по рассказам, резал любую хваленую вражескую сталь и пробивал самую прочную кольчугу. Но Басалай трудно было найти на Кавказе уже во времена князя Барятинского и пленения Шамиля, а сейчас этот простой чеченский кинжал, выполненный обычным горным мастером, без серебра и слоновой кости, был тоже редкостью. Главное же, что он ни разу не подвел Салмана в жестоких рукопашных схватках в траншеях и блиндажах, а сейчас на шоссе к Симферополю просто спас ему жизнь.

Офицер, видимо, был не из простых, тем больший интерес представлял его портфель. Салман сунул его под мышку и стал при этом похож на кавказца-агронома, но тут из-за поворота выскочил грузовик, крытый брезентом. Салман снова скатился в кювет и, цепляясь за голые прутья кустарника, полез наверх. Достигнув леса, он оглянулся. Теперь было понятно, кого дожидался прыткий немецкий офицер. По тому, как ловко солдаты преодолевали препятствия, как быстро и скрытно передвигались, Салман понял, что опоздавшие ни в чем не уступали своему мертвому командиру.

Нет, это были не румыны. Это были чеченцы, это были горцы, это были гребенские и кубанские казаки, опытные и удачливые охотники. А Салман был их добычей — оленем. Он бежал через чащу, судорожно вдыхая ноздрями сырой воздух южной зимы, и чувствовал, что лес уже пахнет кровью загнанной добычи. Салман все понимал, маневры врага не были для него загадкой. Его загоняли, охватывая полукольцом, чтобы в один прекрасный момент сомкнуть его окончательно. В другой раз Салман ушел бы легко и дерзко, но сейчас он чувствовал, что раненая нога в гонке с достойным противником подводила его. Нет, ему на этот раз было не уйти.

Тут ему представился хромой Дута, вечно ковылявший за их шумной ватагой, наблюдавший за их веселыми играми с плохо скрываемой завистью. Иногда Дута забывался и следил за ними со счастливой улыбкой, разделяя общий восторг от игры. Но, опомнившись, он менялся в лице, стискивал зубы и шептал страшные проклятья. А они, не замечая его ненависти, или, наоборот, дразня хромоножку, бегали и прыгали, швыряя друг в друга охапки опавших листьев, пахнущих каким-то крепким, клейким лесным настоем.

Бейбулатов остановился над руслом высохшего лесного ручья, заваленного этими самыми листьями. Поддел их носком сапога. И чуть не вскрикнул от мысли, что эта шальная идея могла прийти ему, когда он рухнул бы под вражескими пулями или корчился, получая удары ногами по ребрам и по почкам.

Салман упал на колени. Со стороны могло показаться, что беглец сошел с ума или решил последний раз помолиться Аллаху. Но чеченец стал быстро раскапывать плотные лиственные слои. Скоро перед ним образовалась небольшая могилка. Салман положил на дно портфель, вещмешок, потом лег сам и разместил оружие. Затем стал закапывать ноги, туловище, голову и, наконец, он погрузил в мягкую пахучую массу листьев неудобно торчащие руки. Теперь оставалось только лежать и ждать, доверившись во всем собственной удаче и лесным джиннам.

Скоро он услышал быстрые перебежки в отдалении, это догоняли его, охватывая, два крыла погони. Через несколько минут послышались размеренные шаги в цепи его преследователей. Неужели обнаружат? Ведь он не видел, как выглядит его маскировка со стороны. Если бы с ним был напарник! Чуть ли не впервые он пожалел, что ушел в разведку один. Но кто бы потом маскировал в листьях напарника? Перед Салманом вдруг предстала длинная цепочка его друзей и приятелей, которые прятали его, но один всегда должен был оставаться последним. Кому-то не на кого было надеяться. Кто-то должен был погибнуть. Азиз! Конечно, последним был друг Азиз.

Шаги приближались. Вот уже кто-то задел куст можжевельника, который также цеплялся за раненую ногу Салмана. Еще шаг, и вражеская стопа вдавилась у самого лица разведчика. Предательски поползли вниз листья. Другая нога опустилась где-то за затылком, наверху. Хорошо, что он зарылся в углублении канавы, и преследователи машинально через нее перешагивали.

Потом коченели руки и ноги, холод, казалось, подбирался к самому сердцу. Но все это было ничего. Это были ощущения живого человека...

— Ну, Салман, ценнее этого портфельчика ты еще ничего из-за линии фронта не приносил, — сказал ему майор Артамонов, командир разведки дивизии, когда Бейбулатов, с трудом отмыв многодневный слой грязи, вошел к нему для подробного доклада. — Бумажки эти — документы о секретной диверсионно-разведывательной школе Абвера. Полные списки командиров, инструкторов, курсантов... А гнались за тобой, скорее всего, курсанты или выпускники этой школы. Народ очень серьезный, подготовленный. Так что слава твоему Всемогущему! Ну, и нашему, конечно... Боюсь сглазить, Салман, но ведь могут за это дело тебе Героя припаять. Как пить дать, могут. Тут уж, извини меня, мусульманство свое на время забудь, потому что напиться по-черному ты теперь должен!..

* * *

С точки зрения среднестатистической чеченки — а в чем-то, пожалуй, и европейской женщины, — жизнь Айсет в Гудермесе была устроена вполне завидно.

Добротный современный особняк, словно перенесенный в эту кавказскую глушь с Рублевского шоссе или из Голланд-парка. Две просторных светлых комнаты с видом на горы, плоский японский телевизор со спутниковой тарелкой, своя душевая кабинка, свежий воздух и свежайшие продукты к столу — какие душе угодно, кроме, разумеется, спиртного и свинины. Впрочем, без алкоголя Айсет вполне могла прожить, а свинину никогда не жаловала.

А еще у Айсет впервые в жизни была личная служанка, четырнадцатилетняя Эльза, сирота-беженка из Сережнь-Юрта. Боязливая, раболепная услужливость этого дичка-подранка то раздражала, то смешила Айсет, а по временам бывала даже трогательной. Она понимала, что для Эльзы попасть в услужение в дом самого Магомета Бароева было несказанной удачей, и девчонка из кожи вон лезет, чтобы исполнить любое желание хозяйки, — а то прогневишь ее и вмиг потеряешь сытое, теплое место.

В первое время получалось не очень: девочка была по-подростковому неуклюжа, к тому же плохо понимала по-русски, и Айсет приходилось прибегать к помощи переводчиков — тети Алии или одной из кузин. Те с Эльзой не церемонились — кричали на нее по-чеченски, осыпали пощечинами и подзатыльниками, на ночь запирали в чулан, еще и Айсет выговаривали, что миндальничает с этой безродной дворняжкой, совсем распустила девку...

Айсет и вправду поставила себя с Эльзой не как повелительница, а скорее как старшая подружка: делилась лакомыми кусочками, разрешала смотреть мультики по телевизору, в свободное время занималась с ней, как могла, арифметикой, географией и русским языком. Юная служанка души не чаяла в своей юной госпоже...

Айсет запрещено было покидать пределы дядиного особняка. Выйти она могла только в сад, отгороженный от улицы глухим высоким забором.

Как пояснил дядя, это делалось для ее же безопасности: смелые статьи оппозиционной журналистки Айсет Бароевой вызывали в Кремле раздражение и даже ярость, а Гудермес, ставка промосковской чеченской администрации, наводнен агентами ФСБ, мало ли что может случиться... Айсет слушала дядю, покорно склонив голову, покрытую дурацким платком, и не верила ни одному его слову.

Она теперь многому не верила...

Айсет часто вспоминала то лето девяносто второго года, когда она, двенадцатилетняя парижская пансионерка, прилетела погостить в Москву к родителям. Москвы она в тот раз толком и не видала — прямо из аэропорта отец повез ее за город, в элитный дачный поселок возле платформы Театральная, на девяносто процентов состоящий из приватизированных госдач. Доку Бароев и тогда был в Москве не последним человеком, возглавлял крупную строительную фирму, а до того, еще при советской власти, трудился замом в непонятной конторе, именовавшейся Министерством строительства на Дальнем Востоке, но расположенной, однако, в центре Москвы. Кстати, Айсет он отправил во Францию тоже еще в советские времена, выдернув из престижной французской школы, что в Лялином переулке, — сначала на год, по какой-то хитрой программе образовательного обмена, а потом вроде как и насовсем...

Каникулярный месяц пролетел быстро, а в последний день перед ее возвращением в Париж семья Бароевых была приглашена на шашлыки к соседу Валерию Петровичу, а поскольку Доку Рамазанович жил тогда по обычаям не столько мусульманским, сколько московским, то не чурался ни женского общества за праздничным столом, ни рюмочки-другой хорошей водки.

А под водочку с шашлыками и разговоры получались откровенные.

— Допрыгается этот летун усатый со своей независимостью! — говорил Доку Бароев. — Русские из Чечни бегут, толковые чеченцы тоже бегут. Ногами за свободу голосуют! Еще немного, и кто тогда останется — бандиты, пастухи и писатель Яндарбиев?

— Нефть останется, — возразил кто-то из гостей.

— Какая нефть? — отмахнулся Бароев. — Трубу с Каспия перекроют — и плакала чеченская нефть...

— Пустое все это, не такой дурак этот Дудаев, чтобы всерьез отделяться, — заметил хозяин дачи, чиновник по финансовому ведомству. — Просто политический момент сейчас такой, все вопят о независимости и суверенитете — и татары, и якуты, и чукчи с нивхами. Вон, даже в Свердловске, на родине нашего всенародно избранного, и то какую-то Уральскую республику учреждать собрались. А смысл у всех этих вольных упражнений один — побольше хапнуть из казны.

— Вот тут-то дудаевские ребята не промах, — хохотнул еще один сосед по даче, милицейский генерал. — Уж хапают так хапают!

— На месте нашего президента я бы этих штукарей сама от России отделила и закрыла границы на замок, — безапелляционно заявила жена генерала. — Они бы там через год собачек ловили да кушали, как грузины со своим Хамсахурдией...

В памяти юной Айсет этот вечер запечатлелся навсегда — конечно, не из-за этого непонятного и неинтересного для нее в ту пору разговора. Просто тогда она в последний раз видела живой свою маму.

Пять месяцев спустя Марет Бароева, принимая ванну, потеряла сознание и захлебнулась. Приехавшие врачи установили у нее неоперабельную опухоль мозга...

А еще через два года русские принялись наводить в Чечне конституционный порядок посредством танков и артиллерии. Неизвестно, какие мысли гуляли в проспиртованных мозгах «первого россиянского», когда он подписывал соответствующий указ-приказ, но мысль о том, что ввод войск рискует обернуться затяжной, кровопролитной кампанией, к которой ни армия, ни страна толком не готовы, среди них явно не просматривалась. Грезилось, должно быть, этакое повторение октября прошлого года — танковая колонна, один «бабах» прямой наводкой по Белому Дому... в смысле, по дудаевскому логову, подоспевший ОМОН под белы рученьки выводит главаря и препровождает в Лефортово, остальные же чурки сами разбегаются, побросав палки и кремневые ружья. Законность восстановлена, конституция торжествует...

Показательной порки не получилось. Аферист с парикмахерскими усиками хорошо подготовился к встрече незваных гостей — и в одночасье сделался отцом нации, а его тогда еще не слишком бородатые джигиты — народными героями.

Первыми жертвами державных пьяных грез стали русские парни, заживо сгоревшие в танках на улицах Грозного. Потом счет пошел на сотни, на тысячи... Загребущими своими лапами Родина выдергивала из мирного потока жизни собственное будущее и эшелонами отправляла на фарш, не снабдив необстрелянных, голодных, кое-как экипированных мальчишек даже копеечными солдатскими медальонами — ей, Родине, было, по большому счету, наплевать, своего или чужого сына похоронит мать в закрытом гробу. Что при Иване, что при Иосифе, что при Борисе — жизни человеческие шли пучок за пятачок.

Но и борцы за свободу Чечни — сами они русскому названию, пошедшему от названия селения Чечен-аул, предпочитали местное, по названию лесистой Ичкерии, срединной части своей страны, — с собственным народом особо не церемонились, не терзались нравственными муками, устанавливая огневую точку на территории школы или больницы или вешая работающую рацию, по которой русские корректировали огонь, на столб посреди оживленного базарчика. Итоговое кровавое месиво «героические повстанцы» нередко снимали видеокамерой. Кассеты уходили на Запад, как доказательство зверств российской солдатни.

Кассеты с собственными зверствами отправлялись в противоположную сторону, в качестве отчета о проделанной работе, — у народных героев появились инородные спонсоры. Хотя, наверное, не те, на которых рассчитывалось изначально, — «цивилизованное сообщество», столь рьяно державшее сторону сепаратистов в югославском конфликте, как-то не спешило с признанием новоявленного «субъекта международного права» и ограничивалось легкой моральной поддержкой. Оно и понятно — Западу не хотелось из-за какой-то там Чечни совсем уж отворачиваться от «дорогого друга Бориса». А ну как на его место придут коммунисты? Опять же, ядерный чемоданчик... Зато другая заграница отнеслась с большим пониманием. И потекли козьими тропами денежки, оружие, и люди новой, не виданной доселе на Кавказе породы — вахаббиты, и зазвучало над горами мощное «Аллах акбар!» Дудаевские «генералы» и командиры — в большинстве своем обычная уголовная шушера — принялись спешно отращивать бороды и разучивать молитвы.

Кровавый маразм крепчал. Стороны не только обстреливали и взрывали друг друга, но и вступали в своеобразные экономические отношения. Издерганный, одичавший сержантик загонял «чехам» ведро патронов и ручную гранату, сшибая на пару бутылок водки, чтобы хоть на несколько часов забыть об окружающем кошмаре, гладкий тыловой подполковник через цепочку посредников сбывал тем же покупателям зенитные комплексы «Игла» и снаряды для «Града», заколачивая уже не на водку, а на трехэтажный коттедж в ближнем Подмосковье. «Чехи» же, в свою очередь, расплачивались «премиальными» долларами, полученными за убийства федералов и уничтожение их техники. А когда русские закрепились в большинстве районов Чечни, посадили в Грозном свое правительство и заявили о «восстановлении народного хозяйства», тут уж товарно-денежные отношения заработали в полном блеске своего цинизма. Одни что-то строили, другие — надо полагать, за определенный процент — это «что-то» незамедлительно бомбили или взрывали, после чего первые получали деньги под новый подряд и опять что-то строили... На «чеченском цикле» делалось больше крупных состояний, чем даже на «левой» водке. Именно в годы Первой Чеченской и поднялся, как на дрожжах, московский строительно-гостиничный бизнес братьев Бароевых, а отец вдруг резко вспомнил о своих мусульманских корнях.

Наконец, пустив псу под хвост десятки тысяч жизней и миллиарды долларов, высшее руководство России, перепуганное восхитительным в своей наглой безнаказанности налетом Басаева на Буденновск, сделало то, с чего, по мнению Айсет, нужно было начинать, — пошло на переговоры. Мир заключался с тем же блистательным государственным идиотизмом, с каким развязывалась война. Федеральный центр безоговорочно сдал все большой кровью завоеванные позиции, небрежно швырнув на съедение ичкерийскому волку всех тех, кто поверил в Россию и принял ее сторону, и при этом оставив без ответа главный вопрос — становится ли Чечня самостоятельным государством или остается в составе России. Такое межеумочное положение, похоже, устраивало обе стороны, так как позволяло сохранить лицо — точнее, то, что от него осталось. Потом, как говорится, разберемся... Как водится, и те, и другие преподносили невразумительные и ни к чему не обязывающие договоренности как свою полную и окончательную победу.

Московские погрузились в свои проблемы — «пилили» бюджет, перераспределяли полномочия, фотографировали друг друга в банях, побирались у иностранцев, устраивали дефолты. Чеченские тоже занялись привычными мирными делами — гнали из ворованной нефти отвратительный бензин, торговали рабами и наркотиками, резали неверных и изменников, похищали людей в расчете на выкуп. Даже английских инженеров, нанятых за огромные деньги налаживать правительственную связь, — и то не удержались, выкрали, несколько месяцев держали в зиндане и, наконец, не дождавшись выкупа, отрезали головы всем четверым, чем несказанно укрепили авторитет республики Ичкерия в мировом сообществе.

Москва денег не давала. Исламские друзья больше не спешили распахивать кошельки: одно дело субсидировать джихад, а подавать на бедность — уж извините, своих голодранцев хватает... Воины ислама маялись без дела и грызлись друг с другом. Должно быть, и в Москве большие люди скучали по мутной водичке военного времени, в которой так обильно ловилась зеленая рыбка с Беном Франклином на брюшке...

Айсет не особо доверяла сетевым публикациям, напрямую увязывавшим налет Басаева на Дагестан с именем некогда очень влиятельного, а ныне опального московского политика-олигарха, но, анализируя ситуацию с точки зрения «кому выгодно?», не могла не признать за ними долю истины, хотя определенно просматривались интересы и других игроков. Одно было ясно: безумный, на первый взгляд, басаевский поход был стопроцентно коммерческой акцией, проплаченной и из Москвы, и из зарубежных исламских центров. Причем как Шамиль Второй, так и те, кто подписал его на эту авантюру, прекрасно знали, что за ней последует новый виток войны, в которой погибнут, останутся калеками, лишатся крова тысячи мирных и немирных чеченцев.

Айсет вошла в очередную страничку просматриваемого файла. Портрет «шахида», смертника-самоубийцы. Мотивация, система ценностей, мужской психотип, женский психотип... Ряды фотографий, в основном совсем молодые лица, а одно — почти копия самой Айсет, какой она была бы лет в пятнадцать... «Девочка, девочка... — подумала вдруг Айсет, — а ведь ты, пожалуй, была бы сейчас в раю, если бы взорвала себя рядом с Басаевым, или Ельциным, или Березовским, или...»

Пальцы Айсет отстучали в командной строчке: «Lycos.com». Войдя в поисковый сервер, она набрала «MAGOMED BAROEV» и устремила взгляд в экран, дожидаясь ответа...

Глава 12

Народ мой — не вол в упряжке,
Народ мой другой породы:
При каждом ударе множась,
Встают из глубин народа
Лавины отваги львиной,
Теснины орлиных кличей
И в гордых рогах утесов
Гранитные гряды бычьи.

Мигель Эрнандес

Маша Саадаева хорошо рисовала. Еще в школе учительница рисования и черчения посылала ее рисунки на конкурс детского творчества в Ставрополь. Ее кони, пасущиеся на берегу Терека, принесли ей одно из призовых мест.

Теперь детский талант пригодился. Маша ползала с кисточкой по огромному стенду, лежащему на полу. Конференц-зал конезавода имени С. М. Буденного надо было успеть оформить к двадцать третьему февраля, дню Красной армии. К тому же в долине неожиданно появились воинские части. Должно быть, будут проводить маневры перед отправкой на фронт. Это очень кстати! Можно будет пригласить бойцов на торжественный вечер. Говорят, что воинская часть прибыла очень большая. Не беда! Пусть командир отпустит хотя бы отличников боевой и политической подготовки.

Обязательно будут танцы под патефон. Даже у ее молодых недоагитированных мусульманок, как только она им рассказала свою идею насчет праздника, глаза загорелись. Пускай-ка их Советская армия теперь поагитирует. Жаль, что сама Маша Саадаева, замужняя женщина, закрыта для такой агитации да, пожалуй, и для пропаганды.

Маша рисовала бойца Красной армии. Глаза получились черные, пронзительные, как у Азиза. Салман написал Айшат, что видел на фронте ее мужа, но их встреча произошла во время боя, и поговорить они не смогли. Это было очень важное для нее сообщение. Значит, Азиз не пропал без вести, а жив и продолжает сражаться с фашистами.

Лицо бойца было почти готово. Оставалось несколько заключительных мазков. Кисточка коснулась подбородка, чтобы положить немного тени, и Маша вздрогнула. У бойца получился знакомый подбородок с ямочкой. Это просто случайность. Дрогнула рука — вот и все. У одного Жени Горелова такой подбородок? Вот у артиста... как его? Тоже подбородок с ямочкой.

Но кисточка уже касалась губ, и нарисованный боец вдруг усмехнулся совсем по-гореловски. А когда Маша рисовала загорелую крепкую шею, видневшуюся в расстегнутый не по уставу ворот гимнастерки, то почувствовала такое сильное бабье желание, что не сдержалась и ткнулась губами в невысохшую гуашь.

Вбежавшая в комнату Айшат, увидев перемазанную в краске подругу, рассмеялась своим удивительным смехом, похожим на журчанье горного ручейка, и захлопала в ладоши. Была Айшат в темном платье и темном платке, но на груди ее алел комсомольский значок. Комсомольская работа в горах шла значительно лучше, когда Красная армия перешла в наступление по всем фронтам.

Саадаева продолжала рисовать, несколькими мазками сгладив подбородок, приходя в себя от непонятного наваждения.

— Маша, нарисуй красноармейца на коне, — предложила Айшат.

— А поместится конь? Сейчас прикину... Да, пожалуй, ты права. Будет тебе, Ашутка, конь-огонь. Сделаем его красного цвета, как у художника Петрова-Водкина.

Маша вспомнила репродукцию картины, перед глазами мелькнули обнаженные мальчишеские тела, и она почувствовала, что ее все еще сжигает изнутри столько лет тлевшая, а тут неожиданно вспыхнувшая женская страсть. Она вскочила и бросила в сердцах кисточки на пол.

— Маша, что с тобой? — вскрикнула Айшат.

— Ничего, подруга, сейчас все пройдет. Это пустяки, бывает.

Но она понимала, что *это* уже не отпустит ее, а будет приходить к ней по ночам, залезать в опустевшее супружеское ложе, или, как сегодня, будет цепляться за воспоминания, поджидать случая, намека.

— Айшат, дай-ка мне красную краску. И сама подключайся. Будешь красить с того бока. А то разве мне справиться с такой громадиной? Просила же научить тебя рисовать? Вот и начнем прямо сейчас...

Какое-то время подруги, высунув от усердия языки, перемещались по полотну, пока Айшат не всплеснула руками, воскликнув:

— Ой, Аллах Всемогущий, как похоже!

— Опять ты начинаешь поминать Аллаха. Ведь торжественную клятву давала. Не стыдно, комсомолка Мидаева? — строго укоряла ее Саадаева, скрывая свой испуг перед разоблачением портретного сходства. — На кого похоже? Что ты себе там вообразила?

— На Терека, скакуна арабского! — воскликнула Айшат. — Гляди, морда, как у него. Ноздри, уши, особенно глаза...

— Верно, сходство есть, — согласилась Маша, облегченно вздохнув. — Хороший был конь. Как раз Семену Михайловичу на парад Победы. Ведь скоро будет этот парад, Ашутка, я уверена, что будет.

— Хорошо еще, что он Гитлеру не достался, — ответила Айшат. — Хотя люди разное говорят. Вот в соседнем ауле старики рассказывают...

— Перестань распространять враждебные нам слухи! — прикрикнула на нее Саадаева. — Известно же тебе, что Дута привел Терека в лес, где его ждала группа фашистских диверсантов. В лесу они столкнулись с отрядом Красной армии и были уничтожены. Дута и конь тоже погибли.

— А говорят, что фашисты встретили в лесу геологов.

— Айшат, ты как комсомолка должна понимать, что под видом геологов в наших горах мог действовать замаскированный отряд. Теперь понятно, что если так и было, то маскировались они не зря и задание командования выполнили.

— Маша, как хорошо ты умеешь все объяснить, — удивилась Айшат. — Какая ты умная! Я очень хочу быть похожей на тебя во всем.

— Тогда перестань поминать Аллаха. И повторять всякие бабские сплетни и антисоветские слухи. Договорились?

— Договорились. Хотя... Ну, ладно, ладно... А помнишь начальника геологов Женю Горелова? Выходит, он был красным командиром?

— Красным, красным... Пододвинь мне красную краску, а то мне не дотянуться...

В ночь на двадцать третье февраля на вылуженные зимними ветрами горы стал падать мягкий и медленный снег. Было холодно, снег не таял и не сразу уплотнялся, а, сцепляясь лучиками снежинок, разрастался на ветках сначала до белых горностаевых шкурок, а потом до заячьих. Снег все падал и падал, теперь он был не только в воздухе, но и на земле, деревьях, домах, даже на шкуре удивленных собак аула Дойзал-юрт, которые то хватали снег горячими красными пастями, то принимались лаять на мерещившиеся им за снежной пеленой тени. Тени обходили аул стороной, прятались за деревьями, чего-то выжидали.

Маше Саадаевой не спалось. Сначала ей казалось, что она волнуется перед радостной суетой завтрашнего праздника. Потом она поймала себя на мысли, что боится быть застигнутой врасплох приступом желания, который, она чувствовала, как ночной хищник, стережет ее в темноте. Ближе к утру ей стало просто тревожно и неспокойно на сердце.

Несколько раз она выглядывала в окно, видела падающий снег, но не успокаивалась. Поняв, что сегодня ей уснуть так и не удастся, она зажгла керосиновую лампу, чтобы заняться чем-нибудь по дому. Тут ей послышалось, что под окном хрустнул снег, в тревоге она отодвинула занавеску, поднесла лампу к стеклу и чуть не вскрикнула. Из темноты по ту сторону стекла на нее смотрел человек. Маша хотела уже бежать к висевшему на стене ружью, но свет от лампы упал на раздвоенный ямочкой подбородок.

197

— Ты? Откуда, Женя? Где ты был все это время?

Маша помедлила всего чуть-чуть, а потом бросилась к нему на шею, растапливая объятьями снег на его шинели.

— Ты — капитан? — она, теряя голову, вдруг потянулась губами к его губам, но вовремя взяла себя в руки. — Царапаешь руку своими звездочками. А тогда ты кем был, лже-геолог? Лейтенантом? Растешь...

— Расту, как ты хорошеешь... Маша, я тебя застужу, простудишься, — говорил он, мягко толкая ее вглубь дома. — И потом — у нас так мало времени, а тебе еще надо собраться.

— Как собраться? — она отстранилась от него, заглянула в глаза. — Женя, что это значит?

— У нас с тобой нет ни одной лишней минуты на посторонние разговоры, Маша. Поэтому я буду говорить четко, по-армейски. Во-первых, я тебя люблю...

— Ать-два, — прибавила она.

— Не перебивай меня. Во-вторых, я думаю, что и ты... относишься ко мне, скажем, неравнодушно...

— Четче рапортуйте, капитан Горелов! — приказала Маша.

— Есть, рапортовать четче! — откликнулся он с улыбкой, но тут же помрачнел. — Дело — дрянь, Машенька. Помнишь наш первый разговор за этим столом, перед этой керосиновой лампой? Я тогда мог только намекать тебе, да и этого я не мог. Я говорил, что тебе надо уходить из аула и из Чечни вообще, рвать с мужем и так далее. А теперь я говорю тебе в открытую. Сегодня всех чеченцев под конвоем доставят до станции, там посадят в вагоны и повезут далеко на Восток.

— Ты шутишь? Всех чеченцев? Как так? За что? Почему? По чьему распоряжению?

— Приказом НКВД СССР, по распоряжению Государственного Комитета Обороны... Что тут говорить, когда надо действовать. Чеченцев, этот народ-изменник, повезут в Среднюю Азию, но ты же — не чеченка. Я пришел, чтобы спасти тебя, доверься во всем мне...

— Так значит, ты тогда, в сорок втором...

— Да, наш отряд занимался военной разведкой и топографией горной местности. Мы готовили эту операцию. Ты же знаешь, любая военная операция должна быть тщательно спланирована.

— Военная? Против женщин, стариков и детей?

— Маша, где твоя комсомольская выучка? Сколько чеченцев воюет на стороне врага? Сколько бандитов в горах прячутся от призыва и нападают на советских активистов, совершают диверсии на объектах народного хозяйства? Многих ты смогла сагитировать? Да они все — от мала до велика — точили зубы на Советскую Власть. Они ждали, когда немцы придут на Кавказ, чтобы ударить нам в спину. Здесь в каждой сакле тлеет огонек предательства...

— А Салман Бейбулатов? А мой муж, Азиз Саадаев? Они тоже предатели?

— Твой муж, Маша... Прости... Ты сама... Твой муж, Маша, перешел на сторону немцев, обучался в школе диверсантов Абвера.

— Ты лжешь! — закричала Мария, отталкивая его и отступая в глубь комнаты.

— У нас есть неопровержимые доказательства. Наша разведка захватила документы этой школы, которая располагалась в Крыму. Нам известно даже, что твой муж готовился к забросу в Чечню в составе группы Рудделя, которую мы уничтожили в сорок втором году. Помнишь историю с белым конем? Только в последний момент его перевели в другое подразделение...

Маша опустилась на табурет, глядя куда-то перед собой, а слезы свободно скользили по щекам и падали на белую ночную рубашку.

— И коня Терека ты тоже... убил, — сказала она странным, тихим голосом.

— Конь убежал, и этот ваш хромоногий чудак тоже скрылся. Вот тебе еще один предатель — Дута Эдиев. Но мы его тоже найдем, никуда он не денется.

— А почему бы вам не расстрелять предателя-коня? — спросила вдруг Маша.

— При чем здесь конь?

— Ну как же? Соседский мальчик Ахмед только вчера встал на ножки. Он еще не умеет говорить, только плачет и смеется. Но он уже предатель. Значит, и кони, и собаки, и куры — это все предатели. Их надо расстрелять...

— Никого мы не собираемся расстреливать. Просто их всех переселят в другой район. Чечено-Ингушской автономии больше не будет. Вот и все.

— Вот и все. Маленький Ахмед — предатель, комсомолка Айшат — невеста Салмана Бейбулатова, героя-фронтовика, — предательница. Их куда-то повезут. А я, жена настоящего предателя, — останусь? Такая у тебя логика?

— У меня одна логика — я тебя люблю и хочу спасти. А на Чечню мне наплевать с высокой горы, с Эльбруса или Казбека. Во всей Чечне только один человек для меня — ты.

— А если бы я была чеченкой? Ты бы смог полюбить чеченку? Что молчишь?

Маша отступила, словно хотела охватить всю фигуру смущенного Евгения Горелова пристальным взглядом.

— А знаешь ли ты, капитан Горелов, что я и есть чеченка? Что мои предки воевали против Ер-

молова, стреляли в русских солдат, резали часо́-
вых, угоняли пленных? Мой род один из самых
древних. Мой предок ходил в Мекку, и его уважи-
тельно звали хаджи...

— Врешь... Нахваталась чеченских штучек...

— Я — чеченка, я жена предателя, пускай... Но
жена не отвечает за мужа, я отвечаю только за
себя. Я — чеченка и пойду за своим народом на
любую каторгу.

— Дура! Ты — сумасшедшая! — закричал Горелов. — Я силой утащу тебя отсюда! Если ты хочешь умереть, то я хочу, чтобы ты жила! Ты будешь жить, Маша! Ты ведь так любишь жить!

— Убирайся прочь! Иди к своим тупым пала-
чам! К своим варварам, людоедам!

— Я никуда не уйду!

— Не уйдешь? Хорошо! Вам же, кроме убийства и грабежа, еще положено насилие! Как я могла забыть! Вам не терпится изнасиловать чеченскую женщину? Пожалуйста! Я — настоящая чеченка, из очень древнего и славного рода. Вас это
устроит?

Маша резким движением сорвала с себя рубашку и, сверкнув в полумраке таким же белым, как
снег на дворе, телом, упала навзничь на кровать.
И тут сквозь бешеные штормовые волны отчая-
ния, страха, недоумения она почувствовала при-
ближение того самого, чего она так боялась последние дни. Ночной хищник — желание — мягко от-
делился от темной стены и приготовился вцепиться
когтями в податливое тело. Еще немного, и Маша
позвала бы его по имени, но тут хлопнула дверь, а
потом послышались торопливые удаляющиеся шаги
по скрипучему снегу за окном.

На рассвете снег заскрипел уже под сотнями
армейских сапог. В аул Дойзал-юрт вошли со-

трудники НКВД и приданные им бойцы Красной армии. Операция «Чечевица» была подготовлена блестяще. Все жители аула были под конвоем доставлены на железнодорожную станцию, где их уже ждал состав, из расчета сорок пять человек в один вагон, хотя первоначально планировалось сорок. Такое уплотнение было вполне допустимым при наличии в составе спецконтингента приблизительно сорока процентов детей.

* * *

Астрид попросила Жору Рубинова съездить в Шереметьево, встретить Софи-Катрин. Жора Рубинов, до получения первого своего паспорта послушно носивший фамилию Рубинчик, в шестнадцать поменял ее на более таинственную и романтически-восточную, чем вызвал гнев родителей и недоумение преподавателей музыкального училища, в котором учился по классу скрипки. Он работал у Астрид водителем. Однако в трудовую книжку попросил записаться как администратор. На всякий случай.

Жора фактически владел «Шевроле», по борту которого было написано «телевидение Си-би-эн — Московская редакция». Он так поставил себя в редакции, что подчинялся только гендиректору, то есть Астрид Грановски, а остальных сотрудников, кто бы они ни были, посылал подальше. И когда Астрид отлучалась в командировку, редакция, по сути, оставалась без транспорта. Однако сгонять в Шереметьево и встретить там девушку, немочку из Барселоны, Жора вызвался исполнить с энтузиазмом. На лазерном принтере, форматом А-3,

Жора распечатал лист с надписью латиницей — «Штайнер Софи-Катрин».

С этим листом он и встал возле выхода с того терминала, куда прибывал барселонский рейс.

Самолет не опоздал, однако сама Софи-Катрин вышла с таможни одной из последних. Как всегда — потерялся чемодан, потом нашелся, но в нем уже не было половины вещей...

Жора ее сразу признал — коротко стриженная высокая блондинка, широкоплечая, как пловчиха, в стильных очках с тонкой черной оправой.

Жора, как водится, с ходу предложил обменять валюту на рубли по серединному курсу, а также, если девушке надо, стать ее бесплатным гидом по ночной Москве.

Оказалось, что девушке не надо ни того, ни другого.

— Как хотится, — хмыкнул Жора, крутя руль «Шевроле» и подрезая робких частников.

Софи-Катрин глядела в боковое стекло, зябко кутаясь в большущий шарф, специально приобретенный для поездки в Россию. Поеживалась она чисто рефлекторно, потому что в машине было даже жарко. Сам водитель, Жора Рубинов, крутил руль, с форсом сидя без куртки, в одном пиджаке.

Но Софи-Катрин становилось холодно уже от одного вида этих вечных бескрайних снежных, несмотря на весну, полей Подмосковья. И когда их машина миновала мемориальные ежи с надписью: «Здесь осенью сорок первого проходила линия обороны», она вспомнила о дедушке, так и сгинувшем в этих бескрайних заснеженных полях...

«Как же холодно им было! — подумала Софи-Катрин. — Как же они мерзли здесь!»

Жора Рубинов, словно телепатически прочитав ее мысли, сказал:

— Бабка моя проезжала по этой дороге, когда фашистов отогнали за Клин, сразу после январского наступления, так говорит, немцы ротами замерзшие сидели. Как присели на привал, так и не встали — все...

Софи не хотела поддерживать беседу, но в самом конце поездки, когда Жора выруливал к Чистым Прудам, спросила:

— А Айсет Бароеву знаете?

— Чеченку? — машинально переспросил Жора. — Дочку главного мафиози? Кто ж ее не знает, только вот пропала куда-то...

Жора поднес чемодан до лифта. Консьержка знала его.

— В десятую, к госпоже Грановски? — спросила консьержка. — Тут для вас ключ оставлен, откроете сами?

Софи-Катрин поднялась на третий этаж одна, вежливо, но твердо отпустив Жору еще внизу. Легко открыла дверь...

Умная техника встретила гостью зажегшимся электричеством и включившимися во всех комнатах телевизорами, настроенными на канал Си-би-эн. С техникой Софи-Катрин легко разобралась. У отца в доме тоже компьютер с программой лакея — дворецкого, этакий smart home machine[1]... Закинула чемодан в гостевую комнату, наполнила ванну горячей водой, сыпанув туда морской соли... Плеснула в стакан на донышко коньяку из бара. Нашла на полке диск Селин Дион... Разделась, включила музыку погромче и легла в воду...

«Как хорошо жить, пока ты молода! — подумалось ей. — А стану старой, как я буду завидовать тем, что придут на смену...» В зеркалах — на сте-

---

[1] Умный домашний агрегат (*англ.*)

нах и на потолке — повсюду отражалась она — Софи-Катрин... Валькирия Софи-Катрин...

Она растерлась махровым полотенцем, надела халат, сунула ноги в меховые шлепанцы и пошла в гостиную к бару за добавкой коньяку.

Заглянула в спальню.

Заглянула и обомлела. Чуть ли не посередине спальни на мольберте стоял подрамник с холстом примерно метр на метр двадцать... И на холсте, как живая, была девушка... Худенькая девушка с огромными глазами. У нее была очень маленькая грудь, как у самой Софи-Катрин... Девушка сидела и снимала с себя белый ажурный чулок.

Мольберт стоял таким образом, чтобы его было хорошо видно с постели. И еще — он был специально подсвечен. Двумя светильниками, расположенными таким образом, чтобы освещать картину равномерно с двух углов, как это делается в салонах или в музеях.

Софи-Катрин прилегла на кровати и залюбовалась...

Кто эта девушка? Кто она? Кто?

Софи-Катрин так и заснула. Со стаканом в руке и с полотенцем на мокрых волосах.

Ей приснилась их метресса мадам Зиро. Мадам Зиро из школы-пансиона Сен-Мари дю Пре. Мадам Зиро сидела в своей канцелярии рядом с преподавательской, и Софи-Катрин, совсем уже не девочка, а наоборот — в ее нынешнем возрасте, стояла перед мадам и в страхе ожидала каверзных вопросов. И при этом Софи-Катрин чувствовала, знала, что где-то в подвале, в старом винном погребе, в так называемом «кав», почему-то на цепи, прикованная за какую-то провинность, сидит маленькая Ай. И ее, Софи-Катрин, теперь должны были допрашивать по поводу ее скрытых намерений освободить подругу. Здесь в Сен-Мари дю Пре, это почему-то было «enterdit»[1]...

— Ты собралась кого-то спасать? — ехидно спросила мадам Зиро.

— Я хочу спасти... — Софи-Катрин запнулась.

— Кого? — резко спросила мадам Зиро, вытянув тонкую морщинистую шейку, совсем как у черепахи.

— ...собачку, — соврала Софи-Катрин, как будто ее уже обличили в намерении кого-то спасти, но еще не установили точно — кого, а выдать маленькую Ай было нельзя.

— Какую еще собачку? — удивилась мадам Зиро.

— Нашу собачку Бланш, — ответила Софи-Катрин, имея в виду любимицу их класса — дворнягу, что жила при школьной кухне.

— Эту? — спросила мадам Зиро и достала из-под стола кастрюлю.

— Не знаю, — ответила Софи-Катрин.

Мадам Зиро приподняла крышку кастрюли, и в ней Софи-Катрин отчетливо увидала знакомый хвостик.

— Эту собачку нам сегодня сварили на ужин, — сказала мадам Зиро и облизнулась.

— Я, я... — лепетала Софи-Катрин.

— Что ты? Кого ты задумала спасать? — спросила мадам Зиро. — Говори, или из тебя завтра тоже сварят обед.

— Я, я, я... — лепетала Софи-Катрин.

— Надо себя спасать, — назидательно сказала мадам Зиро и вдруг по-собачьи тявкнула, обнажив длинные нечеловечьи клыки: — Гав, гав, спасайся, беги, пока тебя не съели...

---

[1] Запрещено (*франц.*)

И Софи-Катрин побежала. И ей было стыдно. Ей было стыдно, что в подвале, в винном погребе осталась ее маленькая Ай...

— Разве я могу оставить тебя одну, моя маленькая Ай? Я для тебя украду... Я для тебя... — прошептала Софи-Катрин и резко открыла глаза.

Ее проснувшийся взгляд уперся в портрет девушки с белым чулком.

Глава 13

Ты в руках ничего не держи,
Свою память в душе заглуши,
А положат в ладони тебе
Твой последний обол,
Просто руки, как книгу, открой,
И уронишь ты воздух из них.

Фернандо Пессоа

— Догадываешься, зачем я тебя вызвал? — спросил майор Артамонов, как всегда не выспавшийся, всклокоченный, с темными мешками под глазами, но идеально выбритый.

— Что, командир, значит, пить будем по-черному? — подмигнув черным глазом, ответил Салман Бейбулатов.

— Догадлив, черт, — Артамонов мотал головой из стороны в сторону, но ни справа, ни слева не находил нужных для начала разговора слов.

— Ладно, Салман, садись, будем разговаривать, — теперь он с усилием, будто мешались серые мешки, поднял на разведчика глаза. — Не первый год мы с тобой воюем, поэтому выслушай меня, как есть. Только прошу тебя не кипятиться, не пороть горячку. Знай, Салман, командир тебя никогда не выдаст всей этой...

Он долго матерился через плечо, будто объекты его негодования стояли тут же, за его спиной. Отругавшись, он стал жадно пить прямо из чайника, вздрагивая кадыком.

— В общем, так. Ты представлен к Герою. Радуешься? Погоди радоваться. Не надо тебе получать золотую звездочку. Тут покумекать надо. Не слышал ты еще ничего? Что же ты за разведчик такой, если ничего не слышишь, что в войсках происходит! Дружить надо с людьми, а ты все одиноким волком ходишь. Короче, от начальника войск НКВД 3-го Украинского фронта получен приказ: всех карачаевцев, ингушей, балкарцев и чеченцев отправлять с фронта в специальные фильтрационные комиссии. Комиссия отца Паисия... — Капитан не выдержал и вновь выругался, длинно и мастеровито.

За окном в мусорной куче рылся чудом выживший на войне бесхвостый петух. Время от времени он начинал подзывать кур, но никто к нему не сбегался. Петух недоуменно таращился желтым глазом на белый свет, в котором случаются такие несуразности, тряс недоуменно бородой и клевал сам, окончательно теряя достоинство.

— Гребут всех без разбора, не глядя на заслуги перед Отечеством. Всякое теперь рассказывают: о том, что за немцев воевали, что встречали их, как освободителей, что коня Гитлеру подарили, бурку и шашку. Всякое рассказывают... Ты не молчи, Салман. Говори что-нибудь, тебе легче будет. Скажи, что вранье это. Все равно никому ничего не докажешь. А мне и доказывать ничего не надо. Я все решил. Слово теперь за тобой.

По двору прошел связист с катушкой провода. Петух, услышав стук сапог, ошалело крутанул головой, припал к земле, как опытный разведчик, и юркнул в щель в заборе. Еще одно рыжее перо повисло на гвозде.

— Зато жив остался, — посмотрев в окно, сказал Артамонов. — Хвост — дело наживное, отрастет... Ты послушай меня, Салман. Отпишу я им, что пал ты смертью храбрых. Нет, мол, Салмана Бейбулатова, опоздали. А тебя отправлю к моему дружку Сашке Марченко, в соседнюю дивизию. Давно ведь тебя переманивает. Ты у него будешь, как у Аллаха за пазухой. Только получит он к себе в разведку не чеченца Бейбулатова, а... дагестанца, азербайджанца Ибрагим-оглы... Никто не разберется. А после победы мы еще поглядим, кто предатель, а кто спаситель отечества. После победы, брат Салман, все по-другому будет. Справедливость восторжествует. Имя тебе вернем, национальность и звезду Героя Советского Союза. А с этими, которые нам в спину стреляли, мы посчитаемся. Все им припомним... Ну, что ты молчишь? Набычился вот и зубами скрипит. Ну, звонить мне Сашке Марченко, Салман? Жить хочешь? Горы свои увидеть хочешь? Невесту Айшат обнять хочешь? Тогда все, звоню Марчеле...

Артамонов крутанул ручку полевого телефонного аппарата.

— Алло, красавица, соедини меня с Ландышем... Ландыш, жив, цветочек аленький? А это птичка Чибис. Узнал?.. Вот что, флора и фауна, дело есть. Давай, Санек, на нейтральной территории встретимся... Обмозговать надо одно дельце... Тебе подарочек есть. Никогда бы ты его от меня не получил, если бы не обстоятельства... А выпивка уже за тобой... Я бы на твоем месте не жался.... Тогда давай к тебе прямо и подъедем. Подарок с собой прихвачу. Жди нас через пару часиков. Времени тебе хватит на стол собрать?.. Ну и ладушки...

Трофейный «Виллис», не по сезону открытый, переваливаясь, месил потихоньку рыжий снег в грязной колее. Лениво менялся пейзаж. Все засыпанные снегом поля, редкие, насквозь проглядываемые рощи. А где погуще деревья да повеселее речка и холм — украинские села и хутора.

— Товарищ майор, а правду говорят, что, как Киев взяли, хохлы по домам побежали? — спрашивал молодой водитель-белорус Степка Шпак, сам любивший порассказать фронтовые новости.

— Ты-то, бульбаш, не собираешься податься к себе на хутор? — подмигивая Салману, отзывался Артамонов.

— Обижаете, товарищ майор, куды я от вас денусь?

— Ну, так мне больше ничего и не надо. Лишь бы Степка был рядом. А у меня из хохлов только старший сержант Опанасенко. Так тот такую морду в разведке наел, что его с фронта никаким салом не выманишь. Ну, и вот Салман у нас — тоже хохол.

— Не, товарищ майор, — выкручивая руль, возражал Степка Шпак. — Какой же Салман — хохол. Он — горец настоящий.

— А я тебе, Степан, говорю, что он хохол. Старшина Бейбуленко. Что гогочешь?

— Так он же сало не ест!

— Ну, просто не любит. В детстве его салом обкормили. А ты знаешь, что в честь сала его Салманом и назвали?

— Шутите вы, товарищ майор, — говорил уже с некоторым сомнением Степка Шпак. — Скажите, что шутите.

— А вот прикажу считать Салмана хохлом, и будешь считать. Понял меня?

— Есть, считать старшину Бейбулатова хохлом! Только Салман сам не согласится...

— Ты чего призадумался, Салман? — Артамонов обернулся к сидевшему на заднем сиденье Бейбулатову. — Не забивай себе голову всякими тяжелыми думами. Воевать надо с легкой головой, а не то, сам знаешь... Степка ведь правду про хохлов говорит. При мне в штабе командир батальона, мальчишка такой желторотый, жаловался, что у него тридцать процентов личного состава сбежало вместе с оружием. Куда сбежали? К батьке Бандере. Известно. Ну, и кто после этого предатель? Кого куда надо вывозить? А еще говорят, что на войне все просто: вот наши — вот враги. А с другой стороны, так и есть. Вот майор Артамонов, вот Салман, вот Степка. Наши ребята... Дайте нам только спокойно довоевать эту войну. Не мешайтесь... Гляньте, хлопцы, какая усадебка чудная за плетнем! Часовенка даже есть. Тишина. Просто «Старосветские помещики» какие-то. Проходили в школе? Ах, да! Какая там у тебя школа...

В какой по счету день войны Салман научился чувствовать тишину перед выстрелом, он уже не помнил. Но только в самые глухие морозные ночи, самые ленивые, истомленные зноем дни он всегда ощущал, что сейчас не могут не выстрелить. Словно копилась неподалеку тишина, копилась, копилась, дошла до критической массы и разразилась автоматной очередью. Будто ставили друг на друга кубики тишины, а Салман видел, что последний кубик лишний...

Вот и сейчас ему кто-то подсказал, что в следующее мгновение тишина рухнет. Вот почему на разведку он ходил всегда один. Слишком дорого стоят на войне секунды между собственной догадкой и передачей чувства опасности другим людям.

— Степа, сворачи...! — крикнул Салман, а фразу его уже заканчивали автоматные очереди.

«Вать-вать-вать...» — пропели над ним пули, когда он уже кувырнулся через борт «Виллиса». И успел он еще рассмотреть, как валятся набок, вслед за теряющей равновесие машиной, два прошитых одной красной строчкой тела.

«Командир!» — уже рождался в его груди дикий вопль, но проснувшийся еще раньше разведчик задержал его, отложил на потом. Бой только начинался, и опыт разведчика заставил его замереть, не подавая признаков жизни.

Теперь только ждать. Ждать, пока у противника не лопнет самое крепкое в мире терпение. Ведь раньше он просто воевал, воевал с врагом, как джигит, как сын своего народа. А сейчас он ждал своих личных кровников. Их кровью должно быть полито тело убитого командира.

Он почувствовал себя одиноким волком на этой бесконечной войне. Даже в глубоком вражеском тылу он не был так одинок, как сейчас, на нашей территории, в нескольких километрах от своей родной части. Вот что значил для него майор Артамонов...

Их было трое. Они были одеты в немецкую полевую форму, сидевшую на них мешковато, на головах были высокие папахи со странными позолоченными трезубцами. Бандеровцы приближались, поводя дулами автоматов, и Салман машинально отмечал направление возможного огня.

— Бачишь, Петро, яку птаху видну завалылы? — сказал один из бандеровцев, подходя к завалившемуся на левый борт автомобилю.

— Дивысь, хлопче, никак майор? — отозвался Петро. — Не серчайте, товарищ майор, что убывы, а не погутарили. Теперь погутарим...

— Пошукайте заднего! — приказал первый, видимо, старший из них.

— А чо его шукать? Вин трошки отдохнуть прилег...

Бандеровец только указал дулом автомата на лежащего без признаков жизни Салмана, как тот моментально ожил, ударил из согревшегося под ним автомата, потом ударил еще одной короткой очередью с переката.

Бейбулатов знал наверняка, что двоих он срезал наповал, а еще один, скорее всего, корчится на земле с простреленными ногами. Разведчик вскочил на ноги. Так и есть. Двое были мертвы, а один ерзал на спине, тыча автоматом в небо. Салман вышиб ударом ноги автомат из рук бандеровца, присел рядом на корточки.

— Отвечай, собака, воевал?

Он никогда не допрашивал пленных. Он не знал немецкого, и по-русски научился сносно говорить только на третий год войны. Да и не о чем ему было с пленными разговаривать. А теперь ему надо было многое сказать этому человеку.

— Ну, говори, сын собаки!

— Воевал, — провыл раненый бандеровец. — Второй Украинский. Петро Запара меня кличут. Не убивай меня, солдат! У меня жинка, дитятки...

— Ты предал свой народ, Петро.

— Ты ни бачив, хлопче! Разве ж мой народ — москали? Я ж украинец. На шо мне Советы? Так и ты ж — грузин...

— Я — не грузин, я — чеченец.

— Нехай чеченец, все ж — не жид, не москаль, не комиссар. Убивай политрука! Иди домой! Там бей колхозника, забирай свое добро... Ой, больно мне!.. Перевяжи меня, солдат!.. Тикай домой, хлопец! Сражайся за Самостийну Грузию... тьфу, бис!.. за Самостийну Чеченю. А комиссара мы уже поубивали за тебя... Радуйся!

— Вы убили моего командира. Он был мне как отец. Он был... Его враги были моими врагами. Кто предал его, тот предатель. А вы убили моего командира. Ты умрешь, Петро, как собака.

В руке Салмана тускло блеснул в этот пасмурный февральский день клинок кинжала.

— Ты боишься, Петро?

— Боюсь, хлопче... Лучше пристрели меня, солдат...

— Дрожит твое трусливое сердце. Страх твой успокоит душу моего командира. Значит, командир мой будет отомщен. Так когда-то поступали мои предки...

Салман нашел в машине саперную лопатку, перетащил тела к полуразрушенной часовне. Вырыл две могилы. Подумал и сделал еще в каждой углубление на дне, чтобы и командир, и Степа смогли сесть при появлении ангелов смерти Мункара и Накира.

Он еще долго стоял над могилой командира. Нет, он не молился, ведь мучеников, павших на поле битвы, хоронят без молитвы. Салман просто разговаривал, советовался с Артамоновым. Словно получив, наконец, от него нужный совет, он кивнул последний раз и пошел назад в расположение своей части.

С кольев плетня ему вслед смотрели мертвыми глазами три головы в папахах с позолоченными трезубцами.

* * *

Дядя Магомед расцеловал ее в обе щеки.

— Ну, здравствуй, Айсет, здравствуй, племянница. Как жизнь, как здоровье? — Не дожидаясь ее ответа, он деловито продолжил: — Собирайся, нам предстоит долгая поездка... Вот... — Он достал из кармана паспорт, протянул Айсет. — Возьми на всякий случай. Если попросят. Хотя, наверное, не попросят.

Айсет раскрыла темно-красную книжицу с двуглавым орлом, посмотрела на собственную фотографию, недоуменно взглянула на дядю.

— Айсет Гозгешева? Ты меня уже замуж выдал?

— А тебе не терпится? — хохотнул дядя. — Погоди, дорогая, с этим спешить не надо.

— А куда мы едем?

— В Дойзал-Юрт. Хорошее место. Там новую школу построили, мы приглашены на открытие...

Ехали долго, колонной, состоявшей из нескольких больших дорогих джипов в сопровождении двух милицейских «уазиков» и открытого грузовика с автоматчиками. В дороге дядя был весел, шутил, нахваливал Айсет и ее статьи. Она все порывалась, пользуясь его добрым настроением, попроситься наконец на волю, но всякий раз чутье подсказывало ей, что делать этого не надо.

Айсет сразу обратила внимание на эту женщину, что было неудивительно, поскольку та всем своим видом резко выделялась из толпы — высокая, стройная, дорого и стильно одетая, с гордой прямой осанкой и густыми, совершенно седыми волосами, выбивавшимися из-под головного платка. Те полчаса, что длилась короткая официальная часть, рядом с женщиной неотлучно находился молодой смуглый красавец в добротной замшевой курточке, но потом, когда митинг закончился, и глава районной администрации — немолодой, лысоватый, облаченный в полувоенный френч, напоминавший одновременно и горский бешмет, и цивильный пиджак, — пригласил дорогих гостей к столу, красавца отозвали в мужской круг. Айсет же усадили на другом конце, и она оказалась рядом с этой необычной женщиной. Теперь, вблизи, по пергаментной сухости кожи, по густой сеточке мелких морщин, прорезавших все еще красивое лицо, Айсет поняла, что женщина очень и очень пожилая. Только глаза были молодые, огромные, небесно-голубые.

Длинный дощатый стол стоял на открытом воздухе напротив входа в новую школу — трехэтажную, в свежей розовой штукатурке, с огромными, блистающими чистотой окнами. На площади перед школой плясали дети, а взрослые чинно сидели за столом, пили чай, заедая нехитрым угощением — лепешками и печеньем домашней выпечки, холодной бараниной, фруктами. На мужском краю велись свои разговоры, немногочисленные допущенные к столу женщины тоже тихо беседовали по-чеченски, и соседка Айсет принимала в разговоре живое участие. Предоставленная сама себе Айсет молча пила чай с лепешкой и вдыхала воздух свободы.

Соседка обратилась к ней с каким-то вопросом.

— Простите, — сказала Айсет. — Я не понимаю по-чеченски.

— Странно, вы же определенно чеченка, — без акцента сказала по-русски женщина. — Как вас зовут?

— Айсет.

— Айсет... У моей лучшей подруги было имя, похожее на твое... Ее звали Айшат...

Женщина замолчала, глядя куда-то вдаль.

— А вы... вы здешняя? Из Дойзал-Юрта? — робко нарушила молчание Айсет.

— Была здешняя... А сердцем и сейчас здешняя, хоть и живу далеко... А ты, Айсет, откуда?

— Вообще-то из Москвы. Родилась там. Сейчас живу в Гудермесе.

— Гудермес? Не была. Как там сейчас?

— Не очень. Но, по крайней мере, не стреляют.

— Не стреляют... — повторила женщина и вздохнула. — Ах, Айшат, Айшат... Да, кстати, меня зовут Мария Степановна.

— Так вы русская? — удивилась Айсет.

Женщина нахмурилась.

— Я чеченка. Всей своей жизнью — чеченка... Да этой самой жизнью с родным краем разлученная, только вот перед смертью сподобил Аллах... А знаешь, какой это край? Тогда слушай...

По легенде речка Актай, бегущая ущельем в долину мимо аула Дойзал-юрт, была дочерью озера Галанчож. Старики рассказывали, что в стародавние времена две женщины пошли стирать грязные пеленки в чистых водах озера, которые были прозрачнее горного воздуха. Возмущенный дух озера обратил их в камни, а сам, превратившись в быка, покинул Галанчож. Однажды жители Дойзал-юрта увидели неподалеку от аула пасущегося прекрасного быка. Они запрягли его, чтобы вспахать землю в ущелье. Но когда они сделали первую борозду, из нее ручейком потекла вода. Со второй бороздой поток усилился. После третьей борозды образовалась быстрая река, в водах которой исчез удивительный бык.

Старики говорили, что в старину в речке Актай, дочери озера Галанчож, стирать было запрещено. Женщинам приходилось далеко ходить. Но нашлась одна девушка в ауле, дерзкая и ленивая, которая осквернила чистые воды реки. Она не обратилась в камень, но каменным стало ее сердце. Весь век прожила она одна. После нее женщины аула Дойзал-юрт стирали уже в реке Актай без боязни. Так испортились женщины, говорили старики, а потом испортился и весь народ чеченский. Не та уже стала вода в реке, как в былые времена, не те стали джигиты в ауле Дойзал-юрт.

Про долину же, куда бежала речка Актай, но, добежав, вдруг сворачивала в сторону, словно застыдившись своих оскверненных стиркой вод, легенд не рассказывали. Те времена еще отдавались в чеченских сердцах. Помнили еще, что детей своих пугали чеченские женщины одним именем Ермолова. А ведь именно суровый генерал и создал эту долину, как архитектор Гонзаго Павловский парк под Петербургом.

В густо заросшую лесом котловину спускались в прошлом веке с окрестных горных аулов абреки. Здесь объединялись они в большие отряды, делали неприступные лесные завалы, нападали на колонны русских солдат, на спешившихся в лесных дебрях казаков. А потом уходили к себе в горы праздновать победу или зализывать раны. Но Ермолов своим орлиным оком увидел чеченское гнездо, провел ногтем по карте, и пролегла через непроходимый лес первая просека.

Ермолова потом царь отослал с Кавказа. Другие главнокомандующие, сменяя друг друга, пытались закончить войну с горцами одним генеральным сражением, но рано или поздно вынуждены были возвращаться к тактике Ермолова. Опять стучали топоры в лесу, прерываемые временами ружейной трескотней и дикими криками абреков. Дремучий лес за годы Кавказской войны постепенно превратился в причудливую долину с лугами, поросшими высоким травостоем, зарослями боярышника и шиповника, с островками дубрав и кленовых рощ. Ни у кого из местных жителей теперь не повернулся бы язык сказать, что этот райский уголок, благодатный и для конного, и для пешего, и для зверя, сработан безжалостными топорами русских солдат.

Даже суровые чеченские мужчины теплели сердцем, когда полоса заката над долиной повторялась в траве бегущей в даль полосой пунцово цветущего шиповника, или когда покрытый утренней росой куст вдруг приходил в движение, плыл над ковылем, постепенно превращаясь в оленьи рога, или когда взгляду горца открывались древесные заросли, сплошь покрытые невесть откуда взявшимися розами, снизу доверху, от темно-зеленой травы до прозрачной небесной лазури. Так цветет кавказский рододендрон, действительно, напоминающий издалека чайные розы.

Ближе к горным склонам, освобожденные от повинности воевать с конкурентами за солнечный свет, размахнулись во все стороны ветвистые дикие груши. Только они, казалось, хранили память о дремучем прошлом долины, стараясь переплестись, запутаться ветками, устроить хотя бы собственные, семейные дебри. Мужчины из Дойзал-юрта приходили сюда охотиться за фазанами, которые, погибая целыми выводками, опять прилетали в заросли дикой груши, не в силах противиться красоте долины. Здесь вообще была хорошая охота на пернатых.

Но одну птичку жители Дойзал-юрта почитали особо, конечно, после орла. Долину облюбовали себе для гнездования, песен и шумных перелетов розовые скворцы. Еще до революции, это хорошо помнили в окрестных аулах, откуда-то из степей по воздушному коридору в долину проникли полчища саранчи. Чеченцы, которые не отступали перед русскими штыками и картечью, растерянно смотрели, как деревья, кустарники и травы покрываются тучами бесчисленных врагов всего растущего на земле. Перед ними были бессильны и шашка Гурда, и кинжал Басалай.

Но вдруг в воздухе пронеслась стая небольших птичек с розовыми брюшками. Они стремительно пролетели над погибающей долиной и тут же скрылись. Это были только разведчики. За ними появились хорошо организованные отряды, которые тут же врубились в полчища саранчи... «Настоящие джигиты, — говорили потом мужчины Дойзал-Юрта. — Не от этих ли красных птиц пришел обычай красить бороды на войне?»

Это было последнее крупное сражение в долине со времен пленения имама Шамиля.

Нежно-зеленый клин долины, между бурыми лесными склонами, был виден на востоке из крайних дворов Дойзал-юрта. Оттуда теплый ветер приносил уже смешанный по пути запах цветов и трав. На западе, откуда прибегала в ущелье речка Актай, вечно клубился туман, будто там вечно закипал чей-то огромный котел. Как будто прямо за туманом, а на самом деле достаточно далеко, поднимались снежные, подкрашенные солнцем, вершины.

Напротив, на другой стороне горного ущелья, был лес. Точно такой же, как и на этой, но без проплешины, на которой несколькими ярусами плоских крыш и разместился Дойзал-Юрт. Прямо отсюда, с крыльца дома, молодой острый глаз мог различить узкие спины косуль, карабкавшихся вверх по склону, или темную движущуюся кочку медведя. Причудливые изгибы земной коры создавали иллюзию близости добычи и плодов, чистой воды и плодородного чернозема, теплой долины и ледяных вершин. Так мог выглядеть рай, если бы человек действительно знал, чего он хочет в той, другой, жизни...

Айсет слушала бы и слушала Марию Степановну, да только праздник закончился, гости встали из-за стола, прощались, обнимаясь и пожимая друг другу руки.

К Марии Степановне подошел смуглый красавец, подал руку, помогая подняться из-за стола, что-то тихо проговорил на ухо.

— Айсет, это мой внук Азиз, — сказала Мария Степановна.

Юноша наклонил голову, расплылся в белоснежной улыбке.

— Добри ден... — проговорил он с ужасающим акцентом и, не меняя приветливого выражения лица, сквозь зубы процедил: — Oh, Gran, really, I'm fed up with your filthy barbarians, let's go, it's time...[1]

Айсет так и подмывало заехать по надменной, смазливой харе. Но это был бы знак внимания, а хлыщ ее внимания не стоил.

— Прощайте, Мария Степановна, и спасибо вам, — сказала она, поднимаясь.

— За что ж спасибо-то? — улыбнулась та.

— За вашу жизнь, да продлит Аллах ваши годы...

Азиз бережно подвел бабушку к белому микроавтобусу с эмблемой ОБСЕ, усадил на переднем сиденье, сам сел рядом. Автобус тронулся, сопровождаемый эскортом из нескольких военных и милицейских машин.

Незаметно подошел дядя Магомед, тронул за плечо.

— Пора и нам...

— Интересная старушка Мария Беноева, непростая, — заметил он на обратном пути. — Из

---

[1] — Бабушка, честное слово, я сыт по горло твоими грязными варварами. Пора ехать... (*англ.*)

самой Америки прилетела, с гуманитарной миссией. Ее сын Салман — знаменитый хирург, золотые руки. Своя клиника в Сан-Франциско, денег много. И внучок, Азиз, толковый, говорят, парнишка, тоже на врача учится... Пойдешь за такого?

Айсет вспыхнула, но все же сдержала себя.

— Как прикажешь, дядя Магомед...

Дядя расхохотался.

— Молодец, правильно отвечаешь... Да ладно, пошутил я, не пара он тебе, одно название, что чеченец, а так — надутый янки, испорченный, гнилой. Ну ничего, скоро мы и до них доберемся... А как тебе школа, понравилась, да?

— Очень... Знаешь, дядя, это здорово, что ты здесь школы строишь...

— Да... Так вот, ночью эту школу взорвут. Очередная провокация ФСБ. Как всегда, все спишут на партизан, начнутся аресты, зачистки... Ты к утру успеешь написать об этом заметку?

На сей раз Айсет не сдержалась.

— Нет! Я не стану писать! — хрипло выкрикнула она, и тут же опомнилась, сжалась от страха, ожидая вспышки дядиного гнева.

Но Магомед Бароев только рассмеялся.

— Нет — и не надо... Отдыхай пока...

Дома, когда Айсет уже забралась в кровать, дверь ее комнаты неслышно открылась, и она услышала тихие, осторожные шаги.

— Кто?!.. — встрепенулась Айсет.

— Это я, госпожа, Эльза... Не спишь? Сказать хочу. Когда ты с хозяин уехал, Зелимхан приходил, и с ним какой-то русский. В твоя комната приходил, ящик твой включал. Долго сидел. Писал что-то...

— Спасибо, Эльза... Иди.

Новость не на шутку встревожила Айсет. В компьютере были ее неотправленные письма к Софи-Катрин, в редакцию Си-би-эн, кое-какие заметки для себя. И несколько файлов с собранными ею сведениями о деятельности Магомеда Бароева.

Глава 14

Молоденький солдат, с открытым ртом, без кепи,
Всей головой ушел в зеленый звон весны.
Он крепко спит. Над ним белеет тучка в небе.
Как дождь струится свет. Черты его бледны.

Жан Артюр Рембо

Леша Просолька не успел повоевать, но зато успел привыкнуть к фронтовому пайку. Призвали его в самом конце сорок третьего, аккурат под Новый год. Выглядел он еще совсем подростком. Был он маленького роста, но еще продолжал расти, причем первой росла шея. Она тянулась вверх из серого войлочного воротника шинели, чтобы несоразмерно большая голова могла лучше понять этот необъяснимо-загадочный мир.

— Не наедаешься, живоглот! — бросал ему обидные слова Мотя Трофимов, уже дважды раненный, понюхавший пороху боец.

Лучше бы он бросил Леше сухарик. Ведь сам Мотя ел размеренно, с ленцой. Едва успевал ополовинить свою пайку, когда Просолька уже облизывал холодную ложку. Только однажды Леша почувствовал себя сытым. По привычке пошкрябал по дну котелка и быстро успокоился. Так жить было можно, а вот воевать... Просолька вытягивал шею и с тревогой вслушивался в артиллерийскую канонаду.

Но его полк погрузили в брезентовые кузова «Студебеккеров» и повезли в сторону, противоположную фронту, а потом и вовсе на юг.

— В Иран везут, — авторитетно сказал Мотя Трофимов и добавил мечтательно: — «Никогда я не был на Босфоре, ты меня не спрашивай о нем. Я в твоих глазах увидел море, полыхающее, как огнем...»

Леша знал эти стихи Есенина, поэтому хотел исправить Мотину отсебятину, но посмотрел на его задумчивый и все-таки жестковатый профиль и передумал. Он стал думать об Иране. Сначала ему представились дворцы с полумесяцами на маковках и высоченные минареты, дрожащие от завывания мулл. Но постепенно воображение увело его в персидские чайханы, где пахло горячими лепешками и шербетом, и в сады, где ветки деревьев сгибались к земле под тяжестью фиников и персиков. Теперь их полк опять перевели на тыловой паек, поэтому Леша Просолька постоянно думал о еде.

Он думал о еде даже тогда, когда командир полка зачитывал приказ. Леша смотрел то на бритый затылок стоявшего в первой шеренге Моти Трофимова, то на дрожащие щеки кричащего командира, а сам прикидывал, может ли их полк, получивший такое важное правительственное задание, рассчитывать на дополнительное пищевое довольствие.

— ...Перешедшие на сторону врага... Предательский нож в спину Страны Советов... Пользуясь моментом, когда все силы брошены на фашистских оккупантов... Выселение врагов народа... Семьи врагов народа... Если враг не сдается, его уничтожают... Задавить, как тифозную вошь...

Да, судя по эмоциональной речи командира полка, солдатам светил приличный паек. Просолька повеселел и жил с верой в грядущую хорошую кормежку целых два дня, пока их везли в горы, пока они шли по узкой горной тропинке. Леша так устал на этой чертовой тропе, как никогда в своей восемнадцатилетней жизни еще не уставал. Он даже попробовал упасть, чтобы полежать хоть несколько секунд, пока Трофимов сделает еще пару шагов. Но тот с такой злобой пнул Лешу сапогом, что Просолька вскочил, причем не от боли, а от испуга и еще потому, что почувствовал и Мотин голод, и Мотину усталость.

Им дали немного отдохнуть. На привале, пока Леша лежал, ощущая головокружение и крутящуюся воронку в животе, солдаты разговаривали вполголоса, отшучивались от голода и холодного ветра.

— Они потому и названы карачаевцами, — говорил Мотя, — что до них только на карачках доползешь. Но ничего! Хорошо смеется тот, кто смеется последним. Назад мы этих врагов народа самих на карачках погоним.

Леша плохо запомнил эту военную операцию в карачаевском горном ауле. Он так устал, так кружилась его голова. Перед глазами мелькали перекошенные страхом и непониманием чужие лица, кричали женщины, дети, животные. Леша стоял, а они куда-то бежали, падали, просительно заглядывали ему в лицо, что-то совали ему за пазуху. И ни одного слова по-русски, даже плакали и кричали они на непонятном, птичьем языке.

Уже в машине Леша обнаружил под шинелью небольшую, круглую лепешку. Он понял, что принял взятку от врагов народа, потому очень испугался, никому ничего не сказал и ел, незаметно отщипывая маленькие кусочки, которые отправлял в рот, как бы почесывая нос или слипающиеся глаза. Последним он съел, видно, подгоревший бочок, потому что во рту стало очень горько.

В середине февраля на тех же самых «Студебеккерах» полк привезли в Чечню. Высадились они среди долины, с трех сторон окруженной лесистыми горами. В отдалении виднелись хозяйственные постройки за забором. Им пояснили, что это знаменитый конезавод имени Буденного, где выращивают лошадей «одноименной маршалу породы». Вокруг конезавода по склонам расположены аулы народа-предателя. Солдат поселили в двух пустых бараках-близнецах.

На следующее утро всех подняли по тревоге, но в горы не повели, объявили о проведении тактических занятий на местности. Надо было успокоить недоверчивых чеченцев, которые, в отличие от карачаевцев, что-то подозревали, о чем-то таком догадывались. До обеда бойцов гоняли по полю, заставляя то окапываться под огнем условного противника, то ходить в атаку на кукурузное поле. Когда до поля оставалось всего несколько метров, звучала команда «Отбой!» Обед был такой, что через полчаса несколько бойцов, в том числе Леша Просолька, полезли тырить яйца в стоящий на отшибе курятник, оказавшийся при ближайшем рассмотрении индюшатником, — и позорно бежали, поклеванные гадскими птицами и побитые камнями, пущенными им вслед хозяевами, что примчались на птичий гвалт.

Кому-то попали в плечо, а Лешу Просольку камень только чуть-чуть задел. Зато как! Прямо смазал по указательному пальцу правой руки. Как теперь стрелять по врагу, если палец сразу посинел и распух?

Бойцы бежали от чеченцев, как мальчишки от колхозных сторожей. Но теперь они имели личные счеты к врагам народа и жаждали реванша. Особенно Просолька, который вечером после чистки личного оружия еще долго тренировался новому нажатию на курок. Перебинтованный палец он прижимал к корпусу винтовки, а на курок жал средним пальцем. Так получалось даже понтово. Указательный словно указывал на цель, а средний подчинялся его командирскому приказу. И так воевать было можно, особенно с этими. К тому же они на карачаевцах тогда здорово натренировались.

Убегая, они не бросили трофеи — три здоровенных индюшачьих яйца — и перед отбоем варили их в котелке прямо на буржуйке. Когда Мотя Трофимов снимал котелок, к ним подошел командир полка. Бойцы вскочили и замерли по стойке «смирно».

Командир, взглянув на своих невзрачных бойцов, только рукой махнул и сказал:

— Потерпите, ребята. Недолго вам тут яйцами трясти. Быстренько выполним задание, и опять на фронт. Небось, соскучились по ста граммам фронтовых? Ребята, ребята...

В ночь на двадцать третье февраля их опять подняли по тревоге. Когда Леша Просолька выбежал вместе с остальными бойцами на улицу, то увидел совершенно белую долину, покрытые снегом брезентовые кузова грузовиков. Снег продолжал медленно спускаться на землю с невидимого ночного неба. Леша обрадовался снегу, радостно оставил на нем несколько аккуратных отпечатков своих сапог.

— Разве это размерчик? — Мотя Трофимов подтолкнул его к машине, а сам топнул по снегу своим сапогом. — Гляди, маломерок! Вот печать советского солдата! Сорок пятый! До Берлина дотяпаем и там эту печать поставим. Вот так, желторотый...

В машине он немного смягчился, больно ткнул Лешу локтем под ребро и примирительно сказал:

— Ничего, Персоль, пока до Берлина дойдешь, вырастешь.

Потом их вели в гору в обход аула. Леша несколько раз падал, но не от усталости, просто спотыкался. В лесу, где снега было немного пореже, солдат построили, разбили попарно. Каждую пару прикрепили к энкавэдэшному офицеру. А пару Моти Трофимова и Леши Просольки придали полному штатскому в темном пальто и кепке. Потом их командир полка о чем-то спорил с молодым капитаном, похожим на какого-то киноартиста. Молодой капитан махнул рукой и один пошел в сторону аула.

Не было его около получаса. Все также мягко падал снег, и как Леша ни втягивал тонкую шею, верткая снежинка нет-нет, да и попадала за воротник. Наконец, заскрипел снег, и из темноты показалась фигура в шинели.

— Вы ответите, капитан, за возможный срыв операции! — сказал ему командир Лешиного полка.

— Отвечу, отвечу, проваливай, — устало отмахнулся тот...

— Ты, здоровый, останешься у дверей. Смотри в оба! А ты, паренек, пойдешь со мной в дом. Тоже смотри! Но особенно не суйся, — распорядился штатский.

Леше так понравилось, что работник органов берет с собой его, а не здорового Мотю, что, когда прозвучала команда и разбитый на маленькие группы полк двинулся вниз по склону к темному, засыпаемому снегом аулу, он все старался обогнать Трофимова и шагать рядышком с шустрым толстячком в кепке.

— Не так активно, солдат, — штатскому пришлось осадить его, когда Просолька, споткнувшись, чуть не огрел его винтовкой, — не на комсомольском собрании и не с девкой на сеновале.

Этим сравнением штатский тоже очень понравился Леше, и он подумал, что обязательно пойдет служить в НКВД. Но вспомнил, что четыре месяца жил с мамой в Харькове на оккупированной немцами территории. Он погрустнел, но тут же решил, что геройски проявит себя в этой операции, и веселый толстяк в штатском даст ему хорошую рекомендацию. Все в его руках, только бы проклятый палец не подвел.

Но по мере того, как они втроем подходили к закрепленному за ними дому, Леша Просолька стал постепенно отставать сначала от штатского, потом и от Моти Трофимова. Он очень боялся собаки, которая просто бесновалась за невысоким забором. Но штатский словно не слышал этого утробного рычанья. Он только кивнул Моте, тот вскинул винтовку, раздался выстрел и собачий визг, который скоро стих. Тут же по всем дворам затрещали выстрелы и завизжали собаки. Судя по этим звукам, операция происходила почти синхронно в каждом доме аула.

Леша, войдя во двор, первым делом посмотрел на лежащую на снегу собаку и удивился ее маленьким размерам при таком свирепом голосе. Она была так мала, что снег уже засыпал ее мордочку и брюхо. Или они так и были у нее белыми?

— Что уставился, боец? Собак не видел? — прикрикнул на него штатский. — За мной! В случае сопротивления стрелять без предупреждения! Если враг не сдается, его уничтожают.

Это Леша хорошо знал, слышал неоднократно. Собака вот не сдавалась...

В доме уже зажгли свет. В большой комнате стояли рядком несколько человек, как будто перед объективом фотоаппарата, только лица у них были бледные и тревожные. В центре — старик в папахе, с накинутой на плечи буркой. Рядом с ним старуха, совершенно одетая, как будто не спала, а ждала прихода русских. Тут же полная женщина средних лет с грудным ребенком на руках и два мальчика-подростка. А у стены Леша увидел удивительное по красоте черных глаз на мертвенной белизне лицо. Девушку словно нарисовали двумя красками. Но зато как нарисовали!

— По приказу Комитет Обороны Союза Советских социалистических республик вы подлежите немедленному выселению из аула Дойзал-юрт, — громко и уверенно говорил человек в штатском. — С собой можно взять личные вещи и продукты, не более... килограммов.

Просолька не расслышал, сколько им положено килограммов, и чуть не переспросил, но вовремя спохватился.

— На сборы вам отводится тридцать минут и ни секундой больше. Имеющееся в доме оружие попрошу сдать. В случае малейшего сопротивления будет расстреляна вся семья. Все, граждане чеченцы, торопитесь. Или вы меня плохо поняли?

И тут раздался женский крик, за которым последовал детский плач. Потом крики, плачи и проклятья смешались в единый гвалт. Затем опять рассыпались на отдельные голоса. Леше казалось, что повторяется история с карачаевцами, и сейчас у него начнет кружиться голова. Но чеченские мужчины не кричали, как карачаевские. Они вытащили ножи и молча прошли мимо побледневшего Просольки на двор.

В незакрытые за ними двери потянуло холодом, запахло снегом, послышались тревожные голоса домашних животных. Леша догадался, что чеченцы пошли резать скот — сколько успеют за эти недолгие минуты. Мужчины ушли, и он теперь без опаски посмотрел на стройную девушку у стены.

Вдруг та быстро приблизилась к штатскому и, глядя ему прямо в глаза, сказала совсем без акцента:

— Вы не смеете нас трогать! Мой жених — Салман Бейбулатов, разведчик, орденоносец. Он сейчас на фронте, воюет с фашистами. А вы трусливо воюете в тылу с беззащитными женщинами и стариками. Я — комсомолка. Вот вам мой комсомольский билет. Видите, я еще заплатила взносы только за один месяц. У меня, конечно, маленький стаж, но я прекрасно понимаю, что вы поступаете не по-коммунистически, не по-ленински и сталински. Я напишу Сталину, и вас расстреляют как предателей Родины...

Леша Просолька слушал девушку, открыв рот. Он почему-то сразу поверил ей, поверил, что она ни в чем не виновата, что она комсомолка, и что его, Лешу, вместе с человеком в штатском, непременно Сталин расстреляет как предателей Родины. Но человек в штатском только усмехнулся.

— Мы выполняем решение Политбюро ЦК ВКП(б) и Советского Правительства. Вы, как комсомолка, должны быть дисциплинированнее и не разводить пустую демагогию. Где вы были, чеченские комсомольцы, когда ваш народ предавал партию и Родину? Раньше надо было выступать! А потом, девушка, что вы так волнуетесь? Вас что, на расстрел ведут? Вас просто переселяют в другое место на карте нашей необъятной Советской страны...

Леша не мог оторвать свой взгляд от чеченской девушки. Какая смелая и прямая комсомолка! Он бы никогда не посмел, а она посмела и была так прекрасна в этом порыве. Вот такой же была, на- верное, Зоя Космодемьянская... Леша совсем запутался. Та же была мужественной и прекрасной перед фашистами, а эта — перед советскими войсками, перед ним — рядовым Просолькой. Он ничего не мог понять сейчас, кроме того, что таких красивых девушек никогда не видел, даже в кино — ни в зале, ни на экране.

— Айшат! — крикнула старуха и что-то еще добавила по-чеченски.

Девушка сразу смутилась, погасли ее глаза, исчезла вызывающая, горделивая осанка, и она побежала завязывать вещи в огромные узлы. Теперь она проворно, казалось, даже весело, носилась по дому, собирая вещи в дорогу. Каждый раз, когда Просолька видел ее появляющуюся то здесь, то там фигурку, он повторял про себя:

— Айшат... Айшат...

* * *

Две недели Джон не находил себе места.

В конце концов решил съездить в Париж и, взяв там напрокат машину, поехать куда-нибудь подальше, хоть до испанской границы. Он никогда не брал машину напрокат и поэтому, обзвонив около пяти агентств, узнал для себя много интересного.

Практически все они работали по одному принципу.

Во-первых, автомобиль заказывается заранее. Менеджерам нужно было точно знать дату приезда Джона в Париж, время, номер рейса, во сколько и где он предполагает взять автомобиль и когда его вернет. Номеров кредитных карт им не требовалось.

Джону объяснили, что подобная форма предварительного заказа удобна в первую очередь для него самого — по приезду в Париж не придется ждать оформления контракта и прочее.

По прибытию на Гар дю-Норд он должен был предъявить:

Права международного образца.

Кредитную карту, причем обязательно на свое имя, так как в агентстве связываются с банком, который подтверждает гарантию платежа. Денежных залогов не просили, а то ребята из фирмы и особенно опытная в путешествиях автостопом Мэгги все пугали — мол, придется выписывать чек или давать наличные...

В AVIS кроме этого просили показать обратный билет «Евростара» с фиксированной датой отъезда.

Джон дотошно выяснил все и по поводу тарифов. Если берешь машину на неделю, вступает в действие так называемый дегрессивный тариф. То есть, например в HERTZ за один день с включенным в стоимость пробегом 250 км Джон платил бы 112 евро без НДС, а за неделю 267 евро (за три дня практически столько же, сколько за неделю). Причем, взять машину можно было прямо в аэропорту или на вокзале «Евростара», а вернуть на Опера или где угодно, в любом из агентств, за ту же цену.

Расклад был примерно таким:

В AVIS: автомобиль типа «Рено-Клио», тариф включает страховку от несчастного случая и кражи автомобиля, 250 км пробега — за один день 90 евро... Кроме вышеперечисленных документов им еще требовалась ксерокопия прав.

В EUROCAR: при заказе Джон должен был сообщить им время прибытия в Париж (они приготовят машину в нужный срок), номер рейса в буквах и цифрах... По прибытию предъявляешь им кредитную карту, по которой они делают запрос в банк, права, и все как обычно. Стоимость одного дня в «Еврокаре», включая страховку + 250 км пробега на машину класса А («Твинго», «Поло») — 90 евро, а класса Б («Рено-Клио») — 110 евро без НДС. 2 дня — 202 евро. 3 дня — 260. 4 дня — 316. А за неделю — 265 при пробеге 1750 км.

В HERTZ: права, кредит-карта. 1 день — 250 км — 112 евро. 7 дней — 1750 км — 267 евро.

С одной стороны это было недорого — но с другой стороны не так уж и дешево.

Кончилось все тем, что Мэгги уговорила Джона взять ее с собой. Халявы не предполагалось. Все было partage — то есть, все счета пополам. Кроме того, договорились, что насчет личной половой жизни каждого из путешественников — никаких ограничений накладываться не будет. Каждый из членов команды волен распоряжаться своими вечерами и ночами, как заблагорассудится. Общими будут только маршрут, выбор остановок и платежи за аренду машины.

Готовясь к поездке, Мэгги в первую очередь перекрасилась. На сей раз в каштановый цвет. Губную помаду поменяла на менее яркую, а крем для лица подобрала более темный.

В «Евростаре» ехали вторым классом. Джон развернул на столике свой ноутбук, засунул в него ди-ви-ди диск с какой-то старой комедией, и они с Мэгги даже и не заметили, как поезд отмахал всю южную Англию и бесшумно нырнул под Ла-Манш...

На вокзале в Париже они легко отыскали офис «Хертца». Хитрецы из проката долго извинялись, что маленьких машин класса А и Б уже нет, «пардон, мсье, самый сезон»... Хитрецы! Пришлось брать большую «Рено-Лагуну», что была на двадцать евро в день дороже.

— Ничего, — успокоила Мэгги Джона, — разница за мой счет, я люблю большие машины, они безопаснее, да и в дальней дороге не чувствуешь себя стесненной!

Забросив в багажник бутылочно-зеленой «лагуны» чемодан на колесиках с нарядами Мэгги и ноутбук Джона, они покинули стоянку. За руль села Мэгги, убедительно объяснив, что неплохо ориентируется в Париже.

Однако она переоценила свои знания города. Они начали плутать сразу же за площадью Звезды, когда свернули с Елисейских Полей. Проплутав битый час, вновь выехали на Конкорд, и, вновь проехав всю Шанз-Элизе, снова свернули направо, где и наткнулись на жандарма в черном. Правда, проводником он оказался никаким, поскольку плохо понимал ломаный французский, на котором говорила Мэгги, и еще хуже — английский Джона. Тогда ему ткнули пальцем на карте в автодорогу А-13, так называемый «ауторют трез»... Жандарм радостно зажестикулировал, брызгал слюной, что-то картаво каркал и клекотал, но ни Джон, ни Мэгги так ничего толком и не разобрали. В общем, прежде чем выбраться из столицы мира, они изрядно намучились и накрутились.

Приемник в прокатной машине не был предусмотрен. Хорошо, Джон взял с собой си-ди-плейер! Сперва они поделили наушники на двоих, а остановившись возле «карфура», вышли и купили вторую пару. А еще накупили чипсов, безалкогольного пива, пакет горячих гамбургеров, сладких подушечек, круассанов и еще каких-то шоколадок.

Отпуск начался...

— Хочешь секса? — спросила Мэгги, выходя из душа.

— Можно попробовать, — неуверенно ответил Джон.

Сначала секс не заладился. Джон опять подумал о потерянном рае. Близкое безукоризненно гладкое тело Мэгги не возбуждало его, напротив, лишь вызвало в памяти послушное тело Скотти.

— А ты закрой глаза, — сказала Мэгги, — и не думай ни о чем, я буду думать за тебя, и все получится, вот увидишь...

— В другой раз, — попросил Джон, словно извиняясь.

— Нет, все получится именно сейчас, — с настойчивостью терпеливой учительницы мягко требовала Мэгги.

И все получилось.

Как получается у супругов, когда ради прилива страсти, закрыв глаза, муж представляет себя с девушкой из соседнего дома...

И когда поутру они сели в машину, покидая милый Анфлер-сюр-Мер, Джон хмыкнул, сам себе сказав: «А я ее все же обманул, думал-то я про то, что я не с женщиной»...

Глава 15

...Она близка, паломник,
Зеленая страна твоих видений —
Цветущая, святая; так близка,
Что можно пренебречь тропой и тенью,
В подворье встречном не испить глотка.

Антонио Мачадо

Когда-то Клаус Штайнер величал себя гордо не «Bauarbeiter», а «Dachdecker» — не строитель, а кровельщик. Его отец, который, конечно, тоже был кровельщиком, обычно говорил за столом, что одна крыша без стен спасет человека от дождя и снега, а стены — нет. Дядя Франц, его родной брат, большерукий каменщик, возражал: стены спасают человека от ветра, а крышу сносит ураганом. Маленький Клаус слушал этот мирный спор за обеденным столом и старался по-своему его решить. Он рисовал крыши без стен, а стены без крыш. Папе он показывал первые рисунки, а дяде Францу — вторые. Но и тот, и другой называли его дураком и велели рисовать нормальные дома.

Выбирать из двух важных профессий ему не пришлось. Просто отец взял его с собой на крышу и заставил подавать ему инструменты. Уже через

239

месяц Клаус Штайнер говорил в школе, что крыша в доме — это главное, и называл себя Dachdecker.

В этом русском городке в предгорьях Кавказа, название которого Клаус никак не мог выговорить, он выполнял все строительные работы без разбора. Он даже радовался, что пока не надо лезть на крышу, так как боялся, что от голода закружится голова и он упадет вниз. Кормили пленных немцев в лагере ужасно. Иногда удавалось заработать немного продуктов, когда какая-нибудь одинокая женщина приносила что-нибудь починить из своего нехитрого вдовьего хозяйства. Иногда это была такая безделица, что только дурак не догадался бы, что женщины приносят им хлеб из жалости...

Охраняли их нестрого — куда было этим доходягам бежать. Тем более, что фронт с каждым днем от них удалялся. Сводки передавались такие радостные, перечислялись освобожденные города так торжественно, что иногда Клаус ловил себя на мысли, что тоже радуется. Ведь чем быстрее кончится война, тем скорее он поедет домой. А раз она покатилась в ту сторону, пусть уж так и катится в одном направлении.

Еще Клаусу часто снились города Германии с домами без крыш. Штайнер не знал, радоваться ему, что у него скоро будет столько работы, или печалиться, что столько трудов его отца и коллег по цеху пропадет под бомбами и снарядами.

Однажды пожилая, но еще темноволосая женщина принесла им на стройку сломанную керосиновую лампу. Пока Клаус с напарником Людвигом чинили, вернее, просто чистили ее, она сидела неподалеку и внимательно рассматривала их. Может, от предвкушения близкого угощения за услугу, может, из-за сегодняшней утренней баланды, но Штайнеру вдруг стало нехорошо. Чтобы не давиться рвотой на глазах у женщины, он встал и, пошатываясь, пошел в соседние со стройкой развалины. Туда немцы и ходили по нужде.

Клаус долго стоял, согнувшись пополам, выдавливая из себя по капле темную слизь. Потом ему стало так легко, что он, найдя чистый угол, опустился на доски и заснул. Проснулся он от толчка в спину. Часовой! Он сразу вскочил на ноги, словно и не спал. Тот, кто толкал его, видимо, тоже испугался, так как отскочил в сторону.

Кто это? Перед ним стоял подросток с чумазым лицом, взлохмаченными волосами, в длинном пальто бурого цвета, в ботинках без шнурков.

— Дядь, дай закурить, — попросил чумазый подросток сипловатым голосом, — а то так есть хочется, что переночевать негде.

— Ich verstehe kein Wort von dem, was Sie sagen[1], — улыбнулся еще не совсем проснувшийся Клаус.

— А, так ты — фриц! — подросток даже присвистнул. — Ноги откуда сделал или так кемаришь втихаря?

Клаус слышал, что его назвали фрицем, но не стал говорить своего настоящего имени. Он уже привык, что немцев так обзывали, как они русских Иванами.

— Что молчишь? Закурить, спрашиваю, нет? — подросток подергал двумя пальцами у рта. Клаус понял и замотал головой.

— Значит, зря тебя, дядя-фриц, разбудили. Дай хоть присесть. А то тут так везде засрано. Понимаешь? Насрали вы тут много! Всю Советскую страну обосрали, фрицы вы гребаные! Садись, чего стоишь, как...

---

[1] Я не понимаю ни слова из того, что вы говорите (*нем.*)

Подросток сел на доски. Кивнул Клаусу, тот опустился рядом.

— А ты, фриц, на этой стройке вкалываешь? — подросток показал руками движения землекопа, и Клаус кивнул головой. — Ну и дурак. Фуфел ты, фриц, говорю. Бросил бы ты эту кичу да линял отсюда. Надо тебе это? На чужого дядю вкалывать, пупок рвать. Пускай работает железная пила, не для работы меня мама родила. Слыхал? Мама... Ты... Топ-топ... Ножками...

Клаус понял и ответил:

— Weil es zu Fu? zu weit ware[1].

— Ты, я погляжу, ленивый фриц! Лежишь тут, на массу давишь. Работать тебе в лом, домой идти тоже неохота, далеко. Мало тебе, видно, доставалось, что ты так обленился. Я про себя тоже скажу — где на меня сядешь, там и слезешь. Но вот тикаю из этой чертовой Чечни, и попробуй меня остановить. Дверь закроешь — головой прошибу и не замечу. Так мне там пятки смазали... Ладно, давай закурим, есть тут у меня махры комок да бумажки клок.

Подросток каким-то чудом умудрился свернуть из маленькой бумажки самокрутку, как раз под скупую горсточку махорки пополам с карманным мусором.

— На, дерни, фриц! Любишь покурить-то? Еще бы! Это тебе не на стройке горбатиться. Я вот вас, фрицев, не боюсь, а чечен этих — страсть! Нас туда всем детдомом отправили. Ехали, думали: яблоки жрать будем, эти самые, помидоры. Приехали. Деревни чеченские пустые, наши солдаты их стерегут, коровы недоенные по деревне ходят, орут. Солдаты, как мы приехали, сразу на грузовики и ходу

---

[1] Идти пешком туда было бы слишком далеко (*нем.*)

оттудова. Мы целую деревню заняли. Первый день только жрали. В домах-то кукуруза, мука, сыр, мед. Жри от пуза! Вино парни нашли! Житуха, думаем, зашибись. А я нашла в одной хате целый чемодан этих... об... облигаций, что ли?.. Отнесла их директору нашего детдома. Так он мне за них целую пачку папирос дал. А на что мне эти ассигнации? На самокрутки? Так папиросы лучше. Ты слушай, фриц, что дальше было. На вторую ночь опять тем вином чеченским нажрались. Кто-то спать завалился, кто еще по деревне ходит, песни орет, кто любовью балуются. Вдруг как бабахнет! Потом еще! Повыскакивали мы, темнотища — ничего не видать. А из этой самой темнотищи по нам чечены стреляют. Куда бежать — не знаем. А эти, в темноте, что ли, видят, бегают за нашими, стреляют и режут. Не брешу — сама видела. Что видела! За мной чечен такой погнался, я в дом забегаю, он за мной, куда мне деваться? Все, думаю, пропала. Упала на спину, подол задрала. Только не режь, кричу. А он, дурак, что ли, какой, взял меня за шкирку, как собачонку, вытащил на улицу и бросил. Я думала, теперь зарежет или застрелит, бросилась бежать... Вот так досюда и добежала. Теперь дальше побегу. В Крыму, говорят, хорошо. И чеченов никаких нет... Ты чего, фриц, задумался?

Подросток как-то странно посмотрел на Клауса.

— Слушай, фриц. А у тебя что-нибудь есть такое... что продать можно? Вещь какая-нибудь есть у тебя, говорю? А вот — кольцо это... Золото? Нет? А что? Ну да ладно. Давай ты мне кольцо это, а я тебе... Ты чего уставился? Первый раз видишь бабу, что ли?

Когда подросток распахнул пальто, Клаус удивился, что он без брюк. Но потом он увидел какое-то подобие юбки. Когда же подросток лег на спину, распахнув и одежду и то, что было под одеждой, сомнения все развеялись, осталось только брезгливое недоумение.

— Ты чего застыл, фриц? Кольцо давай и получай, что тебе надо... Не поняла, ты что — не хочешь? Ты прям как тот чечен чокнутый. Не бойся, кольцо только снимай, просто так я не дам...

Клаус поднялся на трясущихся ногах. Он хотел уйти, даже сделал несколько шагов к пролому в стене, но обернулся, чтобы еще раз посмотреть на молодое, удивительно белое тело девушки-подростка в окружении лохмотьев и грязи. Посмотрел и остался...

— Чего ты трясешься, как припадочный? Вот и не попадаешь никак... Ну, фриц! Вот потому вас и побили. А легкий ты какой! Прямо как наши пацаны... Колечко-то, может, золотое... Давай, миленький мой фриц... Хороший мой фриц...

Девчонка с кольцом быстро исчезла, как будто ее и не было. Клаус Штайнер тяжело дышал и ждал, когда успокоится сердце. Когда же он немного отдохнул, то вышел из развалин, но не пошел на стройку. Он пошел туда, где наступавший вечер уже подсинил верхушки гор. Может, Клаус Штайнер понял, что говорила ему девчонка-беспризорник, и решил идти пешком так же, как она? А может, он вспомнил, что он мужчина и на свете есть женщина — его женщина? Но он пошел в том направлении, откуда бежала эта русская девочка.

* * *

— Помоги мне найти Ай, — попросила Софи-Катрин. — Я сердцем чувствую — она попала в беду, и надо ее спасать...

Они сидели в гостиной на Чистых прудах, и большой, во всю стену, телевизор с плоским экраном на жидких кристаллах без звука показывал новости из Польши.

Астрид молчала.

Молчала и думала про себя, что теперь она стала такой плохой девочкой, что никогда и никуда не поехала бы кого-то спасать. Кого бы там ни было. И если честно разобраться в себе, то она не поехала бы спасать даже родную мать, попади та вдруг в какую-нибудь заваруху. Слава тебе Боже, что такой заварухи у них в Австрии не может быть. Разве что Альпы содрогнутся от землетрясения, или метеорит упадёт. Но и тогда Астрид нашла бы какое-нибудь оправдание, чтобы не ехать и не спасать. «С работы не отпускают, нога болит, билеты в Большой театр пропадают»... Это если честно и только наедине с самой собой!

Астрид закурила и, откинувшись на подушках, подумала, что спасать по ее новой жизненной философии — нужно только саму себя.

Дело спасения — дело сугубо личное.

Спасаться через кого-то — это противостоять Судьбе.

Судьбе надо убить кого-то, значит, так надо...

Вся мирская неразбериха и мировая перенаселенность происходит от этого противостояния Судьбе. И рано или поздно Судьбе это надоедает, и Она одним скопом радикально решает миллион нерешенных и отложенных до поры вопросов — то ли вселенской катастрофой, то ли войной, то ли Чернобылем, то ли мором и язвами...

Спасать надо саму себя. Спасать кого-то? Надо ли?

— Помоги мне спасти Ай, — еще раз попросила Софи-Катрин.

— Как тебе это видится? — бесстрастно переспросила Астрид. — У нас нет формального повода для беспокойства, Айсет добровольно перешла из Си-би-эн в журналистский Интернет-центр «Кавказ», живет она в доме родственников, жива-здорова... Что нам ответит милиция, если мы обратимся с просьбой спасти Айсет? Нам ответят, что мы зря беспокоимся! От кого ее спасать? От родного дяди?

Софи-Катрин ничего не ответила. Она пошла в свою комнату — собирать вещи.

Если бы племянница Айсет была правильной девушкой — послушной, благовоспитанной, знающей свое место и во всем покорной воле старших, одном словом, такой, как Зарина и Тамара, родные дочери Магомеда Бароева, по праву старшего мужчины в семье взявшего на все заботы, связанные с ее жизнеустройством после гибели отца, — эти заботы тоже были бы правильными. Подобрать достойного мужа, обеспечить богатым приданым, хорошим домом — или даже несколькими домами. Что еще нужно женщине? Если, конечно, это порядочная женщина.

Но Айсет он при всем желании не мог бы назвать порядочной. Она пила спиртное, курила в присутствии мужчин, одевалась нескромно и даже вызывающе, была своевольна, много умствовала и задавалась. Более того, Магомед точно знал, что во время учебы в Лондоне племянница жила в грехе с английским гяуром, оказавшимся, ко всему прочему, еще и педерастом. А приехав в Москву... Нет, даже язык не поворачивался сказать, что вытворяла здесь эта беспутная девка... С этой своей немецкой подружкой, рослой, плечистой и плоскогрудой, как парень. В ночном клубе, разнузданно, на глазах у десятков людей, а дома наверняка продолжили и усугубили... Такой страшный грех, что не смыть и хаджем... А проводив подружку-кобелюшку, быстро утешилась в объятиях продажного журналюги... И эту *джаляб*[1] он когда-то качал на коленках, привозил ей с Кавказа персики и сушеную хурму.

А все Доку, все его воспитание... Говорил же ему Магомет, предупреждал: опомнись, брат, испортишь девчонку, какая французская школа, какое современное образование, какая Европа — ты же женщину растишь! Чтобы считать рубли на домашнее хозяйство да читать ценники в магазинах и инструкции к швейным машинкам, четырех классов хватит за глаза. Да и эти-то умения нужны служанке, а женщина из приличной семьи и без них обойдется... Но Доку, этот московский барин, — разве он когда-нибудь прислушивался к словам брата, которого всю жизнь держал за дремучего горца с отмороженными мозгами?.. Ах, Айсет, ах, ненаглядная, она должна получить все самое лучшее... Париж-престиж, культур-мультур... Вот и вырастил — проститутку, позор семьи!

А ведь предки учили: портится женщина — портится народ. Блудливой девке вспарывали кинжалом горло, а труп бросали в ущелье на съедение шакалам.

Предки были мудры в своей суровости и суровы в своей мудрости. А вот Магомед решил быть добрым и гуманным. Ни словечком не попрекнул племянницу, утешил в горе, приласкал. Увез подальше от развратной Москвы, распахнул перед ней двери собственного дома, ввел в семью на равных с родными дочерьми, условия обеспечил даже

---

[1] шлюха *(араб.)*

лучше, чем у них, — только живи, как подобает, да работай на благо своего народа... Даже начал подыскивать мерзавке подобающего жениха, хотя задачка была, прямо скажем, не из легких.

И чем эта тварь ответила на дядину доброту?

Первым забили тревогу ребята из службы информационной безопасности. Они перехватили несколько писем, посланных Айсет на разные адреса с компьютера в Гудермесе. Ребята перевели ему эти гнусные, насквозь лживые письма. В них племянница била на жалость, называла его, своего благодетеля, дикарем и средневековым варваром, всячески поносила вековые обычаи своего народа, умоляла вызволить ее чуть ли не из рабства, чуть ли не из тюрьмы. Это лучшие то покои на женской половине богатейшего в Гудермесе дома — тюрьма? У Магомеда так и чесались руки швырнуть неблагодарную стерву в настоящий зиндан, на черствый хлеб и воду, чтобы, как говорят русские в своей рекламе, «почувствовала разницу». Но и тут он сгуманничал, решил дать девчонке время попривыкнуть, освоиться — тем более, что при всем при этом статьи она писала толковые, нужной направленности.

Письма вскоре прекратились. А потом те же ребята отметили несколько попыток несанкционированного проникновения в базу данных финансовой службы и один удачный взлом архива их кипрской офф-шорки. Хакера установили довольно быстро — он сидел за компьютером в доме Магомеда Бароева в Гудермесе.

Это было уже серьезно. Настолько серьезно, что Магомед принял решение перепроверить все лично. Тогда-то и была организована экскурсия Айсет в Дойзал-Юрт.

Поверка подтвердила — в стане Бароевых появился предатель.

Причем предатель не только семьи — предатель всего народа, предатель великого дела чеченской свободы.

Доказательства? Доказательства лежали на столе Магомеда Бароева.

И при этом какое коварство! Какое двуличие! Обличать в своих статьях имперские амбиции русских — и при этом порочить борцов за свободу собственного народа, да еще таким похабным образом!

Магомед Бароев нацепил очки и поднял со стола листочек с отпечатанным текстом. Преодолевая омерзение, он заставил себя перечитать стишок от начала до конца:

СМЕРТЬ ВАХХАБИТА

Как святой Шариат
Правоверным велит,
Уходил на Джихад
Молодой ваххабит.
В небе клекот орла,
Дальний грома раскат,
Уходил Абдулла
На святой Газават.
От тоски еле жив,
Оставлял он гарем
И садился в свой джип,
Зарядив АКМ.
Обещал: — Я вернусь,
Как придет Рамадан,
Вы для пленных урус
Приготовьте зиндан.
Занимался рассвет,
И старик-аксакал
Ему долго вослед

Все папахой махал.
Где у сумрачных скал
Бурный Терек кипит,
Там в засаду попал
Молодой ваххабит.

Налетели гурьбой,
С трех сторон обложив,
Вспыхнул яростный бой,
Поцарапали джип,
Самого Абдуллу,
Отобравши ключи,
Привязали к стволу
Молодой алычи.

Начинали допрос,
Приступил к нему поп.
Он иконы принес,
Поклоняться им чтоб.

«Ваххабит удалой,
Бедна сакля твоя,
Поселковым главой
Мы назначим тебя.

Будешь жить, как султан,
Новый выдадим джип,
Ко святым образам
Ты хоть раз приложись».

Благодать в образах
Отрицал янычар,
Лишь Акбар да Аллах
Он в ответ прорычал.

Хитрый, словно шакал,
Подходил политрук,
Стакан водки давал
Пить из собственных рук.

Говорил замполит:
«Мы скостим тебе срок.
Будешь вольный джигит,

Пригуби хоть глоток».
Но в ответ басурман
Все — «Аллах да Акбар!»
И с размаху в стакан,
Полный водки, плевал.

Не фильтрует базар,
Что с ним делать? Хоть плачь.
Но сказал комиссар:
«Ты достал нас, басмач».

И под небом ночным,
Соблюдая черед,
Надругался над ним
Весь спецназовский взвод.

Как прошло это дело,
Знает только луна,
Волосатого тела
Всем досталось сполна.

А как по блиндажам
Разошлась солдатня,
Труп остывший лежал
В свете робкого дня.

Слух идет по горам:
Умер юный шахид
За священный ислам
И за веру убит.

Но убитым в бою
Вечной гибели нет,
Среди гурий в раю
Он вкушает шербет.

Как он бился с урус,
Не забудут вовек.
По нем плачет Эльбрус,
По нем плачет Казбек.

Плачут горькие ивы,
Наклонившись к земле,
А проходят талибы

Салют Абдулле!
В небе плачет навзрыд
Караван птичьих стай,
А в гареме лежит
Вся в слезах Гюльчатай.
И защитников прав
Плач стоит над Москвой,
Тихо плачет в рукав
Константин Боровой.
Плачьте, братцы, дружней,
Плачьте в десять ручьев,
Плачь, Бабицкий Андрей!
Плачь, Сергей Ковалев!
Нет, не зря, околев,
Он лежит на росе,
Ведь за это РФ
Исключат из ПАСЕ.[1]

Бароев отложил листок и нажал кнопку громкой связи.

— Муратова ко мне, — проговорил он деревянным голосом.

Зелимхан, верный нукер Магомеда Бароева, был все-таки левой рукой хозяина, поскольку рукой правой, так сказать, «цивилизованной», являлся Никита Исаевич Муратов, значившийся, на советский манер, замом по общим вопросам. Несмотря на русское имя, данное в честь Хрущева, разрешившего репрессированным народам Кавказа вернуться на родину, солженицынское отчество, двоякую фамилию и блондинистую внешность, Никита Муратов был чистокровным чеченцем, числившим среди своих предков и увековеченного Львом Толстым Хаджи-Мурата. Выпускник восточ-

---

[1] Всеволод Емелин. Из сб. «Песни аутсайдера»

ного факультета МГУ, он прекрасно знал с десяток языков, много лет проработал за границей, имел ценнейшие связи в арабском мире. В некоторых ситуациях сочетание его профессиональных достоинств с внешними и паспортными данными, нехарактерными для «лица кавказской национальности», делали Никиту Исаевича и вовсе незаменимым.

— Все перевели, ну там, что в компьютере взяли у этой?.. — не вдаваясь в уточнения, спросил Бароев, как только Муратов вошел в его кабинет.

— Частично, Магомед Рамазанович. Там более четырехсот страниц, и не все одинаково... интересно. Много повторов, много общеизвестной информации. Я позволил себе подготовить для вас небольшую подборку... — Взгляд зама по общим воросам упал на листок, лежащий на столе. — Кстати, мы установили автора этого пасквиля. Это написала не она, а некий московский поэтишка... Прикажете принять меры?

Бароев гадливо отмахнулся, словно от назойливой мухи.

— Много чести, Аллах ему судья... А подборку свою тащите, ознакомлюсь...

Как он и предполагал, ничего серьезного двурушница не накопала. Да и не могла накопать, поскольку самая важная, самая конфиденциальная информация не доверялась ни компьютеру, ни бумаге. Она хранилась в головах нужных людей, в той мере, в какой каждому из них полагалось ею обладать. А все — все знали только двое: Магомед Бароев и всемогущий Аллах, милостивый и милосердный...

Однако, хотя собранный Айсет материал явно не тянул на то, чтобы, скажем, привлечь Бароева к суду, антирекламу родному дяде она делала мощную. Оперируя малозначительными фактами, а то и досужими домыслами, почерпнутыми, в основном, из публикаций западных журналистов и «специалистов по Кавказу» из числа окопавшихся за рубежом армян, грузин, осетин, — одним словом, христиан-гяуров, — она выстраивала весьма убедительный в своей неприглядности портрет лицемерного и циничного дельца, на словах ратующего за свободу и процветание Чечни, а на деле ради наживы стравливающего между собой русский и чеченский народы.

Айсет писала:

«Эти люди называют себя поборниками истинной веры, защитниками Ислама. Но не Аллаху поклоняются они, а золотому тельцу, принося на алтарь его человеческие жертвы. Они называют себя борцами за свободу и процветание Чечни. Но им не нужна свободная и процветающая Чечня, им нужен бесконечный кровавый хаос, ибо они — черные маги, владеющие секретом превращать человеческую кровь в золото...»

Да, неплохо их там учат... в London School of Economics...

Жаль...

Глава 16

Последний дом в деревне одинок,
Как будто он последний в мире дом.

Дорога в ночь ушла, и даже днем
Вернуть назад ее никто не смог.

Деревня — это только переход
Меж двух миров, там время не течет,
И многие пытаются уйти.

И потому скитается народ
Или безвестно гибнет на пути.

Райнер Мария Рильке

Первый день в телячьем вагоне стоял непрекращающийся женский вой. Никто не разговаривал, только кричали и плакали. Айшат скоро поняла, что зря горевала — ее отцу, старику Магомеду, повезло. Он погиб в родном доме, а не сдох, как собака, в темной тесной конуре, валяясь в нечистотах.

Когда в аул пришли русские, Магомед Мидоев сел на пол посреди комнаты, жилистые, сухие руки положил на колени. Полный человек в штатском кричал, что у него остается пять минут на сборы, что не подчинившихся приказу ждет немедленный расстрел. Но старик Мидоев отвечал только одной фразой:

— Эрсий мотт цха сонам.

— Что он говорит? — спросил человек в штатском.

— «Я не понимаю по-русски», — перевела Айшат.

Она теребила отца за старую выцветшую черкеску, пыталась растолкать, поднять его на ноги. Подбегали ее племянники, внуки Магомеда, тянули старика за рукав. Но старик даже им отвечал одной единственной фразой:

— Эрсий мотт цха сонам.

Семью Мидоевых вывели с вещами на заснеженный двор. Человек в штатском зашел обратно в дом, раздался выстрел, и человек тут же выскочил на улицу, словно испугавшись громкого звука. С соседнего двора тут же прибежал офицер в сопровождении солдата.

— Что случилось? — спросил он на ходу.

— Сопротивление, — спокойно ответил штатский и махнул устало рукой.

— Ясно. А у нас инвалид войны оказался, — решил немного поболтать офицер. — Контузию, говорит, получил под Орлом, комиссован вчистую. Кричал, ругался, медали показывал.

— Всех, всех... В приказе сказано все четко. Если мы начнем сейчас вдаваться в подробности, сорвем операцию. Их даже с фронта высылают, а уж отсюда... Всех, всех!

— Так он застрелился, инвалид тот...

Айшат теперь уже понимала свою наивность, когда она показывала этому человеку новенький комсомольский билет, называла имя жениха. С таким же успехом можно было уговаривать винтовку не стрелять, упрашивать ее не бить бойком по капсюлю, не выталкивать пулю из ствола. Айшат понимала, что ее семью тащит и крутит гигантская машина, которая куда мощнее, чем этот паровоз, тянущий вереницу телячьих вагонов с людьми куда-то на восток.

Но самого главного она не понимала: почему и за что? Теперь последние слова отца звучали для нее по-другому. Ведь старик Мидоев говорил по-русски совсем неплохо, даже немного читал и писал. Но он так же не понимал, что с ними делают русские, по какой причине их гонят, как скот, в чужие края.

— Эрсий мотт цха сонам, — повторила вслух Айшат слова отца, но не услышала своего голоса, потому что рядом голосили ее мать, сестра, соседка слева, соседка справа...

Женщины щедро поливали дощатый пол и перепрелую солому слезами, не догадываясь, что скоро каждая капля влаги будет для них драгоценнее жемчуга. Они успели взять с собой какие-то вещи, еду, но никто не догадался, что надо было брать с собой обыкновенную воду.

Теперь женщины ревели только после молитвы. Продолжали плакать только грудные дети, но их едва было слышно за стуком колес. Но на остановках вагоны начинали стонать в один голос, прося пить. Этот общий голос был робкий и безнадежный. Он гудел почему-то по-чеченски, словно боялся всего русского, в том числе и русских слов.

Только один голос выделялся из всех.

— Дайте пить! Немедленно дайте людям воды! — кричала Маша Саадаева, поднимая лицо к маленькому зарешеченному окошку под потолком, громче, чем на митинге, посвященном разгрому немецких войск под Сталинградом. — Здесь старики и дети! Принесите воды! Палачи! Садисты! Фашисты...

Последние слова, видимо, нашли адресата. Раздался выстрел, пуля расщепила краешек окошка, и на Машу посыпались мелкие щепки. Женщины закричали на Саадаеву, чтобы она замолчала, и стали опять тянуть свою заунывную песню о воде, неизвестно к кому обращаясь.

С каждым днем становилось все холоднее. Причем Айшат было странным образом душно и холодно одновременно. Теснота была такая, что каждое свое движение нужно было согласовывать с другими людьми. И еще она, в отличие от окружающих, никак не могла привыкнуть к смраду, висевшему в вагоне, не выталкиваемом наружу ни усиливающимся морозом, ни ветром.

С Машей Саадаевой они почти не разговаривали, хотя сидели рядышком, прислонившись друг другу то боком, то спиной, чтобы было потеплее. После этого выстрела Маша все о чем-то размышляла про себя, будто впала в оцепенение. Айшат никогда не видела ее такою. Саадаева обычно и минуты не могла посидеть с закрытым ртом. Может, она заболела?

На четвертый день пути в их вагоне умерли старуха и маленькая девочка. Тогда впервые открыли вагон где-то в открытой степи. Мария, Айшат и еще две молодые чеченки вытащили трупы и положили их тут же в снег. Потом они стали быстро набивать снегом сухие рты и заранее захваченные ведра и кувшины. У других вагонов мужчины и женщины делали то же самое — вытаскивали трупы и собирали снег.

Когда они растапливали собственными телами снег в кружках, спрятав их под одежду, Маша вдруг впервые со дня выселения заговорила с Айшат. Чеченка слушала ее и не узнавала своего комсомольского вожака, свою подругу.

— Я эти дни много думала, — говорила Саадаева хрипловатым голосом, непроизвольно попадая в ритм перестука вагонных колес. — Никогда я, Айшат, столько не думала. Все было для меня готовое, все мысли, вся политика разложены по полочкам. Так все было просто и понятно. Мне даже было удивительно, почему люди всего мира, немцы, американцы, японцы, не хотят понять этой простой вещи. Ведь можно так хорошо поселиться на Земле, в мире и согласии, без бедных и богатых. Понимаешь меня?..

Тут вагон подпрыгнул, и подруги стукнулись лбами. Но не засмеялись, как еще непременно бы сделали несколько дней назад, а даже этого не заметили.

— В первые дни вот в этом вагоне я все мучилась сознанием чудовищной ошибки и несправедливости, происшедшей с нами... со всем народом. Я заранее представляла, как будут судить и расстреливать врагов народа, которые смогли организовать такую страшную диверсию, подорвать самое святое в нашей стране — дружбу между братскими народами. Я так много раз за день представляла, как прокурор Вышинский зачитывает приговор, называет этих немецких и американских шпионов. Мне от этого становилось легче...

Маленький мальчик, брат Айшат, пролез между ними на четвереньках и попросил пить. Они достали из-под одежды теплые жестяные кружки и увидели, что от растаявшего снега осталось всего два глотка воды.

— А там, на этом полустанке, помнишь, в меня выстрелил часовой? Когда я просила воды и обозвала их фашистами? Я после этого выстрела не то что поумнела, а как-то все по-другому стала видеть...

9*

Маша вдруг наклонилась к уху Айшат и заговорила тихо, словно кто-то мог в этом аду на колесах их подслушать.

— Знаешь, мне показалось, что в меня стрелял сам... Сталин. Не пугайся, я не чокнулась. Хотя самое, может, время. Так мне показалось. Я словно видела, как он целится из винтовки, усами касается приклада. Я крикнула: «Фашисты!», а он выстрелил. Ты думаешь, что я сошла с ума? Скажи, Айшат, я не обижусь. Я бы сама так посчитала, расскажи мне кто такие фантазии. Сумасшедшим? Да я бы его самым главным врагом народа посчитала... Вот так! А теперь я тебе, подруга, скажу, что я кожей почувствовала, откуда прилетела ко мне эта пуля. Не знаю, как в Коране у вас, а когда-то бабка меня заставляла Святое писание вслух ей читать. Там про Бога сказано: ни один волос не упадет без его ведома. Так вот и Сталин. Ни одна пуля не летит без его ведома. Поняла я совершенно ясно, что Сталин все про нас знает. И про тебя, и про меня. И про смерть бабушки Амаевой и маленькой Алии. Даже о том он знает, что не похоронили их, а так бросили. Сталин знает даже, что у нас воды нет, а из кружки снега выходит два глотка. Он все рассчитал...

— Зачем?! — вскрикнула пораженная ее словами Айшат. — Зачем это ему надо?!

Словно подслушавший их разговор паровоз так пронзительно загудел, что обе девушки вздрогнули.

— А этого я тебе пока сказать не могу. Я сама это объяснить не могу. Но мне кажется, что в наших советских книгах ответа не найти. В уставе коммунистического союза молодежи искать тоже бесполезно...

— А где же его искать?

— Не могу я тебе сказать, Айшат. Почему-то боюсь я произносить это вслух.

— Перестань, Маша, кто может нас тут услышать? Что ты такое говоришь? Здесь одни умирающие старухи и ничего не понимающие дети. Скажи мне... Скажи, Манечка...

Казалось, паровоз пошел в разгон — колеса застучали учащенно. Или это только казалось? Когда же у Айшат так же быстро застучало сердечко, она услышала:

— Сталин — Антихрист...

Может, Маша Саадаева была права, что не хотела говорить Айшат эти слова, которые та не столько поняла, сколько почувствовала, — на следующий день у чеченки сделался сильный жар. Не дотрагиваясь рукой до ее лба, Маша чувствовала тепло, как от нагретой печки.

Айшат положили в самом углу на солому и еще какие-то тряпки. Днем она погружалась в тревожный сон, вздрагивала, металась, звала кого-то. А ночью лежала, глядя в потолок, слушая стук колес и хрипы в своей груди.

Старуха Эдиева, мать хромого Дуты, днем осмотрела Айшат и сказала, показав на живот девушки:

— Сурхаш...

Так по-чеченски называется красная сыпь. Это Маша поняла. Еще она поняла, пройдя когда-то перед войной краткосрочные курсы медсестер, что у ее подруги налицо явные симптомы брюшного тифа, те самые, которые Мария Саадаева аккуратно записывала в тетрадочку под номерами.

* * *

Картину «Девушка снимает чулок» Софи положила в ячейку камеры хранения на Белорусском вокзале. Потом позвонила Астрид по мобильному.

— Если хочешь получить картину назад, помоги мне спасти Ай.

Сперва Астрид хотела обратиться в милицию... Но потом вдруг испугалась.

Испугалась глубинного, не формального расследования, которое смогло бы высветить кое-что из ее личной жизни.

Да и потом, это как-то нехорошо. Одна женщина обворовала другую — из-за женщины... И все три — из Западной Европы, да все это в Москве! Нет, не все три, одна из них чеченка. Но зато какой скандал! Генерального представителя Си-би-эн-ньюс в России обворовали на любовной почве! И украли у нее объект фетишистского вожделения! Это скандал... На этом можно поломать себе карьеру. Что скажет толстый Джон Вулворд? Этот американец! Они там помешаны на культе добропорядочности и разнополой семьи...

Астрид подумала и решила не звонить в милицию. Чем она может помочь Софи-Катрин? Чем? А та — хороша! Какая у девочек любовь! Друг дружку лезут выручать...

Астрид решила, что может пригрозить Бароеву оглаской по телеканалу «Уорлд Ньюс». Держит племянницу в заложниках!

Нет — не годится... Это слабо...

Можно поторговаться с ним. Пригрозить, что она пустит в эфир фильм о московской диаспоре чеченцев, об их грязной роли в криминальном бизнесе... И подробно о семье Бароевых. Может, и удастся сторговаться — она ничего не делает, он отпускает племянницу, а Софи-Катрин отдает ей картину. Всего и дел! Самое-то главное, что ей и взаправду ничего не надо делать — только предложить мену...

Равноценную.

Договорились встретиться с Бароевым на нейтральной территории. В нижнем баре «Международного торгового центра». Хотя, ходили слухи, что это тоже территория семьи Бароевых. Но в такой паранойе можно дойти до абсурда. И свою квартиру на Чистых прудах тоже начать полагать нечистой. Раньше, в СССР, боялись КГБ, теперь в капиталистической России боятся мафии... Интеллигенция всегда чего-то боится. Особенно западная.

Астрид еще застала, как они маленькими школьницами в Вене ходили на демонстрации, сегодня на антиамериканскую — «долой «першинги» из Европы!», а завтра — на антисоветскую — «долой русские ракеты СС-20!»...

Бароев был точен.

Холодно кивнул ей, зырком глаз на почтительное расстояние отогнал телохранителей, присел, не сняв своей каракулевой шапки...

— Я хочу выразить вам свою озабоченность по поводу моей бывшей сотрудницы, — начала Астрид.

— С Айсет все в порядке, — как отрезал, сказал Бароев, — она дома среди родных.

— Дело в том, что озаботиться может все западное общество, — мягко и вкрадчиво возразила Астрид. — У нас с вами разные представления о свободе, и домашний арест, принудительное заточение Айсет, на Западе будет зачтено не в пользу вашему имиджу, вы понимаете?

Бароев молчал, угрюмо глядя ей в лицо. Астрид занервничала.

— Поймите, была бы Айсет простой чеченской девушкой, тогда ладно, но она училась в Европе, имеет много друзей в свободном мире, и наконец — она работала на американском телеканале, а американская общественность не останется безучастной, когда дело касается личной свободы, будет скандал...

Бароев неожиданно заговорил на восточный манер:

— Зачем такие нехорошие слова, уважаемая? Скандал, имидж, заточение... Айсет важную работу делала. Уже все сделала, совсем немножко осталось...

— И как скоро мы сможем ее увидеть?

— Увидеть? Дня через три, я так думаю.

Бароев широко улыбнулся, и вот тут-то Астрид сделалось по-настоящему страшно.

Глава 17

...Я мог позвать, рукою шевельнуть.
Но тень моя могла ль тебя вернуть?
Хотел, чтоб ты ушла, чтоб не ушла.
Но мысль дойти до слуха не могла.
Я сделал знак — вернуть тебя с пути.
Ушла? А почему бы не уйти?

Тудор Аргези

В гостиной дома Саадаевых на столе горела керосиновая лампа. За столом на том же самом месте, как тогда, в сорок втором, сидел Евгений Горелов, теперь капитан войск НКВД. Только табурет напротив него был пуст. Весь дом был пуст.

За окном орали недоенные коровы, скулил недострелянный пес. Слышны были голоса солдат, занимавших пустые дома для постоя. Теперь им надо было, предотвратив случаи возможного мародерства, в том числе собственного, дождаться русских переселенцев.

Горелов чувствовал себя дураком. Дураком, потому что не смог убедить Машу. Ведь прекрасно видел, в каком она была состоянии. В таком состоянии человек может броситься с гранатой под танк или закрыть телом амбразуру дота. Надо было отвлечь ее, успокоить, а потом уже объяснять, доказывать, запугивать.

Как ее можно было успокоить? Да так, как мужчины веками успокаивали женщин. Она же сама упала в постель. Надо было только... Дурак! Дважды Дурак Советского Союза капитан Горелов!

Евгений вдруг отчетливо представил Машино белое тело, и у него даже скулы свело от досады. Чуть не упала керосиновая лампа, задетая высокой командирской шапкой. Горелов в сердцах швырнул ее в угол и с новым приступом боли увидел, что шапка упала на ту самую лежанку, на которой ждала его Маша.

А если это была обычная женская игра? От него ждали решительных мужских действий? Тогда он — не только дурак, но и предатель. Он отдал любимую женщину Системе, и та спокойно ее скушала, как скушала уже тысячи и тысячи и еще столько скушает при таких аппетитах, дай Бог ей здоровья.

Все складывалось так прекрасно. В сорок втором ему дико повезло. Выполняя одно, в общемто, рядовое задание командования в горах, он уничтожил группу немецких диверсантов, так сказать, походя. В горы он уходил зеленым лейтенантиком, а спускался с гор героем, блестящим офицером, перспективным оперативником. К тому же возвращался он по уши влюбленным.

Тогда ему казалось, что он просто влюблен в жизнь, во всех молодых и симпатичных женщин. Например, в радистку отряда Ксюшу Лычко. Но прошло какое-то время, и Евгений Горелов понял, что влюблен он только в Машу Саадаеву, только в нее одну.

Он получал очередные звания, награды, надежно и аккуратно выполнял свою работу, но уже чувствовал, что все непременно скатится назад, даже еще ниже, на самое дно. Вся его рабочая суета только отдаляла неотвратимый конец всего — карьеры, благополучия... О чем там еще мечталось в той жизни?

Любовь к жене врага народа. Не субтильного профессора — «американо-японского шпиона», а самого натурального матерого диверсанта, который проходил подготовку в учебно-тренировочном лагере Абвера. Все последствия этого Евгений Горелов понимал, как никто другой, но ничего не мог с собой поделать.

Перед глазами стояла сцена, как он спасает Машу Саадаеву, когда враг будет безжалостно уничтожаться. Как среди огня и пожарища появится он на белом коне... Тьфу, нечисть! Опять этот белый конь! Интересно, куда он все-таки делся? Сожрали, наверное, его дикие звери? Или этот хромой чечен его нашел?

Погоди, капитан Горелов, все тебе припомнят, и этого белого коня — козырную карту вражеской пропаганды на Северном Кавказе, которую ты упустил, — тебе тоже припомнят, подошьют к делу.

Дверь хлопнула, и капитан Горелов впервые в жизни испугался этого звука. Человек топтался в тамбуре, не решаясь войти.

— Товарищ капитан, вы здесь? — услышал он голос связистки Ксюши Лычко. — Разрешите войти?

— Заходи, раз пришла, — отозвался Горелов.

Ксюша бойко протопала через комнату и села за стол напротив него. Горелов поднял голову и посмотрел на девушку. Но чуда не произошло. Курносое лицо, светлые брови. Ксюша Лычко, верный товарищ, его постоянный опекун, правая рука, палочка-выручалочка... Все на свете, все легкое, хорошее, веселое, но только не эта горькая, отчаянная, несуразная, несвоевременная любовь, которая взяла вот за глотку и не отпускает никак.

— Я по делу, товарищ капитан, — осторожно сказала Ксюша, заглядывая в глаза командиру.

— А без дела к боевому товарищу ты зайти не можешь?

— Хорошо бы, если бы так, как вы говорите. Я бы и без дела могла, и как хотите, товарищ капитан, — с неожиданным вызовом сказала Ксюша.

— Ого! Это что-то новенькое! Ну-ну, слушаю тебя.

— Я точно по делу...

— По делу... Я как раз думал по поводу моего дела. Интуиция, видно, еще работает у товарища капитана... Что ты все заглядываешь? Думаешь, что я пьян? Нет, Ксюша, трезвее не бывает. Говори, не дрейфь!

Ксюша наморщила свой задорный носик, отчего стала слишком потешной для серьезного разговора, но все-таки выдохнула разом:

— Вас на рассвете арестуют!

Она думала, что Горелов удивится, вскочит, схватится за оружие, но он только хмыкнул:

— Быстро! Все-таки хорошо мы работаем. Одно слово — Система! Если бы вся армия так, давно бы немца выгнали. Откуда знаешь?

Ксюша опустила глаза, наверное, полагая, что демонстрирует этим красивую печаль. На самом деле опущенные белесые ресницы ничего не прибавили к ее обычному выражению лица.

— Меня допрашивал майор Бондаренко, и я слышала, как он распорядился.

— А-а-а, — лениво протянул Горелов, — тогда понятно. Мы тут с ним немного поспорили перед операцией. Я его даже кем-то обозвал. Ты не слышала, кем я его обозвал? Или чем? Вспомнил! Ушастым ежиком. Ты обращала внимание, как он топочет? Ежик настоящий! А уши какие!..

— Товарищ капитан, вы что — не понимаете? Вас через четыре часа придут арестовывать, а может, и раньше. Надо же что-то делать...

— А что тут делать? Вон целые народы арестовывают, а я — мелочь пузатая, — и вдруг, резко выйдя из расслабленно-равнодушного состояния, неожиданно спросил: — Что сболтнула про меня, тварь?! Ну, говори, сука!

Ксюша даже подпрыгнула на стуле и тут же, закрыв лицо ладошками, разревелась по-детски.

— Простите меня, товарищ капитан! Я все ему рассказала. Как мы эту Саадаеву в лесу встретили, как вы ей тогда ночью про секретную операцию рассказали. Чеченцам, мол, теперь опасно, надо ей уходить. И как вы в любви ей признавались, я тоже рассказала...

— А я думал, что ты тогда меда наелась и спала! — совсем буднично рассмеялся Горелов. — А ты, выходит, службу несла, информацию собирала и стучала...

— Я плакала тогда, товарищ капитан.

— Почему?

— Вы же этой жене врага народа в любви признавались, а я вас сама любила, — опять заревела Ксюша, едва успев утереть курносый нос. — Я и теперь вас люблю.

— Так я же, товарищ младший сержант, сам теперь враг народа. Тифозную вошь, если она не сдается... Что с ней делают? А вы, выходит, меня спасаете. Так?

— Так. Сама предала, а теперь спасаю, — Ксюша громко высморкалась в маленький, как все у нее, платочек.

В глазах Горелова сверкнул бесовский огонек.

— Ну, Ксюша, раз такое дело, спасай своего любимого!

— А как? — уставилась на него девушка удивленно.

— Как! Раздевайся!

— Как раздеваться?!

— Ты же спасать меня собралась? Я тебя правильно понял? Говоришь, спасать буду, а сама — в кусты? Раздевайся!

— Полностью?

— А ты как думаешь? Разве меня можно спасти наполовину?

Девушка, еще до конца не понимая, чего от нее хотят, но женским нутром чувствуя, что наступает ее пусть не час, так хотя бы минутка, встала с табуретки. Набираясь смелости, тряхнула головой, точно приглашала капитан Горелова на танец, положила на стол ремень и стала расстегивать шинель...

— Все. Достаточно, — остановил ее Горелов. — Уже спасла.

Ксюша растерянно опустила руки, но вдруг бросилась к нему, обхватила его за сильную шею.

— Я же все для тебя, Женя, — заговорила она, тычась в него губами. — Я же так тебя люблю! Возьми меня! Возьми меня...

— С собой? — устало спросил Горелов.

— Как с собой? — не поняла Ксюша. — Я не в том... Я это имела...

— А! Ты в том смысле! Ладно, Ксюша, спасибо тебе, — он поднялся, прошел мимо застывшей в центре комнаты девушки, взял шапку, дотронулся зачем-то рукой до кровати. — Холодная... Спасибо тебе, Ксюша. Спасла так спасла! Скоро рассвет, а мне еще следы заметать. Как думаешь, полезет ушастый ежик за мной в горы? Я вот думаю, что не полезет. Так что давай прощаться, по-военному — на скорую руку.

—А как же я, Женя? Как же я без тебя?

— Ксюша! Я теперь кто? Враг народа. Зачем мне в горах радиостанция? Вражеские голоса слушать?..

Он поднимался вверх по склону. Голенища сапог загребали снег, а деревья сыпали хлопья ему за шиворот. Евгений Горелов не стряхивал их, а шел себе и шел, почему-то радостно дожидаясь, когда снег растает и скользнет глубже. Хоть такое легкое наказание за то, что обидел курносую девчонку.

Что она еще сказала ему на прощанье? Да, что аул Дойзал-юрт заселять русскими переселенцами не будут. Такой пришел приказ. Не будут так не будут. Зачем она ему это сказала? Чтобы он потом вернулся, когда войска НКВД уйдут, и пожил еще в нормальном доме, а не замерзал бы где-нибудь в горных лесах, под кустом. Какая теперь разница?

На заснеженной полянке он остановился. Вот и все. У него больше не было наград, звания, стажа, дела, друзей, близких, любимых женщин, у него не было больше Родины. Горелов приложил ладони ко рту и издал какой-то странный вой не вой, крик не крик. Для волчьего слишком высоковат. Может, это крик шакала?

* * *

Ранним утром, когда Айсет еще спала, приехали Зелимхан со своим братом Султаном. Айсет проснулась от скрипа открываемых ворот — это мужчины загоняли во двор большой зеленый «Рейндж-ровер».

Айсет проснулась и долго лежала с открытыми глазами, глядя, как по потолку бегают солнечные блики. Она лежала и думала, что приезд гонцов от дяди означает крутые перемены в ее судьбе.

В дверь постучали. Это была тетя Алия.

— Айсет, вставай, мужчины хотят с тобой говорить, спустись вниз...

Айсет поднялась с постели.

Стянула через голову полотняную «роб де нюи», надела трусики, на вытянутых руках разглядела свои джинсы — единственное, что удалось отвоевать от западной цивилизации...

Последовательно, левой, а потом и правой ногами влезла в американский коттон... Лифчик, кофточка, платок на голову, еще один платок на талию, поверх джинсов...

Все! Восточная женщина выходит на мужскую половину! Ловите!

Братья сидели возле телевизора.

— Ты молилась ли? — спросил Зелимхан.

Айсет молча кивнула.

— Нужно молиться пять раз в день, — назидательно продолжил Зелимхан, не отрывая глаз от экрана.

Айсет-то знала, что в советское время Зелимхан учился в Высшем военно-политическом училище строительных войск в Симферополе, то есть, готовился к карьере замполита в стройбат... Не успел — перестройка началась, потом приватизация, потом первая Чеченская война... Вот он, замполит, теперь ей и читает политинформацию о том, сколько раз на дню правоверная мусульманка должна становиться на колени лицом к Мекке.

— Собирайся, сейчас чаю попьем, да и поедем, — подытожил Зелимхан.

— Куда? — спросила Айсет, едва сдерживая волнение.

Она уж знала ответ. После того как дядины прихвостни покопались в ее компьютере, они, конечно же, ознакомили босса с его содержимым, и боссу оно едва ли понравилось, и теперь он послал за ней, чтобы учинить серьезную разборку... Что ж, она готова. Готова к большому, очень неприятному разговору. Она все ему выскажет, все-все. Что он, в конце концов, с ней сделает? Проклянет, откажет от дома, лишит отцовского наследства? Да пусть забирает все, до последней копеечки, ей ничего не надо. Она вернется в Лондон, найдет какую-нибудь работу. Ее студенческая виза действительна еще полтора года, а за это время что-нибудь образуется... Ну, не убьет же ее родной дядя?.. А если убьет? Может, у них, у дикарей, женское ослушание карается смертью, даже если эта женщина — родная племянница?.. Ну и пусть убивает, лучше смерть, чем такая жизнь — в страхе и принуждении...

— Там увидишь, — уклончиво ответил Зелимхан. — В общем, дядя велел перевезти тебя в новый офис нашего информационного отделения «Кавказ-центр».

— И все же, куда? В Москву? — надтреснутым голосом спросила Айсет.

— В Париж! — передразнил ее Султан. — В Лондон сейчас тебя на машине отвезем...

Айсет позвала Эльзу, чтобы та помогла ей собраться. Улучив минутку, она достала заложенный между страницами толстого домашнего Корана конверт и показала девочке.

— Запомни, где лежит. Если со мной что-нибудь случится, достанешь его и отправишь по почте...

Глаза Эльзы округлились.

— Ой! — Служанка прикрыла рот ладошкой, горячо зашептала: — Что говоришь, госпожа? Что случится?

— Скорей всего, ничего не случится. — Айсет ободряюще улыбнулась. — Но если вдруг... Адрес там написан. Запомнила?

— Запомнила, госпожа...

Девочка часто-часто заморгала и вдруг порывисто обняла Айсет.

— Все хорошо, все хорошо будет... — Айсет погладила Эльзу по головке. — Все, ступай. И никому ни слова...

— Никому...

Наверное, Зелимхан с Султаном подсыпали что-то ей в чай, потому что, несмотря на взвинченное, лихорадочное состояние, в машине она уснула.

И ей приснились высокие, широко раскрытые каменные ворота, за которыми как на ладони виден был горный склон, усеянный маленькими домиками с двухскатными крышами, ослепительно сверкающими на солнце.

«Малхиста», — вспомнила Айсет.

От каменного столба ворот отделилась высокая фигура в бурке и папахе и двинулась ей навстречу.

«Здравствуй, дочка», — тихо и печально проговорил темноликий джигит голосом Доку Бароева.

«Здравствуй, папа...»

«Я ждал тебя... Но не ждал так скоро...»

«Мы теперь всегда будем вместе?»

«Только до ворот. Дальше ты пойдешь одна».

«А ты? Ворота открыты, войти может каждый».

«Но не я. Слишком много грехов... А ты иди — и не бойся ничего. Там хорошо. Там Свет».

«Я останусь с тобой».

«Нельзя. А там ты встретишь маму. Поклонись ей от меня... Может быть, когда-нибудь и я буду с вами. Замолви за меня словечко. Малхи прислушаются к чистой душе...»

«А моя душа — чистая?»

«Как горный родник...»

Отец взял ее за руку, и они медленно, молча пошли к воротам...

Ее убили на сороковом километре федеральной дороги А-140...

Всего три километра не доезжая до станицы Калашниковская. Как только проехали последний блокпост и как только выехали из Чечни... Чтобы это было в России, как велел дядя... В расстрелянной машине, рядом с мертвой Айсет, оставили труп водителя и еще одного — из местных, того, что сотрудничал с кадыровской милицией. А рядом с Айсет положили сумку с видеокассетами.

Глава 18

Да, меня влекут вершины гор,
Каждый выступ их остроконечный.
Пусть во мне тоска, разлад, раздор, —
Вверх стремлюсь, всему наперекор...

...Пусть порой бывает невтерпеж:
Синий мрак, где Путь мерцает Млечный,
Так на цель заветную похож, —
И спешишь, срываешься, ползешь...
В этом — жизнь, и это любишь вечно.

Тевфик Фикрет

Перед председателем армейской фильтрационной комиссии Мурадымовым лежал приказ начальника войск НКВД третьего Украинского фронта.
Мурадымову приказывалось «...всех карачаевцев,
чеченцев, ингушей и балкарцев направить в распоряжение отделов спецпоселенцев НКВД Казах-
ской ССР в Алма-Ату». За те несколько дней, когда комиссия развернула активную работу по выяв-
лению представителей этих национальностей во
фронтовых частях, председатель стал специалис-
том, как сам он себя почему-то называл, антропо-
логом. Ему казалось, что он уже запросто угады-

вает по чертам лица национальную принадлежность очередного горца.

Вот и сегодня, посмотрев на этого высокого, статного старшину, он тут же отнес его к четвертой группе, то есть к балкарцам. Надо сказать, что, от нечего делать, он вел свою собственную статистику и отмечал цифрами представителей этих народностей, которых отсылал по назначению. Пока больше всего было чеченцев, хотя Мурадымов загадал на балкарцев. Если этих самых балкарцев окажется больше других, то весной он получит очередное звание, и вообще все в его жизни будет хорошо.

Поэтому этот горец ему сразу понравился.

— Где его документы? — спросил он сопровождающего, но, не заглядывая в них, спросил для самопроверки: — Балкарец, конечно?

— Чеченец, — ответил статный горец.

Настроение у председателя сразу испортилось. Еще один чеченец! Тринадцатый чеченец! И число еще такое несчастливое. Что за народ эти балкарцы? Что-то их маловато на этом участке фронта. Всего-то два человека. Нет, не видать ему весной очередного звания. И все из-за проклятых чеченцев! Что тут с ним разговаривать!

— Старшина, вы отправляетесь в распоряжение отдела НКВД по Казахстану. Пока будете находиться в спецприемнике, ждать, когда сформируется ваша команда и придет соответствующее распоряжение. Все...

— Как все? — изумился чеченец. — Товарищ майор, я — разведчик, я воевал, я столько раз ходил за линию фронта...

Нет, балкарец так бы не вел себя, и карачаевец, наверное, тоже.

— Старшина, я все понимаю. Все воевали, все ходили за линию фронта... Ты — военный человек. А приказы... что?.: не обсуждаются. Свободен...

— Товарищ майор, — не унимался чеченец, — меня зовут Салман Бейбулатов...

Какие все-таки эти чечены навязчивые!

— Ну и что?

— Я же — Герой Советского Союза.

— Брось трепаться, старшина, в твоих документах ничего такого нет. Ордена, медали вижу. Герой! Да! Но не Советского Союза. Так что при всем моем к тебе уважении... Печать и подпись я поставил. Шагом марш!

— Я не шучу, — твердо сказал чеченец. — Слушай, разве такими вещами шутят? Я — Салман Бейбулатов, Герой Советского Союза. Клянусь тебе...

Может, и вправду какая-то неувязка? А насчет Героев Советского Союза никаких распоряжений Мурадымов не получал. Как бы не вляпаться впопыхах.

— Когда же ты Героя получил?

— Два дня назад...Только еще не получил. Командир только сказал. Понимаешь, майор. Убили моего командира бандеровцы.

— Ладно, старшина. Не переживай. Еще раз проверим. Пока отдохнешь тут у нас, отоспишься.

И закрутилась прифронтовая бюрократия. Зазвенели телефоны в штабах, помчались связные, зашуршали папками чиновники в погонах. Салман Бейбулатов? Представлен к Герою, все совершенно правильно. Начальник политотдела фронта поехал с проверкой по частям, заодно и Звезду повез в коробочке. Сам решил вручить, лично. Даже шутку уже заготовил, спеть решил:

> Бейбулат удалой,
> Бедна сакля твоя.

Золотою Звездой
Награжу я тебя...

Он у нас вообще остряк. Слышали, как он на последнем банкете по случаю освобождения... Что? Чеченец? А в штабе думали, что он — дагестанец или черкес какой-нибудь. Да и не думали почти. Такое дело провернул! Целую школу Абвера в документах из разведки притащил! Когда такое было? Может, приостановить вручение? Так начальник политотдела фронта уже в пути. А где Бейбулатов? Высылать? Вообще всех чеченцев приказано без исключения. Ничего себе казус!

Только на мгновение сбилась бюрократическая машина. Что-то в ней щелкнуло, хрустнуло. Но тут же выправилась она, опять сцепились шестеренки. Застучало, зазвонило, зашуршало... Решили Бейбулатова отправить назад, по месту службы, чтобы вручить ему высокую награду. А потом рассмотреть его дело отдельно.

Председатель фильтрационной комиссии НКВД майор Мурадымов переправил «тринадцать» на «двенадцать» и задумался. Не понимал он, о чем там наверху думали. Дают этим националам бронь — отсылают их с фронта в Среднюю Азию дыни кушать, сладкие, сочные, ароматные... Эх! Вот он бы их так не отпустил. Собрал бы всех в одну «Дикую дивизию», дал бы им кинжалы, которые они так любят, и послал бы эту орду фронт прорывать. Сзади поставить заградотряд. И все решение национальной проблемы! Ну, а если кому повезет, в живых останется, тогда можно и в Казахстан. Четвертый год войны идет, а кадры мы ценить так и не научились.

— Ну, рядовой, ты, конечно, чеченец? — спросил Мурадымов очередного доставленного ему кадра. — Нет? Балкарец?.. Это хорошо, что ты — бал-

карец. Случайно, не Герой Советского Союза?..
Не Герой? Молодец, солдат!..

А старшину Бейбулатова к месту вручения ему
Звезды Героя сопровождал автоматчик. Кто знает
этих чеченцев? Когда-то до революции они из всех
наград признавали только крест с джигитом на коне,
то есть Георгия Победоносца. Может, и сейчас ему
Золотая Звезда без надобности. Повесит ее барану
на курдюк, чтобы звякала.

Те из офицеров НКВД, кто сомневался в на-
дежности Бейбулатова и приставил к нему авто-
матчика, были правы. Только вот автоматчиков ему
в сопровождение надо было отрядить не менее взво-
да. А так ничего из этой затеи не получилось. Пар-
нишку этого нашли у дороги, придушенным, но не
до смерти, а до легкого обморока. Автомат же чеченец забрал, оставив взамен Золотую Звезду.

Салман Бейбулатов много раз ходил по тылам
врага, а теперь он совершал глубокий рейд по тылам наших войск. Разницы никакой не было, ведь
так же он опасался патрулей, милиции, вообще
людей в форме. Про себя разведчик отмечал, что
порядка в наших тылах было куда меньше, чем в
немецких, если вообще он тут был.

Перемещался Салман по ночам, особенно, когда
шел степями. Днем спал в лесах, в развалинах домов, в сожженных деревнях, разоренных колхозах.
Он видел крайнюю нищету и запустение, поселив-
шиеся на этих бескрайних и плодороднейших зем-
лях. Первое время привычка разведчика брала свое,
и Салман ловил себя на том, что хищно выслежива-
ет больших военных чинов. Приходилось одерги-
вать себя, напоминать, что задача у него теперь совсем другая, для разведчика его уровня простей-
шая, — дойти до родных мест, узнать, что там такое

происходит, помочь своей семье и возлюбленной невесте Айшат. Никого не надо резать, преследовать, душить, связывать, тащить на себе. Вот только надо добывать еду. Так много ли ему требуется?

Как-то раз Салман решил, что на этот раз ему нужно подкрепиться основательно. На одних мерзлых зернах, помороженной картошке долго не протянешь. Только в третьем селе услышал он петушиные крики. Здесь и полез под плетень по-пластунски, как под проволочные заграждения. Затаился, наблюдал, соображал. На войне как на войне. В доме никого, кроме толстой бабы-хохлушки. Собаки на дворе нет. Но домашнюю птицу баба каким-то чудом сохранила. И петух был, и курицы, вернее, одна курица.

В темноте подобрался к сараю. Нащупал деревянную заслонку. Потянул, дверь не поддалась. Сильнее — ни с места. Провел рукой сверху и снизу — никаких запоров не обнаружил. Разозлился... Что же это такое? Дивизионный разведчик! Столько часовых снял, патрулей уничтожил, а тут сарай не открыть. Дернул дверь на себя резко, с настроением. Дверь распахнулась, и тут на него полетели жерди, палки, какой-то хозяйственный крестьянский инвентарь на длинных ручках. Петух всполошился, а тут еще сверху что-то посыпалось. Хитра баба оказалась! Ловушку какую соорудила подручными средствами! Умнее Абвера!

А вот и сама она уже бежит с топором. А визжит так, как дырявая бочка, с самолета фрицами сброшенная. Внутри все переворачивается. Одной рукой Салман нащупал курицу, другой перехватил топор. Обнял бабу, с удивлением отметив, что руки его не сошлись на ее могучей спине, поцеловал ее крепко в губы и опрометью кинулся со двора в ночную тьму.

— Подожди, солдат! — услышал он за спиной бабий крик. — Может, столкуемся, так и петуха тогда заберешь!..

Грешен, чуть не вернулся. Но рисковать он сейчас не мог. Не та была цена. Не в петухе дело, да и не в бабе этой необъятной. На родину он шел, туда, где горы было не объять ни взглядом, ни мыслью. Он шел к той, стан которой мог охватить одними пальцами, но любовь к которой не мог измерить петухами или Золотыми Звездами.

Чем ближе он подходил к дому, тем меньше попадалось разоренных населенных пунктов. Салман обратил внимание, что селения кавказских народностей, как правило, стояли почти нетронутые войной.

Родные горы встретили его теплым и сухим ветром. Как верный пес, узнавший хозяина, вставший на задние лапы, ветер дохнул ему в лицо, узнал, заволновался. Воздушный поток усилился, пошел под горку, на радостях завалив в нескольких метрах от Бейбулатова сухое дерево. Снег таял прямо на глазах, и под утро на деревьях показались ранние почки. Но к вечеру пошел в контратаку влажный долинный ветер, как бы подгоняя путника вверх, в горы, поближе к родной долине, к домашнему очагу, отменяя мелкие победы ранней весны, вымораживая набухшие за два дня почки.

Салман шел длинной дорогой через горы. Вообще-то он был уже дома и просто переходил с одного лесного склона на другой, как из одной комнаты в другую. Правда, одно ущелье совсем рядом с родным аулом он не признал, то ли весенние оползни изменили лицо горного обрыва, то ли противолежащий слишком густо зарос за четыре года, но Салман даже свернул с тропы, чтобы спуститься в так изменившееся ущелье.

Нет, даже горы меняются. Все изменяется на свете. Все видимое меняет очертанья. На снегу Салман увидел аккуратную цепочку следов и, радуясь чему-то, пошел по звериной тропе. Он узнал маленькую когтистую лапу и вспомнил, как в детстве они с Дутой и Азизом караулили нору. Как на рассвете они задремали, а проснулись от дикого визга и шипения и бросились бежать без оглядки, так и не поняв, кто обратил их в позорное бегство.

Он узнал заросший обломок скалы, небольшое отверстие у самой земли. Из отверстия поднимался едва заметный парок. Кто-то дышал, маленький и теплый. Салман улыбнулся и присел на корточки неподалеку. Он готов был сидеть целые сутки, ждать неизвестно чего. Но по дыханию маленького существа он понял, что хозяин норы забеспокоился. Сейчас, сейчас он выскочит, маленький, когтистый, замечательно отважный.

И действительно, послышалось глухое ворчанье, и из норы выскочил дикий лесной кот. Был он в густой зимней шубе дымчатого цвета, лукавые глаза его расширились при виде большого и смелого противника. Кот тут же упал на спину и ударил по воздуху когтистой лапой. Чеченец молча любовался красивым животным. Ему нравилось это дикое существо, которое не надо было ласкать, трогать, убивать. Оно жило само по себе, по своим лесным законам. Никому не мешая жить...

Это было первое живое существо, которое увидел Салман на родине. Кот шипел и тянул к нему когтистую лапу... Ну, вот Салман и дома.

Дойзал-юрт, как и до войны, сбегал вниз по горному склону, чтобы остановиться над горной речкой, которая была дорогой в долину. Был светлый весенний день, но аул был безмолвен, как ночью. Собаки не лаяли, людей и животных было не видно и не слышно. Салман еще не вошел в аул, а ему было уже все понятно. Никого он там не найдет, всех уже давно увезли.

Он зашел в дом на краю села, где жили Саадаевы. Ведь у Азиза жена русская, может, ее не тронули? Никого. У Эдиевых тоже пусто. Везде одно и то же. Везде следы поспешного сбора, туши убитых животных, не освежеванных, с отрезанными как попало мясными кусками, разбросанная одежда, узлы с вещами, видимо, не разрешенными в дорогу, и застреленные собаки.

Перед тем, как войти в свой дом, Салман пошел на двор Мидоевых. Его тянуло в комнату Айшат, хотелось дотронуться хотя бы до ее вещей, может, подобрать ее платок. Подходя к дому, он будто бы увидел за закрытыми ставнями дрожащий свет. Может, какой-нибудь отблеск, отсвет? Это за закрытыми ставнями? Салман взял автомат на изготовку. Вспомнил скрипучую входную дверь в доме Мидоевых. Поэтому быстро рванул ее и, не теряя времени, ворвался в помещение. На ходу он почувствовал тепло отапливаемого помещения. Свет был в женской половине. Разведчик толкнул дверь ногой, сразу же отпрянул в сторону от предполагаемого выстрела, но с тайной надеждой в сердце увидеть великое чудо — сидящую у лампадки Айшат...

На него из угла испуганно смотрел человек в бурке. Лицо у него было совсем не чеченское и, что особенно удивительно, совсем не русское.

— Руки вверх! — приказал Салман, а увидев, что под упавшей буркой были лохмотья немецкой формы, добавил: — Хенде хох!

— Гитлер капут, — ответил тот с готовностью и даже радостью в голосе.

Немец действительно заулыбался, стал тыкать себе в грудь, а потом показывать на Салмана, что-то быстро заговорил, опять засмеялся. Сумасшедший?

— Плен, плен, — говорил немец. — Клаус Штайнер... Жить... Терек... Кавказ... Плен, плен...

И тут Салман узнал его. Лето сорок второго года. Жаркая, дымящаяся от зноя степь. Та самая мутная речка с камышами, где потом погибнет Азиз Саадаев. Развалившиеся на берегу горные стрелки. Мелькающий в руках верный кинжал. Перерезанные глотки. Срезанный с эмблемы цветок. Немецкий солдат, которого он тащил через камыши, через минное поле.

Как он сюда попал? Что он делает в доме его невесты? Что вообще происходит на этом свете?

— Плен, плен, — радостно твердил немец, словно птица. — Жить, жить...

* * *

Об Айсет ей сообщила Астрид. Позвонила ей на мобильный.

— Знаешь, — сказала она, — ты можешь оставить ту картину себе. Ведь я не выполнила своей части договора. Пусть картина напоминает тебе об Айсет...

Софи-Катрин поехала на вокзал, достала картину из ячейки камеры хранения, взяла такси и поехала на Чистые пруды.

Астрид открыла дверь и молча впустила гостью в квартиру.

Астрид была в черном. И в комнатах не светились вечным огнем привычные телеэкраны.

Они прошли в спальню. Астрид поставила картину на мольберт. Присели на краешек кровати. Выпили молча.

— Давай поедем к художнику, — первой нарушила молчание Астрид.

— Давай...

Модест Матвеевич был у себя в мастерской.

— Это муж Лики и мой друг, — отрекомендовала его Астрид.

— Я догадалась, — сказала Софи-Катрин без улыбки, протягивая руку Модесту Матвеевичу.

Догадаться было несложно — повсюду на полотнах была та девушка. Тоненькая девушка, что в спальне Астрид теперь вечно снимала свой белый ажурный чулок.

— Модест, — обратилась к художнику Астрид, — ты мог бы написать портрет по фотографии или даже лучше, по видеофильму?

— Портрет твоей подруги? — спросил художник.

— Портрет нашей подруги, — уточнила Астрид, — она погибла позавчера.

Модест молча подошел к бару. Достал бутылку виски и три стакана.

Софи-Катрин сидела согнувшись, подтянув коленки к самому подбородку. Астрид в прострации глядела куда-то в сторону.

— Оставьте кассеты и фото, — сказал Модест, — я погляжу...

Они тихонечко нализались в тот вечер, но каждый отправился спать в свою постель. И каждый, засыпая, думал о своем. О том, что не смог помочь, не смог защитить, спасти...

Модест думал о Лике.

Софи-Катрин думала об Айсет.

А Астрид думала о себе, вернее о том, что не смогла она спасти свою душу. Себя спасти.

Джон увидал репортаж из России, когда они с Мэгги собирали вещи, собираясь снова тронуться в путь.

— Мы показываем вам репортаж, подготовленный директором нашего московского отделения Астрид Грановски...

С экрана телевизора на Джона глядела Айсет.

— Московская редакция потеряла одного из своих лучших сотрудников, — говорил голос за кадром, — а лично я потеряла подругу, и как мне теперь кажется, лучшую подругу, потеря, которая в жизни уже никогда не восполнится...

С экрана на Джона глядела Айсет.

— Мы покажем сегодня ее фильм, тот ее фильм, который она не успела доснять, с кассетами которого ее так и нашли в расстрелянной бандитами автомашине на сороковом километре федеральной дороги А-140...

Джон молча присел на край кровати.

— Что? Опять в России кого-то убили? — крикнула из душа Мэгги.

— Помолчи, дура, — огызнулся Джон, доставая сигарету...

Из Шербура в Сен-Назер машину вела Мэгги. Джон сидел на заднем сиденье с ноутбуком на коленях и писал.

Он писал электронный мейл своему другу, который работал в офисе фирмы «Юнайтед Артистс».

«Боб, сделай мне одолжение, черт тебя дери, а то всегда по жизни одолжения тебе делал я. Мне нужно, чтоб это письмо ты передал сэру Реджи — Элтону Джону, и не отказывайся, я знаю, что в вашей конторе есть выходы на него непосредственно. И еще — заранее заклинаю тебя, не отдавай этого письма через секретарей, а то с тебя станется — скинешь с рук и думаешь, что помог старому приятелю. А письмо пропадет... Только лично Элтону, лично в руки! И не вздумай отлынивать, я тебя, старого педика, найду и мордой в писсуар засуну, ты меня знаешь!

А в остальном остаюсь по-прежнему твоим школьным другом, Джон...»

Далее шло письмо...

«Дорогой Сэр!

Я знаю Вашу занятость, но вместе с этим, зная и вашу сердечность и эмоциональную готовность к сочувствию, осмеливаюсь докучать Вам, дорогой Сэр, этим письмом, в котором сообщаю, что потерял друга. Вернее — подругу, хотя я и гей.

Вы, может, видели по телевизору репортаж из России, где показывали корреспондента московского отделения Си-би-эн-эн чеченскую девушку Айсет Бароеву.

Так получилось, так тесен мир, что благодаря этой девушке мне довелось в позапрошлом месяце побывать на Вашем, сэр Реджи, концерте в Петербурге, в Екатерининском дворце. И эта девушка тоже сидела в первом ряду, и может, Вы даже помните ее.

Теперь она погибла.

Ее убили, когда она снимала фильм о Чечне.

Дорогой сэр. Я понимаю, что мои невоспитанность и самоуверенная наглость, когда я обращаюсь к Вам, столь велики, что достойны самого строгого порицания. Но, дорогой сэр...

Не могли бы Вы увековечить имя этой девушки в музыке?

С чувством вины от того, что оторвал Вас от дел этим письмом, искренне уважающий Вас Джон Берни Хоуэлл».

Письмо Айсет до Софи-Катрин не дошло. А девочка Эльза исчезла из дома Бароевых, будто ее и не было никогда.

Глава 19

Любил я — не в пример другим — слова
Избитые. И эту рифму: кровь — любовь,
Одну из самых трудных и старинных.
Любил я правду, скрытую в глубинах,
В которой боль находит вновь и вновь,
Как в сне забытом, друга. Опасенья
Внушает правда сердцу до поры,
Но, с нею сблизившись, ее совету
Оно готово следовать во всем.
Люблю тебя. Люблю и карту эту,
Оставленную под конец игры.

Умберто Саба

— Хабар бар? Есть новости?
— Бар! Привезли откуда-то людей в вагонах. Живых и мертвых.
— Что за люди?
— Живут в горах, молятся Аллаху. Много людей.
— Ничего. Степь большая...
Из Саадаевых до Казахских степей доехала только Мария. Из Мидоевых выжили Сулима и два ее сына. И Айшат, младшая сестра. Но как выжила? Вынесли ее совершенно бесчувственную и положили около железнодорожного полотна на черный,

прокопченный снег. Но Айшат вдруг беспорядочно заговорила про горы, комсомол, белого коня. Тогда ее подняли и понесли дальше...

Кое-кому стены телячьего вагона показались хоть каким-то домом, каким-то убежищем, когда железнодорожный состав скрылся за бураном, махнув на прощанье снежным хвостом. Им велели идти, и они пошли от одного телеграфного столба к другому, неся детей и умирающих, поддерживая больных.

Через четыре столба степь уже окружила их, приняла их под свое снежное покровительство. Люди стали вглядываться вперед, но дальше нескольких темных столбов ничего не было видно из-за бурана. Через какое-то время люди стали прислоняться к очередному столбу, подходили следующие и прислонялись уже к первым. Так вокруг черных осевых лепился человеческий рой, затем редел, вытягивался, чтобы скучковаться у очередной опоры.

Кто бы им сказал, что сейчас, в самом начале весны, эти бескрайние снежные пространства сравнительно веселее, чем летом? Что пронзительный, ледяной и острый, как лезвие шашки, ветер — это еще что-то живое, заставляющее брести куда-то, искать чего-то лучшего, как-то суетиться? Кто бы им сказал, что летом здесь во все стороны света простирается сухая, желтая вечность и безнадежность?

Снежные бураны кочуют, заслоняют собой глухое пространство. Кажется, что за ними должны быть леса, горы, реки, озера... Но летом становится понятно, что ничего за ними нет, только голая почва с выступающей на дорогах солью. Даже вода здесь мертвая, такая же соленая, с фиолетовыми синяками по берегам, как вокруг больных, не выспавшихся глаз. Сухим и желтым летом становится понятно, что смерть наступает не тогда, когда человек идет и падает в снегах, поднимается на ноги и вновь сбивается на колени порывом ледяного ветра. Смерть приходит тогда, когда человеку становится все равно. А в соленой, выжженной степи — все равно. Смерть даже не приходит, она живет здесь же, в бесконечной пустоте. А снежный буран — это уже не пустота, это движение.

Всего этого они еще не осознавали, но страх приходит бессознательно. Какое-то время они стояли, повернувшись спиной к ветру и дрожа от холода и страха. Но живые души еще цеплялись за какие-то приметы жизни. Переселенцы очень обрадовались, когда увидели за снежной пеленой дерево. Значит, здесь растут растения, к ним приходят звери, прилетают птицы... Но кто бы им сказал, что это дерево было единственным на двое суток пути по степи летом и на четверо суток зимой? Что каким-то чудом где-то размыло солончак, какая-то щель в земной коре приняла семечко, упавшее с крыши проходящего мимо вагона? Оно проросло, развилось, и это уже было чудом. Это был уже рай для этих мест.

Да, здесь можно было увидеть и леса, и реки, и горы, но только увидеть. Увидеть перед тем, как все это вдруг приподнимется, накренится и растает в воздухе. Здесь можно было увидеть мечети и минареты Мекки, но прежде, чем с губ срывалось имя Всесильного и Всемогущего, миражи исчезали.

Так что же это за земля такая? Пусть аравийские пустыни с палящим солнцем, по которым кочевали пророк Мухамед и первые мусульмане. Они слышали об этом, им рассказывали предки, совершавшие паломничество в Мекку. Но почему тут же встречает их лютая зима, как в русских степях, где умирают заблудившиеся ямщики, засыпают навсегда водители в сломанных грузовиках, замерзают пьяные русские мужики и огромные армии чужеземных солдат? Почему эта земля проклята дважды? И почему их изгнали сюда из земного рая? Кто ответит? Кто отзовется? Из каких-то степных глубин, из нутра бескрайних степей, сквозь завывание вьюги им слышался непонятный, несмолкающий гул.

Жилье не встретило их дальними манящими огоньками, не заставило ускорить шаг запахом печного дыма. Оно выплыло из темноты темными стенами и глухими окнами, когда люди подошли почти вплотную. Здесь было несколько пустых домов и один длинный барак. Какой-то заброшенный городок, то ли геологов, то ли археологов. При упоминании геологов Маша Саадаева почему-то вздрогнула.

Люди решили не расставаться в первую ночь, поэтому все вместе, включая умирающих и больных, разместились в бараке. Еще не закрылась входная дверь, и вместе с людьми еще входил снежный ветер, но уже вспыхнул первый огонек, кто-то сказал что-то по-чеченски, ему ответили, еще кто-то заплакал. Но вспыхнул еще один огонек в другом конце барака. Жизнь опять начиналась...

Айшат положили в дальнем конце барака, отгородили от всех, как смогли, боялись к ней подходить. Только Маша Саадаева не боялась. Она поила подругу горячим кипятком, которого теперь было вдоволь, пробовала кормить ее жидким толокном.

На третий день Айшат вдруг открыла глаза, увидела Марию и заговорила быстро и убежденно:

— Маша, я видела горы. Там вдалеке есть горы. Я хочу туда пойти. Понимаешь? Мне надо туда. Скорее, пока есть немного сил.

Саадаева смотрела, как она ловит ртом воздух, на ее сухой, потрескавшийся язык с отпечатками зубов на самом кончике, и думала, что Айшат бредит.

— Лежи. Тебе надо лежать. Где ты могла увидеть горы? Здесь на тысячи километров одна степь. Вот пройдет снежный буран, ты поправишься. Тогда мы пойдем работать, нам дадут коней, и мы поедем искать твои любимые горы. Но это очень далеко Айшат, очень...

— Нет, Манечка, горы здесь рядом. Я их видела. Почему ты мне не веришь? Я должна идти.

Саадаевой пришлось почти силой удерживать Айшат. Хотя на большее, чем оторвать от лежанки голову, у Мидоевой сил не было. Тогда Айшат посмотрела на подругу необыкновенно огромными на исхудалом лице глазами и заплакала.

— Маша, я ведь умру, — сказала она спокойным тихим голосом. — Не спорь. У меня нет сил спорить. У меня осталось сил, может быть, на день или на два. Я не хочу умереть в чужих степях. Вот и все.

— А горы здесь разве не чужие?

— Нет, горы не чужие.

— Но где ты могла их видеть?

— Не знаю. Но я клянусь тебе, что горы есть там, вдали. До них можно дойти пешком. Только надо идти, Маша. Отпусти меня.

— Ну уж нет. Тогда пойдем вместе. Завтра с утра.

— Сейчас, Маша. Прямо сейчас. День для меня — слишком много...

Ушли они, ни с кем не прощаясь. У Айшат на это не было сил, и люди боялись ее болезни, от которой погибло в пути так много народа. Девушки шли, закутавшись поверх одежды в чеченские меховые бурки. Айшат — в бурке отца, Маша — свекра. Уже через несколько минут они оказались совершенно одни в пути, без тропы и ориентира.

Вокруг был только несущийся по степи снежный буран. Сначала они решили, что можно ориентироваться по направлению ветра, но скоро поняли, что он слишком обманчив и доверять ему нельзя.

Шли они медленно. Айшат если шла без опоры на Машу, часто останавливалась, чтобы, спрятав лицо под бурку, немного отдышаться. Чаще она ковыляла, поддерживаемая подругой.

Скоро пришлось делать привал. Саадаева соединила над головами две бурки — получилось слабое подобие палатки. Айшат ела снег и не могла наесться им. Потом она стала засыпать. Маша растолкала ее, и они пошли дальше.

К ночи буран стал стихать, но стало подмораживать. Еще пробегали по замерзшей земле последние обрывки ветра, а на небе уже высыпали звезды.

— Видишь? Там, вдали, — Маша показывала рукой на темную полосу над горизонтом, словно прочерченную толстой кисточкой.

— Неужели и правда?..

Когда-то в древней Греции была такая страна счастливых пастухов — Аркадия. Лежала эта плодородная земля на высоком плоскогорье. Со всех сторон она была окружена цепью неприступных гор, только узкая тропинка по реке Еврот вела туда. Но жителям Аркадии не стоило большого труда остановить на этой тропе целую армию, сбрасывая сверху на вражеских солдат огромные камни. В самой же счастливой Аркадии беспечно паслись тучные стада, звучали пастушьи свирели, девушки собирали с деревьев спелые плоды... Словом, это был райский уголок в горах Пелопоннеса.

Странно, что у казахов безлесное, безводное место называлось Аркой, почти Аркадией. «Арка» по-казахски — «пуп земли», хребет, тоже своеобразный рай, но понятный только степным кочевникам-скотоводам. Сопки в этом месте переходят в довольно высокие гранитные горы. Нет лучше места для зимовки скота, чем долины Арки. Ветер сдувает снег с гор, трава здесь легко доступна для животных, земля плодородная. Чем не греческая Аркадия среди бескрайних заснеженных степей?

Всего этого, конечно, Мария и Айшат знать не могли, но что-то тянуло больную девушку именно сюда. Может быть, воспоминания о родных горах? Или предсмертная мечта о рае?

— Нет, Маша, не такие здесь горы, как у нас, — говорила Айшат, когда они после частых и продолжительных привалов взобрались наконец на одну из них, самую крайнюю и невысокую. — Наши горы разные, у каждой свое собственное, неповторимое лицо. Здесь они все какие-то одинаковые, как буруны у Терека.

— Конечно. Степной ветер их всех уравнял за многие годы. Тебе, кажется, получше? Вот и хорошо! Не зря, значит, мы шли сюда. Только я все-таки не пойму, как и когда ты смогла увидеть эти горы?

— Не знаю. Я как-то их почувствовала, поверила... Не знаю. Теперь мне не так страшно умирать.

— Что ты такое говоришь, Айшат? Чтобы я больше этого не слышала! Таким молодцом ты шла сюда. Ты же почти поправилась. Чтобы никаких разговоров о смерти и болезни я больше от тебя не слышала!

Айшат только грустно улыбнулась.

— Ты посмотри, Айшат, отсюда долина хорошо видна. Как красиво! На небе светятся звезды, а внизу тоже красные огоньки. Только их гораздо меньше, но все равно — там люди. А вон и рядышком, под той горой, мигает красный глаз. Видишь? Подмигивает, приглашает... Обопрись на меня, сейчас спустимся, попросимся на ночлег.

К горе прилепилась небольшая юрта, похожая на перевернутую, треснутую чашку. У входа лежал верблюд и стояла кобылица. Айшат так им обрадовалась, словно это были родные ей люди. Верблюд равнодушно посмотрел на незнакомых женщин и продолжил что-то жевать, кобылица же мотнула головой и дунула теплыми ноздрями в руку Айшат.

В юрте горел огонь. Старик с маленьким лицом, в морщинах которого скрывались узкие глаза, кидал в огонь сухие шарики кизяка. Увидев гостей, он закивал головой и жестом пригласил их к огню. Он сказал что-то, но девушки из всех произнесенных слов поняли только имя Всемогущего.

— Берге, — старик поманил их поближе к очагу.

Девушки протянули к огню руки. Маша тут же почувствовала страшную усталость и слабость. Она увидела, что Айшат стала клониться набок, и вовремя подхватила подругу.

Старик что-то опять заговорил и зацокал языком. Он помог уложить Айшат, потом принес чашку с пшеницей, жаренной на сале, и кумыс. Айшат отказалась от пшеницы, которую старик называл бидай, но сделала несколько глотков кумыса.

Маша поразилась: откуда Айшат взяла силы, чтобы проделать такой тяжелый, казавшийся бессмысленным и безнадежным, путь? Ведь сейчас она была совершенно в таком же состоянии, когда ее вслед за трупами выносили из вагона в снежную степь. Девушка лежала, глядя вверх, в отверстие в юрте, через которое уходил дым, и, казалось, жизнь, как дым, уходит из нее в звездное небо.

Саадаева принесла снега, растопила его, положила на лоб Айшат мокрую тряпочку, которая тут же высыхала. Она смачивала ее опять, вливала в полураскрытый рот подруги кобылье молоко и с

У Терека два берега...

ужасом смотрела, как непроглоченная белая жидкость стекает по щеке.

Старик ни слова не говорил по-русски, он теперь вообще молчал, только кивал и смотрел на девушек. Но Мария была уверена, что он все понимает и, кивая, призывает ее смириться. Тогда Саадаева также села возле умирающей Айшат, поджав под себя ноги, и стала ждать.

Время отмерялось теперь кусочками кизяка, которые старик бросал в огонь. Когда он бросил в очаг пятый шарик, Айшат приподняла голову, сказала что-то по-чеченски. Маша разобрала только «Дукха дехийла шу», что значило «Живите долго». Потом, испугавшись, Айшат попыталась отстраниться от чего-то и затихла.

Стало так тихо, что Маша услышала, как за пологом юрты встал на ноги верблюд. Где-то в долине заржала лошадь. Наступало утро...

В степи встретить человека нелегко, знакомого человека — почти невозможно. Но Машу Саадаеву часто встречали люди в пути. От одного селения к другому ездила она на невысокой степной лошадке. Работала Маша Саадаева устным чеченским телеграфом.

— Хабар бар? — спрашивали ее по-казахски чеченцы. — Есть новости?

— Бар! — отвечала Маша. — Есть новости! Живы Мидоевы, живы Дакашевы... У Тугаевых родилась дочка. Назвали ее Айшат...

— Слава Всевышнему! А правду говорят, что в нашем ауле Дойзал-юрт живут русский, немец и чеченец?

— Нет, сказка, наверное...

— Да, наверное, сказка...

297

* * *

К декабрю, когда фирмы грамзаписи выбрасывают в продажу рождественские си-дишки, Элтон Джон выпустил новый сингл.

Песня сразу попала в чарты. И уже на второй неделе возглавляла британский хит-парад.

Песня была о девушке по имени Ай... «Friends Knew Her as Ie».

Дорогая Ай, — пел Элтон Джон, — дорогая Ай...

Ты летаешь, а мы не можем взлететь.

Ты видишь в черной ночи — а мы не видим даже днем...

Дорогая Ай, ты умеешь любить...

А мы не умеем, потому что у нас каменные сердца...

Но мы, твои друзья, мы надеемся, что там, на небе, ты будешь молиться за нас.

И однажды — мы взлетим...

Дядя Магомед скупил пять тысяч компакт-дисков с этой песней и распространял их в Чечне и в Ингушетии вместе с гуманитарной помощью.

Джон плакал, когда по радио передавали «Friends Knew Her as Ie».

Софи-Катрин, когда песня заставала ее в машине, счастливо глядела на небо и не вытирала слез.

Астрид ушла с поста директора московского отделения. Она вернулась в Австрию и вышла замуж за богатого пивовара.

В спальне у Софи-Катрин и в спальне у Астрид — висели две одинаковые картины.

Айсет в зеленом газовом платке... Айсет, состоящая из одних огромных глаз...

Глава 20

Безумец бежит по просторам божьим;
Вдали, за иссохшей, горестной степью,
За ржавым, за выжженным бездорожьем —
Ирис, нирвана, сон, благолепье.

Бегство от мерзости... Сумрак вселенский...
Плоть изможденная... Дух деревенский...

Душа, исковерканная и слепая,
В которой не горем сломлено что-то,
Мается, мучится, грех искупая, —
Черный. Чудовищный ум идиота.

Антонио Мачадо

Прошло полтора года с тех пор, как Дута Эдиев украл белого арабского скакуна и тут же потерял его. Тогда он пошел к шихам, но те послали его искать пропавшего бесследно коня. Дута провел зиму и встретил весну в горах. Не найдя коня, он пошел искать отшельника Атабая, который ушел от шихов, обвинив их в духовной измене.

Дута нашел его пещеру уже зимой по следам на снегу. Из самодельного лука он подстрелил улару — горную индейку, чтобы не идти к старику с пустыми руками. Перед узким входом в пещеру он положил свою добычу, встал на колени и стал ждать. Ждал он долго, пока солнце не стало заходить за Черные горы.

Тогда из пещеры вышел старый Атабай. Дута Эдиев с трудом узнал в иссохшем, в длинной паутине седых волос некогда крепкого старика Атабая.

— Ассалам алайкум, воккха стаг! — сказал Дута.

Но Атабай не ответил обычным приветствием. Он равнодушно посмотрел на тоже здорово изменившегося за это время, худого, оборванного горца и спросил:

— Ты все еще бродишь по горам, Дута? Надеешься найти истину?

— Я все еще хочу найти белого скакуна, воккха стаг, — ответил Дута. — Истина же, знаю, живет в этой пещере.

— Нет, Дута, ты ошибаешься. Истина лежит у входа в эту пещеру, — Атабай показал на мертвую индейку. — Птица была жива, теперь она мертва. Вот и вся истина. Что же ты стоишь на коленях в снегу?

— Я хочу просить у тебя прощенья, мудрый Атабай, за то, что я не пошел тогда с тобой.

— Попроси прощенья лучше у этой индейки, которую ты убил. Я же не сержусь на тебя. Тогда я говорил в сердцах, значит, сам был не совсем прав. Надо было просто молча уйти. К чему были крики и слова?

— Атабай, я не пошел с тобой. Теперь я стыжусь своего поступка. Но я так верил шихам, а их было много, а ты один.

— Тогда тебе надо пойти к язычникам, потому что у них много богов, а у нас всего один.

— Мне стыдно...

— Встань, Дута. Мне трудно двигаться. Каждое движение уже дается мне с трудом. А ты хочешь, чтобы я помог тебе подняться.

Дута встал с колен, но голова его понуро поникла.

— Посмотри на солнце, Дута Эдиев. Знаешь, почему оно красное на закате?

— Нет, воккха стаг.

— Солнцу стыдно, что когда-то люди почитали его за Бога и молились ему. Что твой стыд! Пустяки... Так ты нашел, что искал?

— Нет, мудрый Атабай. Я уже вел его под уздцы. Уже немецкий отряд сопровождал меня, когда мы напоролись в лесу на русских. Был бой, перестрелка. Конь бежал, и я бежал...

— Скажи мне еще, Дута. Немцы пришли в Чечню?

— Нет, воккха стаг, их не пустили сюда. Сейчас Красная армия отогнала их далеко на Запад, наступает и скоро войдет на землю врага.

Атабай кивнул головой.

— Почему же горное эхо донесло до меня плач многих женщин, детей и стариков? Какое горе случилось на земле моих предков, если враги не пришли?

— Пришли русские. Они увели всех чеченцев, всех вайнахов и отправили их далеко на Восток.

Атабай опять кивнул головой.

— Скажи мне, мудрейший Атабай, — спросил Дута. — Это конец чеченского народа? Больше в этих горах никогда не будет звучать наша речь? Неужели мы сгинули во тьме веков навсегда?

— Нет, Дута. Будет еще возвращение нохча на могилы предков. Будет еще и мирная жизнь, будет еще проливаться в этих горах кровь. Но народ наш будет жить. Русские непоследовательны в своих действиях. Они как большая змея. Голова жалит кого-то, а хвост ползет, чтобы пожалеть ужаленного. Они сами себе противоречат, воюют же русские всегда сами с собой. Даже на этой войне они все еще думают, что сражаются с немцами...

Старик усмехнулся чему-то.

— Так и ты, Дута. Ты непоследователен. Взялся искать белого скакуна, так ищи. Или ты ищешь что-то еще?

— Нет-нет, — почему-то Дута испугался, — только коня. Ничего другого. Скажи мне, Атабай, где же я найду его?

— А ты не найдешь его.

— Что же мне делать?! — вскричал Дута. — Я не могу вернуться ни к тем, кто в долине, ни к тем, кто в горах. Я скитаюсь совершенно один и вою на луну от одиночества. Как же мне вернуться? Где найти этого проклятого белого коня, на котором я могу вернуться к людям? Посоветуй мне, мудрый старец! Скажи мне, воккха стаг!

— Видишь белый, чистый снег?.. Слепи из него скакуна. Он будет еще белее и чище настоящего. Отнеси его тем глупым людям, к которым ты так стремишься.

— Так ты смеешься надо мной, старик?! — воскликнул Дута.

В руке его сверкнул невесть откуда взявшийся кинжал, и Атабай стал оседать на покрытые снегом камни. Но кровь упала на снег раньше тела.

— Атабай! — закричал Дута, подхватывая падающего старика. — Что я сделал?! Я не хотел убивать тебя! Меньше всего на свете я хотел твоей смерти! О, Аллах Всесильный, почему ты не остановил мою руку? Почему ты не образумил меня в гневе? Не умирай, Атабай! Скажи мне еще что-нибудь... Кровь... Я сейчас перевяжу тебя...

— Не надо, — простонал старец.

Он поднял дрожащую руку, дотронулся ею до груди, и кровь остановилась.

— Положи меня на землю, — тихо сказал Атабай. — И ступай себе... Мне надо столько еще успеть подумать перед смертью... А осталось всего несколько мгновений... Но я успею... Оставь меня... Иди ищи своего белого коня...

Дута несколько суток скитался по горам. Как-то на утесе он увидел белого скакуна. Тот стоял на самом краю, выгнув лебединую шею, и, казалось, трогал копытом камень перед собой, готовясь к прыжку в пропасть.

— Остановись! Не смей прыгать, Терек! — закричал Дута и полез к вершине утеса, обдирая руки об острые камни. — Стой!

Но конь не послушался. Он вздрогнул от громкого крика и полетел вниз. Дута был уже на вершине.

— А! Шайтан! — закричал он и погрозил кому-то невидимому кулаком, но тут на соседней скале увидел еще одного белого коня и закричал, — Погоди, Терек! Я сейчас! Не прыгай! Это я — Дута!

Он опять карабкался, не замечая своей хромоты. А белые кони скатывались в пропасть от его крика. Дута бесился, выл от бессилия и злобы, и горное эхо отвечало ему тем же. Иногда только примешивая к нему то ли крик птиц, то ли смех лесных джиннов.

Одного коня, самого большого и красивого, Дута решил не пугать криком. Он тихо крался к нему, поднимаясь все выше и выше. Вот Дута уже ступил на горный выступ, на котором застыл белый скакун. Дута видел его спину, круп, длинный хвост. Боясь, что и на этот раз упустит коня, Дута изогнулся по-кошачьи и прыгнул на спину белому коню...

Снежная шапка не удержалась и полетела в пропасть, унося на себе маленькую темную фигурку оседлавшего ее человека.

Белого скакуна не надо было подгонять. Он несся вниз с такой скоростью, что у Дуты захватило дух. Нет, он не отдаст этого коня жалким предателям и трусам. Нет, теперь их не разлучить никому. Они — одно целое. Они поскачут туда, на восток, куда увезли Айшат. Да вот уже и близок этот восток. Стоит только подумать, и белый конь несет его туда, куда надо. А вон Айшат, улыбается Дуте приветливо, радостно, как никогда в жизни ему не улыбалась. Ты ждала меня, Айшат?..

* * *

По телевизору показывали авиа- и автокатастрофы, взрывы и землетрясения, не забывая и о готовых сломать себе шею экстремалах, что продолжали мчаться вниз с самых высоких гор и обрывов, стремясь в отсутствие войны пережечь весь избыточный адреналин...

А Европа так и не поняла, что ей нужна война, нужна, как периодическое проветривание...

Но...

Новая шеф-редактор московского отделения Си-би-эн-ньюс Симона Аракельянц, француженка армянских кровей, вполне удовлетворилась комментариями Тимоти Аткинсона.

— Безусловно, подругу твоей предшественницы ухлопали ее же чеченские родственники, хотя теперь это труднодоказуемо...

Тимоти лежал в царских размеров кровати, и Симона Аракельянц, хозяйка этого ложа, кормила своего гостя круассаном, обмакивая его то в горячее молоко, то в плошечку с медом...

Тимоти блаженно закатывал глаза, ленивыми руками прикасаясь к неприкрытой франко-армянской груди...

— Они ухлопали ее, когда убедились, что она не желает на них работать и ищет помощи у своих европейских друзей...

Тимоти любил ласкать женскую грудь. Воинствующий гетересексуал, ненавидящий педиков, он обожал женщин. Предпочитая стройных, даже худощавых, он выделял из них лишь обладательниц большого бюста. И Симона отвечала его идеалу. Крупные горошины бледно-розовых сосков ее тяжелых грудей возбуждали его, но, осторожно теребя их большим и указательным пальцами, Тимоти продолжал не о несравненной Симоне, а об Айсет:

— Ухлопали ее, и извлекли из ее смерти двойную и даже тройную выгоду...

— Ка-а-акие они хи-и-итрые! — игриво подыграла возлюбленному хозяйка, запихивая ему в рот очередной кусочек завтрака.

— Не хитрей вас, армян, просто они более решительные, более отчаянные. Более жизнеспособные в своей дикости...

— Молодой этнос на стыке тысячелетий проявляет себя более сильным и более способным на выживание, — мгновенно сменив тон с игриво-кокетливого на серьезный, сказала Симона.

— Может и так, — согласился Тимоти, — может и так... Хотя, к слову сказать, вайнахи — этнос довольно древний. Во всяком случае, древнее русских.

— Так какую они поимели выгоду? А? — спросила Симона, выразительно вскинув красиво очерченные армянские брови.

— А ты, оказывается, еще и слушаешь? — удивился Тимоти.

— А ты думал, что глупая женщина может только отдаваться в постели и готовить завтраки?

— Нет, я так не думал, я не сексист... в разумных пределах.

Разумеется, Тим был сексистом. Но он тщательно это скрывал. Равно как и миллионы его братьев по мужскому клану...Что ж тут поделаешь? Признавшись, что тебе ненавистно искусственное раздувание равноправия полов, сможешь ли продвинуться по служебной лестнице? Ясно, что нет...

— Ее родственники представили это убийство, как нападение федеральных спецслужб на корреспондентский пункт агентства «Кавказ»...

— И?

— И решили одним махом две проблемы — избавились от Айсет Бароевой, как от строптивой сотрудницы, не желающей работать на них, и одновременно из нее же сделали жертву, этакую героиню, Хорста Весселя в юбке.

— Кого?

— Хорста Весселя, одного из нацистов-штурмовиков, якобы погибшего в драке с коммунистами в начале тридцатых годов, а на самом деле бывшего сутенером и зарезанного проститутками в борделе...

— Ну, ты загнул...

— Может, и загнул, — быстро согласился Тим, в который раз за эти ненасытные сутки почувствовав пульсацию нахлынувшего желания.

Он притянул Симону к себе.

— Армяночка моя, поцелуй меня французским поцелуем, — прошептал Тимоти...

И тела британского шпиона и французской сотрудницы медиа-бизнеса слились в страстном соитии...

В городе Москве. В квартире на Чистых прудах. В которой совсем недавно пила шампанское наша героиня.

Эпилог

Долины мук! Хребты последней боли!
И путь домой сквозь календарный лес.
Прощанье, расставанье поневоле,
Разлука: время потеряло вес!
А может быть, мы с нашей болью всею
Вломились в бездорожья толчею?
Двадцатого Столетья Одиссея,
Тебя я в наших бедах узнаю!

Иоганнес Роберт Бехер

Это была не сказка. В одном из домов аула Дой-зал-юрт за столом сидели трое: чеченец, немец и русский. Салман Бейбулатов, Клаус Штайнер и Евгений Горелов.

Всего два дня назад Салман с Клаусом, найдя в одном из домов старинное кремневое ружье, пошли на охоту. Они весь день лазали по горам, пока почти случайно не подстрелили зайца. Раненый зверек пытался уковылять от них в кусты и стонал, как человек. Когда же охотники добили зайца, стон не прекратился.

Так они нашли в снегу выбившегося из сил, замерзшего, голодного капитана Горелова, да еще с переломанной при падении рукой. Салман пошел в хлев, куда они собрали уцелевший со всего аула скот — корову и трех баранов. Зарезав одного из баранов, чеченец снял с него шкуру и крепко обернул ею сломанную руку Горелова, внутренней влажной поверхностью к телу. На следующий день подсыхающая шкура стала превращаться в твердую, неподвижную коробку. Бараньим жиром из курдюка Салман смазал капитану помороженное лицо и пальцы.

Ничего не пропало, весь баран пошел в дело. Мясо легло на праздничный стол по поводу приема нового гостя. На столе были ещё чихирь и неумело испеченные мужскими руками подгорелые лепешки.

Они уже выпили за гостей и хозяина, произнесли нейтральный тост за скорейшее окончание войны. Утолив голод и немного захмелев, мужчины разговорились. Говорили о будущем.

Клаус знал несколько слов по-русски, а по-чеченски знал уже больше. Захмелел он первым, поэтому первым и заговорил о сокровенном, стараясь вкладывать как можно больше смысли и экспрессии в каждое слово.

— Гитлер капут. Война капут, — сказал он, помогая себе жестами. — Домой. На хаус. Фатерленд. Фрау Штайнер. Берлин. Марта...

Он покраснел и сбился.

— С тобой, Клаус, все понятно, — отозвался Горелов. — Твой дом, хоть и самый дальний, но самый понятный. Подтянул штаны и топай через границы. Пока не упрешься в свои сосиски и капусту с пивом. А у нас с Салманом все не так просто.

— Почему так говоришь, Женя? — тут же возразил Бейбулатов. — Я дома живу. Вот мой дом. Почему сложно?

— А как ты объяснишь, кто ты теперь такой? Кто ты есть? Дезертир с фронта или избежавший депортации враг народа? Тебе самому что больше нравится?

— Мне нравится — джигит, фронтовик, герой, чеченец. Уйду в горы, везде мой дом. Буду там жить. Не пропаду.

— Можно и так, — согласился Горелов. — Вот у кого совсем сложно, так это у меня. Пособник жене немецкого диверсанта, раз. Дезертир, два. Родине изменил и Системе. Не одна матушка расстреляет, так другая. А, может, обе сразу или по очереди, жребий кинут... Мне деваться некуда, Салман.

— Почему некуда? Живи со мной. Пойдем вместе в горы. Хорошо будем жить. Свобода.

— Прятаться всю жизнь, как лесной зверь? Это, по-твоему, свобода?

— А разве ты жил — не прятался? Слово говорить — страшно. Женщину полюбить — страшно. Разве ты не в норе жил, Женя?

За столом замолчали, задумались. Под горькие думы разлили еще чихиря по стаканам.

— Я тоже прятаться не буду, — сказал Салман и стукнул по столу кулаком. — Пойду на восток, где мой народ. Искать Айшат буду. Сила есть, голова есть. Буду искать, Айшат спасать.

— Да ведь расстреляют тебя, Салман, только ты объявишься. Здрасьте, я пришел, Салман Бейбулатов! Думаешь, чеченцы в Казахстане как вольные люди живут? Они же спецпоселенцы, враги народа, они — все равно что на каторге... Впрочем, может, тебя, как Героя, пощадят, не расстреляют, а в лагерь отправят... Хотя... знаешь что? Когда ваших всех забирали, инвалид один застрелился, фронтовик. В доме крайнем, что под самой башней. Знаешь, кто там жил?

Салман кивнул.

— Беноевы там жили. Муса на фронт ушел, и Ширвани... Айшат писала — на Мусу еще в сорок первом похоронка пришла, а Ширвани в госпитале почти год лежал...

— Значит, он и застрелился... Тут тогда такая спешка была, неразбериха, списков никаких не составляли... Ты утречком сходи, посмотри, может, какие бумаги на этого Ширвани остались, документы... Возьми их, назовешься Беноевым, скажешь, в горах зимовал, охотился, вот и не попал со всеми... Авось и проскочишь. В Казахстан этапируют, Бог даст, встретишь там свою Айшат... и Машу...

Горелов замолчал.

— А ты? А ты, Женя? — осторожно спросил Салман.

— А я... Не знаю... Может, мне с Клаусом в Германию? А, Клаус, возьмешь меня с собой? Давай-ка и ты, Салман, с нами в Европу. Сосиски, капуста, пиво... Марта вот опять же...

— На хаус. Фатерленд. Домой, — опять оживился Клаус, счастливо улыбаясь.

Теперь, когда он сидел в тепле, за хорошим столом, рядом с приятными, добрыми людьми, ему казалось, что все несчастья, все невзгоды позади. Ведь если среди этого мирового кошмара, среди смерти и уничтожения, появился такой тихий островок, где живут добрые люди, которые говорят на разных языках, но понимают друг друга, думают об одном и том же, значит, все страшное уже позади. Мир близок, дом рядом. Стоит только подняться на вон ту гору, и можно будет увидеть и берлинские крыши, и дом на Рудерштрассе, и соседку Марту на подоконнике. Все-таки странно, что он вспоминает Марту чаще, чем жену. Что бы это значило?..

* * *

Модест Матвеевич давно готовился к этому дню.

Он по складу характера был человеком основательным. Поэтому и живопись его была столь востребована публикой, поэтому и все в жизни у него было хорошо устроено, что, в общем, не свойственно художникам...

Он готовился к этому дню. Огромную библиотеку, что не помещалась в кабинете и курительной, он поделил на две части. Одну, ту, что собирал сам, где по преимуществу были книги по искусству и дорогие, богато иллюстрированные издания популярных классиков, Модест подарил детям из художественного интерната для одаренных сирот. Он сам перевез почти тысячу этих отобранных за долгие годы книг в подмосковное Алабино, собственноручно перенеся каждую аккуратно запакованную пачку...

Написал дарственную. К дарственной приложил и три тысячи долларов наличными — на книжные шкафы, на содержание библиотекарши...

Вторую половину библиотеки, ту, что собирали отец и дед, подарил Академии художеств. Эти книги сам не перевозил. За ними приехали какие-то порученцы. Подписали бумаги, натопали, наследили по коврам...

Картины в три приема перевез в свою галерею на Полянке. Исполнительному директору наказал продавать их только в хорошие руки — знающему толк покупателю.

Без книг и картин в огромной квартире стало пусто. Она омертвела, как мертвеет тело, когда его покидает душа.

Но Модест давно уже готовился к этому дню.

Он решил умереть, когда понял, что не может написать новую Лику. И когда понял, что не хочет писать ничего иного, кроме Лики. А зачем тогда жить? Ведь жить надо честно. Жить надо тогда, когда ты знаешь ответ на вопрос — зачем?

Он был из той касты людей, которые это понимают.

И он был честным человеком.

Модест давно готовился к этому дню. Он оплатил все счета. Он поговорил по телефону со всеми своими товарищами по Союзу, по Академии, по галерейному бизнесу. Он поговорил с ними осторожно выяснил — не должен ли кому?

А друзей у него не было. Единственным другом его была Лика.

Но она уже год как умерла от белокровия. И уже год, как Модест не мог по памяти написать ее нового портрета.

Модест Матвеевич закончил все свои земные дела.

Он переоделся в чистое. Надел белую сорочку. Повязал галстук, из тех, что дарила ему она... Надел любимый ею пуловер, который они вместе выбирали, когда были в Италии. Из гостиной он принес в кабинет бутылку рома и два стакана. Сел за стол... За стол, за которым работал еще дед — известный академик-искусствовед...

Модест открыл нижний ящик.

В глубине нащупал искомое... Старый добрый девятимиллиметровый «вальтер»... Вынул обойму. Внимательно, с интересом посмотрел на золотисто-красную пулю верхнего патрона.

Именно ей суждено пробить его седую голову. Именно ей...

Художник никогда не чурается деталей. Художник любовно выбирает кисти и холсты...

Он любовно погладил вороненую сталь. Защелкнул обойму в рукоять. Передернул затворную раму.

Он не стал выпускать пистолет из правой руки. Дело было уже начато. Вагон уже поехал.

Левою рукой он налил по половине в оба стакана. Один поставил перед фотографией. Перед ее фотографией. Она любила ром «Баккарди». И еще она любила людей, его девочка... Она знала, что умирает, и спешила щедро одарить ближних тем единственным, чем была богата. Любовью.

— Давай выпьем, — сказал Модест вслух.

Сказал, и левою рукою чокнулся с ней. В правой уже был пистолет.

Модест выпил.

Ну? Чего теперь ждать-то? Поехали!

И улыбнувшись ее улыбке, он поднял дуло к виску.

Конец

Санкт-Петербург, 2004

Дмитрий Вересов

У ТЕРЕКА ДВА БЕРЕГА...

Ответственный за выпуск *Е. Г. Измайлова*
Корректор *М. Ю. Степина*
Оформление обложки *М. И. Кучма*
Верстка *А. Б. Сушкова*

Подписано в печать 18.03.04. Формат 84×108$^1/_{32}$.
Гарнитура «Кудряшевская». Печать офсетная. Бумага газетная.
Уч.-изд. л. 11,7. Усл. печ. л. 16,8.
Изд. № 04-0356-ДВ. Тираж 30000 экз. Заказ 1130

Издательский Дом «Нева»
199155, Санкт-Петербург, ул. Одоевского, 29

Отпечатано в полном соответствии с качеством
предоставленных диапозитивов в полиграфической фирме
«Красный пролетарий»
127473, Москва, ул. Краснопролетарская, 16

УНЕСЕННАЯ ВЕТРОМ

Мужчины воюют, а женщины страдают – так было во все времена. Во время чеченской войны 1855 года красавица-чеченка Айшат была похищена казаком, полюбившем ее с первого взгляда. Вокруг Айшат разгораются нешуточные страсти: за ее сердце сражаются два казака и русский офицер...

Сто пятьдесят лет спустя чеченская девушка Айшат во время зачистки в ее селе была изнасилована русскими военными. Чтобы отомстить, Айшат поступает на учебу в лагерь, где готовят женщин-смертниц для взрывов в русских городах. По дороге на первое и последнее для нее задание Айшат встречает студента, который влюбляется в нее с первого взгляда. Но уже слишком поздно...

Анхель де Куатьэ

ВСЮ ЖИЗНЬ ТЫ ЖДАЛА

ИЗДАТЕЛЬСКИЙ ДОМ «НЕВА»

Энхель де Куатьэ

ПРИКОСНИСЬ К СВОЕЙ СУДЬБЕ!

Они еще не знают о своем предназначении, но уже оказываются в круговерти событий. Семь Скрижалей Завета, в которых заключена тайна Спасения, должны быть найдены. Но смысл теряется в знаках, а откровение прячется за страхом смерти. Идет великая борьба, и это происходит сейчас.

ИЗДАТЕЛЬСКИЙ ДОМ «НЕВА»